居酒屋「一服亭」の四季

Izakaya Ippukutei

東川篤哉
Tokuya Higashigawa

講談社

おしながき

Illustration……… おとないちあき

cover design……… 大岡喜直（next door design）

第一話

綺麗な脚の女

1

「ほう、君が君鳥《きみどり》クンか。遠いところを遥々《はるばる》よくきてくれたね」

磯村光一郎《いそむらこういちろう》は張りのある声を応接室に響かせると、満面の笑みで俺に握手の右手を差し出す。

俺は緊張の面持ちでそれを握り返し、激しく唇《くちびる》を震わせた。「は、はい、君鳥翔《しょう》太《た》と申しますッ。こ、この度は、と、遠いところにお招きいただき、有難うございますッ」

「うん、いや、なに、そう遠くもないと思うが」光一郎の皺《しわ》の寄った顔から笑みが掻《か》き消え、微《かす》かに不安げな表情が覗《のぞ》いた。「箱根《はこね》なんて東京から電車ですぐだろうし……」

「ええ、そうでしたッ。すぐでしたッ。たった三十分で着きましたッ」

相手の機嫌《きげん》を損ねては大変とばかりにテキトーなことを口にしたが、実際には三十分では着かない。都心の自宅から箱根まで小《お》田《だ》急《きゅう》線で、たっぷり二時間は掛かったのだ。

「まあいい。とにかく座りなさい」そういって光一郎は俺にソファを勧めると、自らも正面の位置に腰を下ろす。小柄で痩《や》せた身体《からだ》はフカフカのソファに埋没しそうな塩梅《あんばい》だ。半袖《はんそで》のワイシャツにグレーのスラックス。後退した生え際はさすがに七十歳という年齢を感じさせるが、日焼けした肌は漲《みなぎ》る活力を物語っている。一見すると中小企業を経営する頑《がん》固《こ》親父といった雰《ふん》囲気《いき》。だが実際はそんな《小物》ではない。彼は海外からブランド服を輸入販売する『磯村貿易』を、一代で有名企業に育て上げた立志伝中の人物。経営の一線を退いたいまは、箱根山の麓《ふもと》に建てた豪勢な屋敷にて悠々自適の生活を送っているのだ。

そんな光一郎はサマースーツを着た俺の姿を一瞥《いちべつ》。そしてすぐさま本題に移った。

「話は君のお母さんから聞いておるよ。勤めていた会社が倒産して困っているそうじゃないか。まだ若いのに苦労したことだろう。だが心配はいらんよ。私も君のお母さんには大変世話になったからね。私が自分の会社をここまで大きくできたのも、君のお母さんの力によるところが大なのだ。いわば、これは間接的な恩返しだよ」

その言葉を鵜呑《うの》みにはできないものの、かつて『磯村貿易』の秘書課に勤務していた母が、当時の社長である光一郎の仕事を献身的にサポートしていたことは事実らしい。そんな母親のツテでもって何とか就職先を斡旋《あっせん》してもらえないものかと淡い期待を抱きながら、俺は遠いところを遥々この箱根山の麓まで足を運んだのだ。藁《わら》にもすがる思いの俺に、元社長の言葉は心強く響いた。「――で君鳥クン、君はどんな仕事が希望なのかね？」

「え、僕の希望ですか。いえいえ、希望など口にできる立場ではありませんが、そうですねえ……敢《あ》えて注文を付けるなら、給料は手取りで二十五万円以上あって、土日はきっちり休みが取れて、有給休暇の消化率も高くて、福利厚生が充実していて……あ、それからオフィスは東京二十三区内か、もしくは横浜市内。もちろん交通費は全額支給。ボーナスは年二回で給料の二・五ヵ月分ほどいただけたら御の字かと……」

「あ、すまんが、君」といって俺の言葉を中途で遮《さえぎ》った光一郎は、「どうやら私は君の希望には応《こた》えられそうにない」と早々に白旗を揚げてソファの上で肩を落とす。

俺は慌《あわ》てて前言を翻《ひるがえ》した。「いや、いまのは単なる希望です。いや理想です。ファンタジーです。正直マトモな会社なら、もうどこだっていいんです。無職よりはマシですから」

「おや、随分とハードルが下がったね。ならば知り合いの経営する『ブラック貿易』という会社があるんだが、いってみるかね？　その会社なら一年中、面接ナシで誰でも入れるよ」

「うッ、『ブラック貿易』ですか……」なんとも禍々《まがまが》しい社名だが、いったい何を輸入しているんだ、その会社？　大いに不安を覚えた俺は、「ごめんなさい。僕、名前が《キミドリ》なんで《ブラック》はちょっと合わないんじゃないかと。——そうですねえ、僕こう見えてもミステリが好きなんで、出版関係なんかピッタリだと思うんですけど」

「出版関係!?　ふむ、十年後にはどうなっているか判《わか》らない業界だが、まあ、君が希望するならそれもいいだろう。幸い、そっち方面の知り合いはたくさんいるんだ。うちの会社は、いままで女性向けファッション誌に山ほど広告を載《の》せてきたからね」

「そうなんですか！　わあ、有難うございます」

「いや、喜ぶのはまだ早いよ、君」慎重な口ぶりの光一郎は、俺の目を覗き込むようにして聞いてきた。「それで、希望する出版社などあるのかね？　たとえば文藝春《ぶんげいしゅん》……」

「講談社《こうだんしゃ》がいいです！　講談社を希望します。実は僕、子供のころから『金田一少年の事件簿』の大ファンなんですよ。僕がミステリ好きになったのも、そのせいですから」

「ふうん、そういう小説があるのかね？　私は推理小説には詳しくないんだが」

「いやまあ、小説じゃないんですけどね……」

会話が噛《か》み合わないのも無理はない。漫画に詳しい七十歳は、そう多くないはずだから。

「講談社なら僕としては願ったり叶ったりです。だけど」ふと現実に戻った俺は、自嘲気味《じちょうぎみ》に呟《つぶや》いた。「やっぱり無理ですよねえ。そんな超一流の出版社に、何の経験もない僕がもぐり込むなんてことは、いくらなんでも……」

「いや、充分可能だよ」目の前の老人はキッパリと頷《うなず》いた。「あそこの社長とは昔から親しい仲だ。君ひとり、ねじ込むことぐらいは容易なことさ。——だが本当にいいのかね？　他に大手の出版社はたくさんあるというのに、あの会社で？」

「…………」なぜ、この人は講談社を希望する俺に、怪訝《けげん》そうな顔をするのか。『メフィスト』と『講談社ノベルス』と『週刊現代』でお馴染《なじ》みのあの会社ならば、誰だって入社を希望するに決まってるじゃないか。——と、そんな疑念を抱かないでもなかったが、深く追及する場面でもない。俺は即座に頷いた。「ええ、もちろんです。僕としては何の異存もありません」

「そうか、判った。そういうことなら話は簡単だ。——ちょっと、ここで待っていなさい」

そういって光一郎は、いったん応接室を出ていった。

ひとり残された俺はソファから立ち上がり、腰を伸ばしながら何気なく窓の外を見やる。箱根の山麓《さんろく》に建つ屋敷は緑の森に囲まれた素晴らしい環境にある。庭には夏の日差しを受け咲き誇る数十本の向日葵《ひまわり》。ふと俺はイタリアの名作映画『ひまわり』の有名なテーマ曲を口ずさもうとしたが、どんな曲だったのか思い出せず、結局この世に存在しない『シン・ひまわり』のテーマ曲を口ずさんだ。「ふーん、ふん、ふーん♪　ふふふーん♪」

と、そのとき俺の視界の片隅に映る、ひとりの女性の姿。年齢は三十代だろうか。木立の作り出す日陰にイーゼルを立てて、絵筆を握っている。目の前のカンバスには、きっと咲き乱れる向日葵の様子が描かれているのだろう。女性は身体の線が浮き出るようなピンクのTシャツ姿で下は青い短パン。あるいは敢えて昭和っぽい表現を用いるならば、はたで眺める男どもの不埒《ふらち》なハートをホットにする挑発的なパンツルック——「おお、あれこそ正真正銘ホットパンツってやつだな！」

俺は思わず口笛を吹きそうになった。短パンから伸びる二本の脚は無駄な肉がなく、ほっそりとして美しい。足許《あしもと》はサンダル履《ば》きのようだ。

いったい何者だろうか。美貌《びぼう》の女性画家か、あるいは画家のフリして男を誘惑するプロのおねえさんか。いずれにせよ、その女性の存在は俺の興味を大いに掻《か》き立てた。

母から事前に得た情報によると、磯村光一郎はすでに奥さんと死別して現在は独り身。ただし亡くなった奥さんとの間には、とっくに成人を迎えた兄妹がいるらしい。してみると、カンバスに向かう美女は、その妹のほうだろうか。それとも資産家の光一郎がカネにものをいわせて身近に置いている若い恋人だろうか。

——きっと後者だ。後者に違いない！

特に根拠はないけれど、俺の中にある何らかのセンサーが、そう告げる。まず間違いはあるまい。仮に彼女が画家だとすれば、光一郎はパトロンということで、世間様に対しては説明が付くのだ。「ま、《パトロン》ってのは、この場合、《愛人保有者》と似た意味だが」

磯村光一郎、齢《よわい》七十にして、ますますお盛んですね――と俺は下卑《げび》た笑みを浮かべる。

と、そのとき突然、背後から呼び掛けてくる若い女性の声。「あのー、お客様……」

ハッとなって振り向くと、いつの間に現れたのだろうか、応接室に別の女性の姿。こちらは庭で絵筆を握る美女よりも、さらに若い。おそらくは二十代だろう。黄色いエプロンを着用した小柄な彼女は、空になったお盆を小脇に抱《かか》えている。テーブルの上には湯気の立つ珈琲《コーヒー》カップと美味《おい》しそうなケーキが、すでに並んでいた。

「旦那様から、お客様にこれをお出しするようにと、いわれまして……」

「あ、ああ、そうなんだ。ありがとう。ボーッとしていて気付かなかったけど、いつからそこにいたの？　僕、何か変な独り言いってなかった？　パトロンがどうとか……」

「いいえ、『正真正銘ホットパンツ……』とか何とか、おっしゃっているようでした」

「ああ、そう」――畜生、随分と前から俺の背後にいやがったんだな、この娘！　俺はドギマギしつつ、窓の外を指で示した。「いやぁ、庭の様子に気を取られていたものでね」

本当は庭ではなく、そこに立つ美女の脚線美に気を取られていたのだが、真実を口にすれば、それこそ正真正銘のホットパンツマニアだと疑われかねない。俺は誤魔化《ごまか》すような笑みを浮かべて目の前の女性を見やった。どうやら彼女はこの家の家政婦らしい。美人というわけではないが、なかなか愛嬌《あいきょう》のある顔立ちだ。くりくりとした円い眸《ひとみ》と口許から僅《わず》かに覗く八重歯が

森の小動物を思わせる。そんな彼女は窓の外に顔を向けると、

「ああ、お客様、あれをご覧になっていたんですね」といって、すべてを理解したような表情。うっとりとした視線を庭に向けたままで呟いた。「ホント素敵ですよねぇ」

「………」向日葵のことかな？　それとも露出度高めの美女のこと？　当然ながら前者だろうと判断した俺は、話を合わせるように頷いた。「ああ、そうだね。凄《すご》く綺麗《きれい》だ」

「お客様も、そう思われますか。実は私も大好きなんですよぉ、里佳子《りかこ》さんの脚。長くてスラッとしてて肌もスベスベなんですもん。私とは大違いですぅー」

――畜生、脚の話かよ！　わざわざ話を合わせにいって損したぜ！

内心で地団太《じだんだ》を踏みながらも、俺は彼女の口にした名前を聞き逃さなかった。

「ん、里佳子さんって!?　あの脚の……いや、あの顔の綺麗な女性、里佳子さんっていうのかい？　光一郎さんとは、どういう関係の人？　なんで、ここにいるんだい？」

矢継ぎ早に質問を放つと、若い家政婦は澱《よど》みなく答えた。

「ええ、あの方の名は杉本《すぎもと》里佳子さん。旦那様のご贔屓《ひいき》にされているプロの絵描きさんです。お若く見えますが、もう四十歳なのだとか。この近くの森の中にある山小屋――それもまた旦那様が所有されている建物なのですが――彼女はそこを自分の住居兼アトリエとして使いながら創作に勤《いそ》しんでおられます。ええ、この家にも頻繁《ひんぱん》にいらっしゃいますし、この庭で絵を描くことも珍しくはありませんよ」

「なるほど。要するに光一郎さんは里佳子さんのパトロンってわけだ」

「ええ、そうなんです。パトロンってわけなんです」

俺と家政婦は互いに意味深な笑みを浮かべて頷きあった。彼女もまた磯村光一郎と杉本里佳子の仲を、単なる資産家と芸術家の関係だとは考えていないらしい。

「ちなみに君は、この家の家政婦さんらしいけど、住み込みかい？　名前は何ていうの？」

「いいえ、私は通いの家政婦。名前は遠山《とおやま》静香《しずか》と申します」お盆を持った両手を黄色いエプロンの前にやりながら、彼女はペコリと一礼。そして「旦那様はすぐに戻りますので、もうしばらくお待ちください」と言い残して、ひとり応接室を出ていった。

残された俺は再び窓の外の光景に視線を向ける。

だが木陰で絵筆を振るっていた杉本里佳子は、急に気が変わったらしい。いきなり筆をケースに仕舞《しま》って素早くイーゼルを畳むと、描きかけのカンバスを手にしながら木陰から立ち去っていく。――おや、場所変えかな？　それとも創作意欲が低下したのかしらん？

そう思って、去りゆく美女の後ろ姿を見送っていると、再び背後から話し掛けてくる声。今度は聞き覚えのある男性の声だ。「随分と見惚《みと》れているようだが、気に入ったかね？」

「え!?　いえ、そんな、べつに、気に入るだなんて……」慌てて俺が否定すると、

「おや、そうかね」声の主、磯村光一郎は落胆の表情を浮かべながらガックリと肩を落とした。

「それは残念。自慢の向日葵なんだが……そうかね、気に入らんかね……」

畜生、今度は向日葵かよ――「ああ、そっちは気に入りました！　素敵です。見事です。いや、実に素晴らしい！」

「そうかい？　それなら嬉しいが——でも《そっち》って何のことかね？」

不思議そうな顔の光一郎が窓の外を見やる。すでに美貌の画家、杉本里佳子の姿はそこにはなく、ただ咲き乱れる向日葵が、緩《ゆる》やかな夏の風に大きな葉を揺らすばかりである。

まあ、いいか——と呟いた光一郎は、あらためて俺に向きなおると、おもむろに一通の茶封《ちゃぶう》筒《とう》を差し出す。それを受け取りながら、俺は首を傾《かし》げた。「——これは？」

「紹介状だよ、君鳥クン。君、これを持って次の金曜日に東京の神田神保町《かんだじんぼうちょう》にある『エス』という喫茶店を訪ねたまえ。きっと良い未来が君を待っていることだろう」

自信ありげな光一郎の言葉に、俺は満面の笑みと最大級のお辞儀で応えた。感謝の言葉を何度も繰り返す俺を見やりながら、すっかり光一郎は上機嫌。そして有無をいわせぬ口調で、俺にいった。

「君鳥クンは、ここでひと晩泊まっていきなさい。実は、ちょうど私の息子と娘も遊びにきているんだ。今夜は久しぶりに賑《にぎ》やかな晩飯が楽しめそうだな……」

2

だが実際には夕餉《ゆうげ》の食卓は、そう賑やかな雰囲気にならなかった。遠山静香のこしらえた料理の数々は、どれも美味だったが、彼女はあくまでも家政婦。テーブルを囲んだのは、俺と磯村光一郎、そして彼の血を引く成人した兄妹だ。

兄の磯村龍一《りゅういち》は四十二歳ながら、いまだ独身。髪の毛サラサラで肌はツヤツヤ。それでいて体形だけは立派な中年太りを果たしているというアンバランスな男だ。薄いブルーのポロシャツにベージュのハーフパンツ姿。分厚いトンカツをモリモリと頬張《ほおば》る様子は、貫禄のある四十男というより、むしろ成長期の男子中学生を想起させてユーモラスだ。

「お仕事は何をされているのですか。やはり『磯村貿易』の重役さんとか？」

何の気なしに俺が問うと、龍一は口にカツを頬張ったままで答えていった。

「いや、違うよ。僕は横浜で婦人向けの洋品店をやっている。小さい店舗ながらも、いちおう経営者ってわけだ。まあ、扱う品の大半は、『磯村貿易』が輸入したものだがね。婦人服やバッグ、靴、傘や小物……手広く取り扱っているよ」

どうやら父親の威光あってこその洋品店らしい。いかにも二世らしい商売である。

一方、妹の松阪《まつざか》奈々江《ななえ》は三十五歳。すでに結婚して磯村姓ではなくなっているが、子供はいないらしい。こちらは父親に似たのか、随分と小柄な身体つき。良くいえばスリムあるいはスレンダー。悪くいうならガリガリに痩せていて、女性的な魅力には乏《とぼ》しい。白いブラウスの袖から伸びた二の腕は、鶏の手羽先を連想させる。モスグリーンのスカートから覗く脚は、折れそうなほど細かった。

「奈々江さんのご主人は、何をなさっていらっしゃる方なんですか。やはりご商売を？」

問い掛けてみると、彼女は濃い化粧を施した目許をパチパチさせながら、

「いいえ、うちの主人は、ごく普通の公務員ですの」

とアッサリした答え。俺は「ああ、そうなんですね……」と苦笑いしながらソテーされたジャガイモを口に運ぶ。すると隣に座る光一郎が赤ワインを傾けながら口を開いた。

「私は敢えて子供たちを自分の後継者としては育てなかった。私がそうだったように、子供たちにも自分の才覚ひとつで生きていってほしいと、そう願ったからだ。それに……」

といって、ふと声を潜《ひそ》めた光一郎は、二人の子供には聞こえないような小声で、俺の耳許に囁《ささや》いた。「せっかく一代で築き上げた会社を、甘ったれた二代目のせいで、台無しにしたくないじゃないか。君だって、そう思うだろ？」

「…………」鬼だ。まさに経営の鬼！

俺は『磯村貿易』躍進の秘密を垣間《かいま》見た気がして、思わず身震いした。目の前の兄妹は何も知らずキョトンとした顔だ。俺は咄嗟《とっさ》に話題を変えた。「そ、そういえば昼間、この家の庭に綺麗な女性をお見掛けしましたけど、あの方、プロの絵描きさんだそうですね」

「ああ、杉本里佳子さんね」奈々江がぎこちない笑みを浮かべながら頷いた。「確かに彼女は美人よね。それに素敵な絵を描くわ。彼女の描く絵、私は大好きよ」

「へえ、ちなみに里佳子さんって方、どういった絵を描かれるんですか」

素朴《そぼく》な質問を投げると、瞬間、奈々江の顔にシマッタという表情。途端にアサッテの方角に視線を向けると、「ええっと、そういや彼女、どんな絵を描いていたかしらね……」

「はあ!?」自分で《素敵な絵》と評しておいて、それはないだろう。どうやら奈々江は父親の手前、美人画家のことをテキトーに褒めていたらしい。

そんな妹の窮地《きゅうち》を救うべく、兄の龍一が助け舟を出した。「花の絵だよ。里佳子さんは主に草花をモチーフにした絵を描く。僕は美術関係には疎いので、作品の評価については判断が付かないけれど。――君鳥クン、ひょっとして間近で見てみたいとか？」

「…………」すでに昼間の一件で学習済みの俺は、念には念を入れて確認した。「えーっと、見てみたいというのは……花の絵を？　それとも画家さんのほうを？」

龍一は口許にニヤリとした笑みを浮かべながら、「まあ、それはどちらでも同じことだと思うよ。彼女が暮らす山小屋にいけば、どうせ両方見られるんだからね」

「なるほど、それはいいですね。だったら、ぜひ間近で拝ませていただきたいものです。あの綺麗な画家さん……の絵を！　綺麗な花の絵を！」――そして綺麗な脚を！

俺の内心を見透かしてか、龍一は苦笑い。そして出っ張った腹を無理して捻《ひね》りながら、妹へと顔を向けた。「だったら奈々江、明日の朝にでも君鳥さんをご案内して差し上げろよ。里佳子さんの山小屋へ」

「ええ、判ったわ、兄さん」と応えて、奈々江はグラスの赤ワインを飲み干した。

3

そうして迎えた次の日の朝。俺は森の中へと続く見知らぬ小道を歩いていた。道案内役は松阪奈々江。その背後にはバスケットを抱えた家政婦、遠山静香の姿もあった。彼女の話によれば、バスケットの中身は杉本里佳子の朝食と昼食。磯村光一郎の指示によって、家政婦は里佳子の住む山小屋に、毎日の食事を届けているのだという。

「さすが、パトロンだねえ」と揶揄《やゆ》するような口調で呟く俺。

「ええ、パトロンの鑑《かがみ》です」と意味深な笑みで応える家政婦。

森の小道は木々の間を縫うようにウネウネと続く。曲がりくねってはいるが、基本的には一本道といっていいだろう。時折、雑草に覆《おお》われた脇道が右に左に分岐する箇所があるが、それらは道とも呼べないほどの獣道《けものみち》に過ぎない。先頭を進む奈々江は真っ直ぐ前を指差しながら、

「気にせず真っ直ぐ進めばいいのよ。もうすぐ着くわ」

その言葉を励みにして足を動かし続けると、やがて前方に奇妙な光景が見えた。

道端に立つ一本の樹木。カエデだかブナだか知らないが、その幹に茶色いクマのぬいぐるみが紐《ひも》で括《くく》りつけられているのだ。奈々江はその手前で立ち止まると、哀れなクマを指差し、続けてその指先を右前方に向けた。そちらに枝分かれした脇道があるのだ。いままで通ってきた小道に比べて、脇道はさらに道幅が狭い。だが普段から人通りがあるらしく、茶色い地面は踏み固められている。「ここよ。この先に里佳子さんの山小屋があるの」

「ふうん、この磔《はりつけ》になったクマが目印ってわけですね」

頷いた俺は、ふと気になって尋《たず》ねた。「じゃあ、いま僕らがきたこの道を、このまま真っ直ぐ進んだら何があるんですか」

「小さな滝にたどり着くわ。ほら、ここからでも微かに聞こえるでしょ……」

そういって奈々江は耳に手を当てる仕草《しぐさ》。同様の仕草をしながら耳を澄ますと、確かに離れた場所から水音のようなものが聞こえる。だが水音よりも近く大きく聞こえてくるのは、なんといっても蟬《せみ》の声だ。奴《やつ》らは早朝から一瞬たりとも鳴き止むことなく、命懸けの大合唱を続けている。

「さ、いきましょ」といって奈々江は木々に覆われた暗い脇道をズンズンと進む。

俺と遠山静香は彼女の痩せた背中を追うように、また歩きはじめた。

すると一分もしないうちに、小さな山小屋が俺たちの前方にその姿を現した。

四角い箱に三角屋根を載せたような単純極まる木造平屋建て。正直、女性がひとりで暮らすには、どうかと思えるような頼りない一軒家だ。その点を考慮したのか、窓には鉄製の柵が設けられているようだ。いかにも山小屋らしい茶色くくすんだ外観の中で、鈍く輝く鉄製の柵だけが妙に異彩を放っている。

「里佳子さんをここに住まわせるに当たって、父が大幅にリフォームしたの。窓の鉄柵は泥棒対策よ。——ま、実際には、こんなド田舎《いなか》に泥棒なんて滅多《めった》に出ないんだけどね」

「でも必要な対策です。女性ひとりでは無用心すぎますからね」

そんな会話を交わしながら、俺たち三人は山小屋の玄関に到着。呼び鈴などはないらしく、木製の扉を奈々江が拳《こぶし》でノックする。だが中から返事はない。

「あら、変ねえ」首を傾げながら奈々江が呟いた。「もう出掛けちゃったのかしら？」

「そんなはずはないと思います」そういって遠山静香は腕に抱えたバスケットを奈々江に示し

た。「この時間に私が食事を届けることは、里佳子さんもよく判っていること。だから彼女は毎日、私がくるのを楽しみに待ってくれているんです」

「じゃあ、今朝に限って寝坊しているのかな？」そう呟きながら、俺も自分の拳で扉をノック。だが少々強めに叩いても、やはり中からの反応はない。「うーん、どうしましょうかねえ。いったん戻って出直しますか」

「待って。里佳子さんの携帯に掛けてみるわ」奈々江はスカートのポケットからスマートフォンを取り出して画面に指を滑らせる。それを耳に押し当てて数十秒。だが結局、彼女は首を左右に振るしかなかった。「やっぱり出ないわ。いや、出られないのかも……」

奈々江の何気ない呟き声に、若い家政婦が心配そうな声で応えた。

「ひょっとして急病か何かで電話にも出られない、そんな状態なのでしょうか」

確かに、その可能性は否定できない。不安を覚えた俺は再び目の前の扉に向かった。ドアノブを握って静かに右に回してみる。意外にもノブは滑らかに回転するようだった。

「おッ、この扉、鍵が掛かっていないみたいだ……開きそうだぞ……あれ!?」

ふいに俺は眉根《まゆね》を寄せた。施錠《せじょう》されていないかのように思われた扉。だが実際に力を込めてノブを引いてみると、扉は僅かにグラつくだけで、けっして開きはしなかった。

「くそッ、駄目《だめ》だ。中から何か別の鍵が掛かっているらしい」

「きっと掛け金が掛かっているんです」と遠山静香が迷わず断言した。「この扉は内側に大きな掛け金がついています。それが下りているんだと思います」

「そうか。だとすると、やっぱり中に誰かしら人がいるってことだね」冷静に分析した俺は、奈々江に向きなおった。「窓から中の様子を覗き見ることはできませんかね？」

「そうね。確認してみましょう」

こうして俺たちは、建物の周囲を歩きながら窓の様子を見て回った。

女性二人の話によると、山小屋には大きく分けて二つの部屋があり、うちのひとつを杉本里佳子はアトリエとして使用しているらしい。もう片方の部屋はミニ・キッチンが付いたリビング兼寝室だ。他にはトイレとシャワー室があるばかり。山小屋にこういう表現は相応《ふさわ》しくないかもしれないが、要するに１ＬＤＫの単身者向け物件と呼んでいいだろう。

したがって窓の数は多くない。シャワー室に窓はないし、トイレの窓を覗くのは気が引ける。女性たちの話によれば、室内を覗けそうなガラス窓は二ヵ所の腰高窓《こしだかまど》のみとのことだ。

ひとつは建物の正面を向いた窓で、これはアトリエの窓らしい。だが、その窓にはピッタリとカーテンが引かれていて、中の様子を窺《うかが》うことはできない。おまけに中からクレセント錠が掛かっているらしく、窓枠を引いてみても、それはビクともしなかった。

そこで俺は女性たちとともに建物の裏手に移動。そこにもうひとつの腰高窓があった。こちらは里佳子がリビング兼寝室として使っている部屋の窓だ。だが、ここのカーテンもピッタリと閉じられている。中を覗くことはできない。

「やっぱり駄目か」諦《あきら》め半分に呟きながら、俺は鉄柵の隙間《すきま》から右手を差し入れて窓を引いてみる。すると意外なことに――「わッ、開いた。この窓、施錠されていない！」

もちろん窓が開いたところで鉄柵があるから中に入ることはできない。だが中を覗くことは可能だ。とはいえ仮にも男性である俺が、無闇《むやみ》に女性の部屋を覗くことには抵抗がある。俺は開いた窓の前から退《ど》いて、奈々江に場を譲った。「中、覗いてみてもらえますか」

「ええ、判ったわ」

そういって奈々江は目の前のカーテンを右手で退ける。そして鉄柵越しに窓へと顔を寄せ、室内を覗き込む仕草。その背後から遠山静香も首を伸ばす。すると次の瞬間——

「きゃあああぁぁぁッ」

「んぎゃあああぁぁぁッ」

可愛いのと可愛くないほう、二種類の悲鳴が森の木々を確かに揺らした。草むらから小鳥が飛び立ち、驚いたリスが枝から落っこち、俺は思わず耳を塞《ふさ》いで尻餅《しりもち》をついた。

すぐさま立ち上がって問い掛けると、女性たちは揃《そろ》って唇をブルブルさせながら、

「ど、どうしました⁉　何があったんです⁉」

「ななな、何って……あああ、あれ……」

「あああ、あれは……そそそ、それ……」

と、いずれも要領を得ない返事。震える指先を開いた窓へと向けるばかりである。

だったら仕方がない、とばかりに俺は再び窓の前に立つ。そして鉄柵の隙間から右手を差し入れると、目の前に下りたカーテンを一気に開け放った。前方の視界が開け、朝の光が室内に差し込む。瞬間、俺の目に飛び込んできたのは、想像を絶する光景だった。

確かに、そこはリビング兼寝室といった感じの部屋だ。壁際にベッドが置かれ、ひとり掛けのソファや小さなテーブル、クローゼットなどがある。固定電話やテレビはないものの、独り暮らしの部屋としては、ごく普通の環境だといえる。だが居心地の良さそうな印象はない。なぜなら、その部屋のフローリング――いや、山小屋だから板張りと呼ぶべきかもしれないが――その床は、おびただしい量の血液によって赤黒く染まっていた。飛び散った血は、家具や壁にもシミを残している。まさに血の海だ。ただし、その海はすでに乾いているらしい。鮮やかな赤色をしていないのは、そのためだ。そして――

その中に人間の胴体が一個あった。

ピンクのTシャツに青い短パンを穿《は》いた女性の胴体だ。それが部屋のほぼ中央にゴロンと転がっている。手脚はない。もちろん頭部もだ。四肢《しし》を切断され、さらに首を切られた、まさに胴体だけの状態で、それは床に放り出されているのだ。Tシャツの袖口や襟元《えりもと》からは、腕や首の切断面がハッキリと見えている。短パンの裾《すそ》からも血に汚れた白い肌がほんの数センチばかり覗いていたが、角度的に切断面は見えなかった。

その傍《かたわ》らには一本の大きな斧《おの》が血まみれの状態で、無造作に置いてある。

詳しい状況は判らない。だが、ここで死体の切断がおこなわれたことは明らかだった。

「バ、バラバラ死体……でも胴体だけって、どういうことだ？」こみ上げてくるものを堪《こら》えながら、俺は恐る恐る室内を見回した。「う、腕や脚は？　それに頭はどこ……？」

だが何度見ても室内に存在するのは、女性の胴体のみ。切り取られた四肢と頭部は、影も形も見当たらない。俺は室内から目を逸《そ》らしながら、二人の女性に尋ねた。

「あ、あれは、里佳子さんですよね……着ている服に見覚えがあるし、体形から見ても、あれは女性の身体つきのように見える……」

早い話、仰向けに転がった胴体の胸の膨らみが、明らかに成人した女性のものなのだ。

「そうだと思います」と蚊《か》の鳴くような声で若い家政婦が答える。「顔はないですけど」

「顔がなくても間違いないわ。あれは里佳子さんよ」奈々江はキッパリと断言した。「彼女の胴体が……胴体だけが、あんな状態で……いったい、どういうこと？」

奈々江は口許を手で押さえながら、何かを堪える素振り。こみ上げているのは悲しみの涙か、はたまた嘔吐物《おうとぶつ》か。慌てた俺はカーテンとガラス窓を両方閉めながらいった。

「とりあえず、この場所はこのままにして、いったん玄関に戻りましょう」

「そうね」ふらつく足どりの奈々江は、力のない声でいった。「警察を呼ばないといけないわね。一一〇番？　それとも駐在さんを呼びにいったほうが早いかしら……」

そういえば昨日、磯村邸を訪れる途中の道に、いかにも田舎の駐在所といった雰囲気の建物があった。そのことを思い出した俺は玄関に戻るや否や、宣言するようにいった。

「だったら僕、駐在所にひとっ走りして、お巡りさんを呼んできますよ。きっと、そのほうが早い。お二人は、ここにいてください。すぐにお巡りさんを連れて戻ってきますから」

4

それから、しばらくの後。俺は中年の制服巡査とともに、問題の山小屋を目指して森の小道を疾走中だった。前を走る巡査が、息を弾ませながら俺に聞いてくる。

「本当か。本当なんだな、君？　あの美人の画家さんが殺されたというのは……？」

「ええ、間違いありません。確かに、この目で死体を見ました」ただし胴体だけですがね——

と、その点は曖昧《あいまい》にしたままで、俺は前をいく巡査を急《せ》かした。「とにかく一刻も早く山小屋へ！　あの現場をひと目見れば、何が起こったのか、一目瞭然《いちもくりょうぜん》ですから」

「そうか。じゃあ君は現場に入ったんだな？」

「え!?　いえいえ、中には入っていません」俺は走る速度を緩めることなく答えた。「僕は窓から室内を覗いただけです。だって玄関には中から掛け金が掛かっていましたから」

「ん、中から掛け金だって!?」

といって前をいく中年巡査がいきなり立ち止まる。後ろを走る俺は、紺色の制服の背中に思いっきり鼻をぶつけた。「ぶッ——なんれすか！　急に止まんないれくらさいよ」

すると巡査は抗議する俺に厳《いか》つい顔を向けながら、「玄関に掛け金が掛かっていた？　君、それが何を意味するか、判っているのかね。あの山小屋は窓という窓に泥棒避《よ》けの鉄柵があるはず。なおかつ玄関扉に中から掛け金が掛かっていた。ということはつまり、現場は密室状態だったということになるんだぞ」

「ええ、そうですね。つまり、これは密室殺人……」

「そんなわけあるか。推理小説の読み過ぎだ！」中年巡査は吐《は》き捨てるようにいうと、より現実的な解釈を口にした。「密室殺人など現実の世界では起こらない。だとすれば、考えられる可能性はただひとつ。鍵の掛かった山小屋の中には、まだ犯人が潜んでいるってことだ。何らかの理由があって、犯人は犯行後も山小屋のどこかに留《とど》まっていた。これなら中から掛け金が掛かっていることも不自然ではない。そうじゃないかね？」

「な、なるほど確かに。——ってことは！」俺は自分の失策に思い至り、背筋に冷たい汗を覚えた。「マズい！　僕は山小屋の玄関先に女性たちを残してきてしまった」

——恐ろしい殺人鬼が、あの山小屋の中に、まだいるかもしれないというのに！

「そう、つまり事態は一刻を争うというわけだ。おい君、こんなところでジッとしてダラダラ喋《しゃべ》っている場合じゃないぞ！」

「あなたが急に立ち止まってダラダラ喋りはじめたんですよ、お巡りさん！」

そんな俺のツッコミを無視して、中年巡査は再び前を向く。そして先ほど以上の猛スピードで森の道を駆け出した。なんとか遅れを取るまいと、俺も懸命に彼の背中を追う。

やがて前方に一匹の《猛獣》が現れた。木の幹に括りつけられたクマのぬいぐるみだ。猪突《ちょとつ》猛進《もうしん》の中年巡査は、アッサリそれを追い越して森の小道を直進する。俺は慌てて彼の背中を呼び止めた。「わあッ、お巡りさん、行き過ぎッ、行き過ぎですよーッ」

「ん⁉　なんだ、そっちの道か」

そういって巡査は慌てて方向転換。小道の分岐点まで引き返すと、あらためて脇道のほうへと足を向けた。そうしてしばらく進むと、今度は前方に男性の背中が見えた。

青いポロシャツにハーフパンツ。重そうな身体を揺らしながら、山小屋の方向へと懸命に駆けている。その大柄な後ろ姿だけで、誰であるかは瞬時に判った。

「龍一さぁーん！」俺は巡査を追い越して、磯村龍一のもとへと駆けつけた。

「ああ、君鳥さんか。それに駐在さんも」龍一は汗びっしょりの顔を俺に向けながら、荒い息を吐いた。「さっき妹の奈々江から僕のスマホに連絡があったんだ。散歩の途中だったんだが、慌てて飛んできたよ」

「そうですか。とにかく急ぎましょう。なんだか嫌な予感がします」

俺と磯村龍一そして中年巡査の三人は、一列になって細い道を進んだ。間もなく前方に見覚えのある三角屋根が現れ、俺たちは山小屋にたどり着いた。玄関先には松阪奈々江と遠山静香、二人の元気な姿が見える。俺たちの姿を認めた彼女たちは、「こっちよ、兄さん！」「早く早く、君鳥さん！」と、それぞれに手招きしながら俺たちを迎えた。

「ああ、良かった。二人とも無事だったんですね」

何よりそれがホッとする事実だった。俺がいない間に、山小屋に潜《ひそ》んでいた殺人鬼が斧を持って姿を現し、玄関先にいた二人の女性を惨殺して逃走。そんな最悪のシナリオが、俺の脳裏には拭《ぬぐ》いきれずあったのだ。

無事再会を果たして喜ぶ俺たち。そんな中、制服巡査が張りのある声でいった。

「この青年によると、殺人事件という話でしたが、間違いありませんかな？」

「ええ、間違いありません、駐在さん」奈々江が真剣な表情で答えた。「とにかく、その目で現場をご覧になってください。——それに、いちおう兄さんもね」

「う、うむ、見せてもらおうか。どうも電話で聞いた話が事実とは思えないんだが……」

額の汗を拭いながら龍一は表情を強張《こわば》らせる。俺は龍一と中年巡査を建物の裏へと案内した。先ほどの腰高窓の前に立つと、あの凄惨《せいさん》な光景が網膜の奥でフラッシュバックする。自分で窓を開ける勇気はない。俺はピッタリ閉じたガラス窓を指差しながら、アサッテの方角を向いた。

「こ、この窓です。鍵は掛かっていません。——どうぞ」

「う、うむ、判った」緊張した顔の巡査は、手袋を嵌《は》めた右手を鉄柵の隙間から差し入れ、窓を引いた。目の前のカーテンを開けて、室内を覗き込む。瞬間、彼の口から「うッ」という呻《うめ》き声が漏《も》れた。「こ、これは、確かに酷《ひど》いな……だけど……ん!?」

中年巡査の声のトーンが微妙に変化する。彼の背後から首を伸ばす龍一も、どこか腑《ふ》に落ちないような表情だ。「あん？　これはいったい、どういうことなんだ？」

「どういうことって……ご覧になったとおりですよ。どう見たって殺人事件です。それも猟奇的なバラバラ殺人！　まさにこれは大事件です！」

確信を持って訴える俺。中年巡査は室内を覗き込んだまま頷いた。

「ふむ、確かに猟奇殺人を思わせる凄惨な光景には違いない。床も家具も何もかも血まみれじやないか。ここが殺人の現場になったことは、どうやら間違いないようだ」

「ええ、そうでしょう、そうでしょう。そして、その中に女性の死体が……」

「そんなものは、どこにも見当たらないようだがね」

「そうでしょう、そうでしょう……って、なんですって⁉」俺の口から素《す》っ頓狂《とんきょう》な叫び声。巡査と龍一の背中を掻き分けるようにしながら窓の前に立つと、「そんなわけないでしょう。ありますよ、死体。いや、死体っていうか女性の胴体が床にゴロンと……えええッ！」


再び驚きの声を発した俺は、もはや恐怖も何も感じないまま、開いたカーテンの向こう側を唖然《あぜん》と見詰めるばかり。開いた口からは呆《ほう》けたような声があふれ出した。

「嘘《うそ》だろ……ない……なくなっている……なんで⁉」


さっきまで乾いた血の中に転がっていたはずの女性の胴体。それがいまは、室内のどこを捜しても見当たらない。四肢と頭部を切断された美人画家の胴体は、まるで幻だったかのように、部屋の中から掻き消えているのだった。

5

「……ふむ、血まみれの部屋に転がった美女の胴体。それだけでも充分に奇妙な光景だが、発見されて間もなく、それが密室の中から煙のように消え去ったというわけか……」

読み終えた俺の原稿を珈琲カップの脇に置くと、男はテーブルを挟んで座る俺に対して訝《いぶか》しげな視線を向けた。「ええっと、それで君島《きみじま》クンとやら……」

「あッ、すみませんけど」ここは譲れないところだ。俺は相手の話を遮って、本日二度目の自己紹介を口にした。「僕、《君島》じゃなくて《君鳥》でして。——君鳥翔太です」

「え、そう!?」男はテーブルに置かれた俺の履歴書を慌てて再確認。それから小声で「なるほど、これは確かに君島じゃなくて君鳥……ま、どっちでもいいや」と投げやりに呟くと、あらためて目の前の原稿を指差していった。「で君鳥翔太クン、君はこれが作り話でも妄想でもなく、自らが実際に遭遇した体験談であると、そういうのだね？」

「ええ、そのとおりです」就活スーツに身を包む俺は、目の前の中年男を見やりながら、恐る恐る感想を尋ねた。「いかがだったでしょうか、編集長？」

「まだ君に《編集長》と呼ばれる立場ではないよ。僕はただ上司の命令に従って、この喫茶店を訪れ、磯村光一郎氏の書いた紹介状を君から受け取っただけ。——それと、君が書いたという、このルポをね」

そういって男は顎《あご》で原稿を示すと、窮屈そうな紫色のネクタイを右手で緩めた。

場所は東京都千代田区神田神保町にある喫茶店『エス』。磯村光一郎からあずかった紹介状を持ってこの店を訪れた俺は、講談社の編集長を名乗る中年男にそれを手渡したところ。だが有力者の紹介状だけでは、あまりに他力本願に過ぎるのではないか。そう思った俺は、自らが当事者となった殺人事件の詳細をルポルタージュとして書き綴り、その原稿を紹介状に添えて、図々《ずうずう》しくも初対面の相手に差し出したのだ。

紫ネクタイの編集長は、さすが一流出版社の編集長を務めるだけあって、真面目《まじめ》な人物らしい。紹介状はもちろんのこと、俺の書いた渾身《こんしん》のルポにも、その場でちゃんと目を通してくれた。正直いって手ごたえはアリだ。彼は俺の原稿にかなり興味を惹《ひ》かれている様子だった。少なくとも、この俺の《五人のうち四人は必ず読み間違える》騙《だま》し絵みたいな名字よりも、殺人事件のルポのほうに、彼の関心が向いていることは間違いない。

　俺は色好い返事を期待しつつ、自分の珈琲をひと口啜《すす》る。編集長はテーブルの上の原稿の一枚目を指先でトントンと叩《たた》きながら、おもむろに口を開いた。

「美人画家のバラバラ殺人事件は新聞やテレビでも大きく報じられていたから、僕も大雑把《おおざっぱ》なことは聞き及んでいるよ。確か解体された死体は、彼女が暮らす山小屋の傍《そば》にある滝で見つかったはずだ。滝つぼから少し離れた、水の澱んだ水溜まりのような場所で、それらはプカプカと水に浮いていた。そのように聞いた覚えがある」

「ええ、実際そのとおりです。切断された両手両脚それから頭部と胴体。死体はすべてのパーツが揃った状態で見つかりました。発見したのは現場周辺を捜索していた捜査員です」

「つまり、ここに書かれた奇妙な出来事があり、現場に警察がやってきて本格的な捜査が始まり、やがて消えた胴体は発見されたってわけだね。他の部位と一緒に……いや、《部位》って言い方だと、なんだか美味しい焼肉みたいだけど」

　――やめてくださいね、編集長。今度から焼肉、食えなくなるじゃないですか！

　ゲンナリした気分の俺は、自らの知り得る限りの情報を彼に伝えた。

「すべてのパーツが揃った上で死体は詳しく調べられました。そして被害者は杉本里佳子に間違いないことが、あらためて確認されたのです。ちなみに死因は絞殺。切断された首にロープ状のもので絞められた痕跡《こんせき》が残っていたのだとか。殺害されたのは、前の晩から未明にかけての出来事だったようです。だから現場に流れた血が乾いていたんですね」

「なるほど。だが僕の知る範囲では、死体発見の前段階にこのような《死体消失》――いや、厳密にいうならば《胴体のみ消失》か――そんな奇妙な現象があったと報じたメディアは皆無《かいむ》だったはずだ。ねえ、君鳥クン、本当に被害者の胴体は最初、山小屋の室内にあったのかい？」

「ええ、間違いありません。それがほんの僅かの間に消えてなくなったんです」

「そして、しばらく後に滝つぼ付近で発見されたわけか……ふむ」考え込むように腕組みした編集長は、やがてこう尋ねてきた。「それで君、川から引き上げられた死体を――特に胴体だが――君はその目で見たのかい？」

「ええ、見ました。見せられました。無理やり確認させられたんです」

「当然だろうね。で、どうだった？　川で発見された胴体と、君が山小屋で見たという胴体は、本当に同じものだったのかい？」

「ええ、同じものでした。見つかった胴体はピンクのTシャツに青い短パン……」

「正確にいいたまえ。ホットパンツだろ」

「え、ええ、そうです。青いホットパンツを穿いていました。事件の前日に磯村邸の庭で見た杉本里佳子と同じ服装です。そして山小屋で僕が見た胴体も同じ恰好《かっこう》でした」

「しかし同じ恰好だからといって、同じ人間の胴体だと決め付けることはできないだろう。着ている服は自由に脱がせたり着せたりできるのだから」

「ええ、その点は警察からも繰り返し聞かれました。しかし、あれが里佳子さんの胴体でないなら、いったい何だっていうんですか。他人の胴体ですか。そうだとするなら、里佳子さんが殺されたのと同じ時期に、よく似た体形の誰かが密《ひそ》かに殺されて行方不明になっているはずですよね」

「ああ、当然そうなるだろうね」

「でも、そんな事件は起きていません。そもそも他人の胴体を使って僕らの目を欺《あざむ》いたとして、それが何になるっていうんですか。目的がサッパリ不明です」

「確かにね。うむ、よく判ったよ。では君のいうとおり山小屋に転がっていたのは、間違いなく杉本里佳子の胴体だったとしよう。で、それが密室から消え去った。最大の不思議は、そこだ。密室からの胴体消失。いやいや、実に興味深いねえ」

どうやら編集長はこの手の不可能犯罪がお好みらしい。舌なめずりせんばかりの様子で身を乗り出してくる。そんな彼のパンパンに膨《ふく》れ上がった期待感をペシャンコにするのは忍びないが、ここで退屈な事実を告げなくてはならない。申し訳ない思いで一杯になりながら、俺は口を開いた。「いや、あのですね……その原稿には書いてありませんけど、後の調べで判ったことがあるんですよ。実は、あの山小屋は密室ではなかったんです」

「はあ、密室ではなかった？」想像したとおり、編集長の顔に落胆の色が浮かぶ。「どういうことだい？　窓という窓には鉄柵が嵌《はま》っていて、なおかつ玄関扉には中から掛け金。おまけに玄関先には二人の女性たちが、ずっと張り付いていたんだろ。完璧な密室じゃないか」

「ところがトイレにひとつ小窓がありましてね。それが個室の低いところ、床と同じレベルにある横に細長い引き違い式の窓なんですよ」

「ははぁ、昔の和式便所の個室によくあったな、そういう意味不明の窓が」

「たぶん掃除と換気のための窓なんでしょうね。いまの山小屋のトイレは洋式ですが、窓だけは昔のままの場所にありましてね。当然そこには鉄柵などありません。しかも中から施錠されておらず、誰でも簡単に開けられます。全開にした場合、縦二十五センチ横六十センチ程度。横長の狭い窓ではありますが、スリムな女性の胴体ぐらいは通ります。犯人が男性か女性かは判りませんが、痩せ型の人物ならば、やはり同様にその窓から外に向かって這《は》い出ることができたでしょう。しかもその窓は建物の裏側に向いています。玄関先にいる女性二人から、姿を見られる心配はありません。さらにいうなら周囲は朝から蟬の声がやかましく響き、おまけに滝の音も聞こえています。少々の音を立てても気付かれる心配は、ほとんどないってわけです」

「おいおい、なんだよ、それ？　じゃあ結局、どういう話になるんだい？」

「要するに警察の見解は、こうです」といって俺は、この密室問題についての残念な解釈を伝えた。「この原稿の中でも中年巡査が指摘したとおり、僕らが里佳子さんの胴体を発見した時点で、まだ犯人は山小屋の中にいたんですよ。アトリエにいたのかトイレにいたのか、それともクローゼットの中に隠れていたのか、それは判りません。でも確かに犯人は室内のどこかにいた。つまり犯人は山小屋の中で、にっちもさっちもいかない状況だったわけです。しかしそんな中、トイレの小窓が唯一の脱出口になると考えた犯人は……」

「その小窓を開けて外へ這い出したってことかい？」

「ええ、そういうことです」

「杉本里佳子の胴体と一緒に？」

「そうなりますね。胴体消失の謎《なぞ》を合理的に解釈するなら、それしか考えられません」

「んな馬鹿な……」編集長は呆《あき》れ果てた様子で肩をすくめた。「犯人がトイレの小窓から逃走するのは問題ない。当然の行為だろう。だが、なんで殺した女の胴体を持って逃げなくっちゃならないんだい？　どうせ、もう君らに目撃されているんだから、いまさら胴体を運び出したところで、犯罪の隠蔽《いんぺい》にはならない。それに胴体だけとはいえ相当な重量だ。そんなものは室内に置いて、さっさと逃げりゃいいじゃないか。それなのに、なぜ？」

「そう、そこなんですよねえ」

　俺は頭を掻くしかなかった。「確かに犯人の目的が判らないんですよ。そもそも、なぜ被害者の死体をバラバラにする必要があったのか。それは普通に考えるなら、死体の運搬や処分を楽にするためでしょう。けれど、この犯人は山小屋から運び出した死体のパーツを、すべて滝つぼ付近に放置している。どうも死体を隠そうという意図は全然なかったようです。しかし、それならばいったいなぜ……？」

「ふむ、なぜ犯人は死体をバラバラに解体したのか。最大の謎は密室なんかじゃなくて、むしろそっちってわけだ。なるほど、それはそれで興味深い話ではある……」

不可能犯罪がお好みの編集長は、猟奇殺人なども嫌いではないらしい。彼は冷めた珈琲をひと口啜ると、「まあいい。とにかく君の話は、よく判ったよ」と深く頷き、またしてもテーブルの上の原稿を指先でコツコツと叩きながらいった。「まだ決定ではないが、おそらくこの原稿は近日中に、うちの週刊誌に載ることになるだろう。きっと話題を呼ぶはずだ」

「えッ、週刊誌に掲載!?」俺は信じられない気分だった。講談社の週刊誌といえば、誰もが名を知るあの雑誌。新聞広告等でもお馴染みの――「しゅしゅ、『週刊現代』ですか!」

ところがどういうわけだか、その雑誌名を耳にした途端、編集長は不愉快そうな表情。「はぁ、『週刊現代』だってぇ!?」と妙なイントネーションで雑誌の名を呼ぶと、太い首をいきなり左右に振った。「いやいや、違う違う! 現代じゃない。うちの雑誌は『現代』の一歩先ゆく『週刊未来』だからね」

「はあ……『週刊未来』って……ちょ、ちょっと待ってくださいね」

俺は名刺入れにいったん仕舞った編集長の名刺を、震える指先でもう一度取り出すと、あらためて間近で眺めた。確かに、そこにあるのは『週刊未来』編集長の肩書き。そして、その脇に印刷されている出版社の名は――

「畜生、『放談社《ほうだんしゃ》』じゃねーか!」

俺は貰った名刺をメンコのごとくテーブルの上にペシッと叩きつけた。

「こんなの何かの間違いだ。僕は『講談社』を希望するっていったはずなのに! そうだ、きっと光一郎氏は耳が悪くて、僕の言葉を聞き間違えたんだ。そうに違いない！」

激しい混乱を露《あらわ》にしながら、俺はワナワナと拳を震わせる。一方、編集長は俺が叩きつけた名刺を手に取ると、それを自分の名刺入れの中に丁寧に仕舞いなおす。また別の機会に使う気らしい。——まったく、そういう貧乏臭いところが嫌なんだよ、放談社って！

思わず歯噛みをする俺をよそに、当の編集長は「いや、光一郎氏の耳のせいではないと思うよ」といって唐突に妙なことを要求してきた。「君ね、五十音のカ行をいってごらん」

「五十音のカ行って……カ・キ・ク・ケ・ホ？」

「コウダンシャ……いってみてもらえるかい？」

「ホウダンシャ……ちゃんといえてますよね？」

「素晴らしい。完璧だよ、君」テーブルの向こうで紫ネクタイの編集長は、大きく両手を広げて満面の笑みを浮かべた。「ようこそ我らが放談社へ。『週刊未来』編集部は君鳥翔太クンを新たな編集部員として歓迎しよう。そう、つまり採用決定ってことだ。——そいじゃあ、おい、さっそくだがキミドリ、おまえ、これから鎌倉《かまくら》にいってこいや。初仕事だ！」

「え、ええぇーッ!?」

ひょっとすると、俺はとんだブラック企業に捕まってしまったのかもしれない。そんな危機感を覚える一方で、『なぜ鎌倉に？』という素朴な疑問が、俺の中に湧《わ》き上がった。

6

ハッ――と目覚めると、そこは電車のボックス席。俺は寝ぼけ眼《まなこ》を手の甲でゴシゴシ擦《こす》りながら、「ああ、なんだ、夢か……」と妙にホッとした気分で呟いた。美人画家惨殺事件に遭遇《そうぐう》してしまう夢とブラック企業に入社してしまう夢。まったく毛色の違う悪夢と悪夢の豪華二本立て上映だった。まさに縁起が悪いとはこのことだ。

「やれやれ、これから箱根の磯村邸を訪ねて、光一郎氏に就職の斡旋をお願いしようっていうときに、まさかこんな夢を見るなんて――って、わあ、違う違う！」

俺はもう一度ハッとなって、あらためて車内の様子を眺める。よく見るとこれは小田急線ではなくて横須賀《よこすか》線。行き先は小田原《おだわら》・箱根方面ではなく、鎌倉・横須賀方面だ。俺は東京駅から自分の意思で、この電車に乗ったことを思い出した。

「そ、そうだった……」俺は額に浮かぶ冷や汗を掌で拭った。

美人画家は夢の中ではなく、現実世界の山小屋で惨殺されたのだ。そして密室にも思える現場から、なぜか彼女の胴体が消失。そして俺、君鳥翔太は一流出版社の『講談社』に入社するはずのところ、三流出版社である『放談社』にウッカリ入社してしまったのだ。夢ではない。すべて現実に起こったことだ。――畜生、目ぇ覚まして損したぜ！

とはいえ、目を覚ましてしまった以上は仕方がない。あの紫ネクタイの編集長に下された命令を果たすのみだ。そう覚悟を決めた俺は、しかしその直後には、「でも、本当にいるのかな？」と首を傾げて呟いた。「鎌倉に名探偵だなんて……」

しかも、それはプロの私立探偵などではなく、素人《しろうと》の安楽椅子《あんらくいす》探偵なのだという。

なおさら半信半疑の思いを拭いきれない俺。その耳に、どこからともなく響く車掌の声が、「次は鎌倉ぁ～」と眠たげにアナウンス。俺は慌てて降りる準備を始めた。


鎌倉駅に降り立ったころには、もう夕刻時だった。夏の陽もすっかり西に傾き、駅前には帰宅の途につく観光客の姿が目立つ。観光に興味のない俺は、鶴岡八幡宮《つるがおかはちまんぐう》の参道や大鳥居などには目もくれず、ただ編集長から知らされた住所と、大雑把な手書きの地図のみを頼りに、目的地へと歩く。すっかり観光地化された駅前付近を離れると、徐々に街並みは古都鎌倉らしい落ち着いた雰囲気へと変貌を遂げる。数々の神社仏閣と閑静な住宅とが俺の視界を交互に通り過ぎる。そうこうするうち俺は目的の場所に到着した。

それは一見、古民家《こみんか》としか思えない外観の建物。だが玄関の脇には大きく「一服堂《いっぷくどう》」と書かれた看板が掲げられ、ここが紛《まご》うかたなき純喫茶であることを示している。

俺はその看板を指差しながら、「おお、ここだ、ここだ、純喫茶『一服堂』――なんだよ、結構、判りやすい店じゃんか！」

編集長からは、『判りにくい店だから、頑張《がんば》って捜せよ』と散々脅かされていたのだ。

俺はさっそく玄関の引き戸を開けると、店内へと足を踏み入れた。地味な外観とは裏腹に、店内はお洒落《しゃれ》で華やかな雰囲気。おそらくは鎌倉マダムたちの憩いの場となっているに違いない。中途半端な時間帯のせいか、客の姿は若い女性が一名のみ。テーブル席でひとり静かに珈琲を飲んでいる。

　店内をざっと見回した俺は、カウンターの向こうに女性店員の姿を発見。クラシックなエプロンドレスを身に纏《まと》った年齢不詳の美女だ。慣れた手つきで白い皿を拭《ふ》いている。

「おお、あの娘だ、あの娘に違いない」そう呟いた俺は、躊躇《ためら》うことなくカウンターへと歩み寄ると、「やあ、君が噂のヨリ子《こ》さんだね。僕は放談社の者なんだが……」

「えッ、講談社の方!?」美女は皿を拭く手をピタリと止めた——

　ところが、その数分後——「なによッ、講談社じゃなくて放談社じゃない！　相手して損したわ。それに、あたしはヨリ子なんてダサい名前じゃないの。そんな娘、この店にいないわ。用が済んだなら、出てってちょうだい！」

　態度を豹変させた美女の罵声《ばせい》が店内に響き渡る。その声に背中を押されながら、俺は「一服堂」の玄関から外へと転《まろ》ぶように飛び出る。そして店頭に掲げられた看板を苦々しい思いで見やった。

「けッ、なんだなんだ、講談社と放談社、どっちも同じ《談》の字が付く出版社じゃんか。そんなに差をつけることねーだろーによぉ」

　数時間前の自らの振る舞いをすっかり忘れて、俺は吐き捨てる。だが、いずれにしても困ったことになった。指示されたとおり「一服堂」にきてみれば、そこに肝心のヨリ子さんがいない。俺は土地鑑のない鎌倉の街で、ひとり途方に暮れるばかりだった。

だが捨てる神あれば、拾う神あり。アテもなくトボトボと歩き出した俺の背後から、そのとき突然、呼びかけてくる女性の声。「――ちょっと、そこの放談社さん！」

「ん⁉」といって振り向くと、たそがれ迫る路上に立つのは若い女性。スリムな長身に黒いパンツスーツがよく似合う。ショートボブにした黒髪は清潔感があって美しい。年齢は二十代後半といったところか。切れ長の目が値踏みするように、こちらを鋭く睨《にら》みつけている。初対面の相手だが、迷うことなく俺は自ら問いかけた。

「何だい、君は？　この僕に何か用でもあるってかい？」

「うッ、出会って即、タメ口なのね……」

俺のフランクな人柄に衝撃を受けたのか、女性はムッと顔をしかめる。眉間《みけん》の皺がセクシーだ。その美貌を正面から見詰めながら、俺は問い掛けた。「そういえば君、さっきの喫茶店にいたよな。テーブル席で珈琲を飲みながら、僕の話を盗み聞きしていた」

「盗み聞きじゃないわ。自然とあなたの声が耳に入っただけよ」

「そうか」まあ、あの狭い店内では、そういうこともあるだろう。「で、僕の話に何か気になった点でも？　あ、ひょっとして、君も放談社に入社希望とか――」

「んなわけないでしょ！」ほとんど失礼とも呼べるほどの反射神経で、彼女は俺の言葉を完全否定。そして真剣な表情で聞いてきた。「あなた、ヨリ子って女性を捜してるのね。そして彼女に解いてほしい謎がある。そうなのね？」

「そうだ。純喫茶『一服堂』でバリスタをやっていると聞いて訪れてみたんだが、どうやら空振りだったらしい。――ん、君、ひょっとして知っているのか、ヨリ子さんのこと？」

「ええ、知ってるわ」

「ホントに⁉　そりゃ助かる。だったら、ぜひ連れてってくれ」

俺は摑《つか》みかからんばかりの勢いで、彼女ににじり寄る。彼女はそんな俺をやんわり押し返しながら、「ええ、連れていくのは構わないわ。ちょうど私も、これから彼女のところにいく予定だったから。でも、彼女があなたを歓迎するかどうか、それが心配ね。なんだか、あなた、彼女とはソリが合わなそうなタイプに見えるし……」

「そんなことないさ。こう見えても、女性全般に対して紳士的なほうだ」

俺は自らの胸を拳で叩き、根拠のない自信を誇示する。パンツスーツの女性は小さく溜《た》め息《いき》をつくと、「まあ、いいわ。ついていらっしゃい」といって、くるりと背中を向ける。

俺は歩き出した彼女を慌てて追いながら、「おいおい、ちょっと待ってくれよ。そもそも君は何者なんだ？　いや、他人に名前を聞くときは、まず自分から名乗るのが筋だな。よし、それじゃあ僕から名乗ろう。僕の名前は――」

「君鳥クンでしょ。さっき店の中で聞かせてもらったわ。私の名前は山吹薫《やまぶきかおる》よ」

「ふぅん、薫さんか。いい名前だ。では、ついでに聞くけど、薫さんの職業は？　黒いパンツスーツが板に付いているところから察するに、ひょっとして鎌倉署の刑事さんとか？」

当てずっぽうで口にした言葉だったが、意外や意外、彼女は「ええ、そうよ」と即答して、すぐさま首を傾げた。「でも、なんで判ったの？　それが記者の勘ってやつ？」

「え、マジで!?」俺は啞然《あぜん》として、目の前の彼女を見詰めた。――どうやら俺は素人の安楽椅子探偵に出会うより先に、プロの刑事に遭遇してしまったらしい。

だがまあ、味方と美女は多いほうがいい。美女が味方についてくれるなら申し分ナシだ。

そんなことを思いながら薫さんの案内に従うこと、しばらく。夏の陽がすっかりその姿を隠したころ、前を進む彼女が突然ピタリと足を止めた。これはチャンスだ。お約束どおり、美女の背中に自ら鼻面をぶつけにいく俺。だが、これがプロの危機回避能力というやつか、薫さんは背中に接近する俺の顔面を衝突寸前でアッサリかわすと、

「ほら、ここよ、ここ！」

そういって道路脇に建つ一軒の民家を指差した。

木造モルタル二階建て。築年数はざっと四十年程度か。昭和の面影を色濃く残す庶民的な一軒家だ。物凄く判りやすく喩《たと》えるならば、具体的な名称は控えるけれども、古くなった住宅をこれでもかというぐらい徹底的にリフォームして外観から内装まで新築そっくりに造り替えるという最近流行のやつ。あれの広告に《改修前》として、わざわざセピア色の写真などで示されるオンボロ家屋。それがこれだ。敢えて古民家と呼ぶほど趣《おもむき》があるわけでもなく、かといってけっして新しくはない。ただの古い家だ。俺はその建物を指差しながら、思わず首を傾げた。

「え、これ!?　これが……薫さんの家かい!?」

「違うわよ！　あなた、ヨリ子に会うために、ここにきたんでしょ！」

「やあ、そうだった。忘れるところだった」ていうか、完全に忘れていた。「じゃあ、ここがヨリ子さんの家ってこと？」

「半分当たってるけど、半分は間違ってるわね」謎めいた言葉を口にして、薫さんは門柱のインターフォンに指を伸ばす。ボタンを押すとスピーカー越しに聞こえてきたのは、蚊の鳴くような——というか、もはや死にかけの蚊が囁くがごとき——か細い女性の声だ。

『は……はい………どど、どな、た…………？』

——死んだのか!?　インターフォンでの会話中に女性ひとり、息絶えたのか!?

心配する俺をよそに薫さんは「私よ、薫よ。お店、開いてるんでしょ、ヨリ子？」

——ん、『お店』って？　そんなものがどこにあるんだ？

首を傾げながら周囲を見回してみても、ネオンサインはおろか看板ひとつ見当たらない。その一方でスピーカー越しの声は、なぜだか息を吹き返したらしい。にわかに歓喜の色を露にしながら、『まあ！　薫さん、きてくださったんですかッ、嬉しいッ』

「じゃあ、入るわね」薫さんは優しい口調でスピーカーに向かっていうと、俺のほうに向きなおりながら、「さあ、いきましょ」と門の向こうを指差す。俺は戸惑うばかりだ。

「え!?　だけど、ここって普通の家だよな。お店じゃなくて……」

「ええ、ここは確かにヨリ子の家。だけど単なる家じゃない。彼女の店でもあるの。いわば隠れ家的な居酒屋ね。――ほら、看板だって、ちゃんとそこに出てるでしょ」

「え、どこ、どこ？」慌ててキョロキョロと顔を振る俺。その視界の隅に、辛《かろ》うじて引っ掛かった物体。それは門柱にひっそりと掲げられた表札だ。そこには真新しい文字で「一服亭《いっぷくてい》」とある。「な、なるほど、なんとなく居酒屋の屋号っぽいな……」

　確かにこれは表札ではなくて看板なのだろう。どうやら俺の捜し求めたヨリ子さんは、純喫茶「一服堂」ではなく、居酒屋「一服亭」という新たな商売を始めたようである。

　しかし、こんな小さな《看板》を発見して無事に店までたどり着ける客が、いったいどれほどいるというのか。まるで来客を拒むかのごとき意地悪な門を通り抜けて、俺は薫さんとともに店の敷地《しきち》（？）へと足を踏み入れる。建物と同様、庭の様子もまた一般的か、それ以下のレベルとしかいいようがない。門から続く小道には雑草が茂り、手入れの雑な庭木は妙な方向に枝を張っている。その先に現れたのは、薄ボンヤリとした明かりに照らされた玄関だ。

　古ぼけた引き戸に手を掛けた薫さんは、

「お邪魔するわよ、ヨリ子」

　ひと声掛けて、躊躇うことなく目の前の戸を引く。すると意外というべきか当然というべきか、次の瞬間、引き戸の向こうに出現したのは、靴脱ぎスペースではなく下駄箱でもなく上りがまちでもなく、それは料理店でお馴染みのカウンター席だった。奥の棚には数々の日本酒や洋酒の瓶が並んでいる。その光景に俺は激しく当惑した。民家の庭先から『どこでもドア』を開けて、一瞬で小料理屋の店内に到着したような、そんな錯覚を覚える。

――なるほど、ここは確かに飲み屋。てことは、ここが「一服亭」か！

と、ようやく状況を理解する俺。するとカウンターの端を回って玄関に現れたのは、和服姿の妙齢の美女だ。彼女は俺の存在などまるで視界に入らない様子で、薫さんのもとに歩み寄ると、「まあ、お久しぶりです」といって再会の喜びを爆発させた。「最近、薫さん、ちっともきてくれないから、お店はずっと閑古鳥《かんこどり》が鳴いていたんですよ」

それは山吹薫刑事の責任ではないだろう。まずは看板のサイズから見直すべきだ。

思わず苦笑いを浮かべる俺をよそに、薫さんは親しげに右手を挙げながら、「ああ、ゴメンね、ヨリ子。最近、仕事が立て込んじゃってさ。でも今日は久しぶりに、あなたの作る美味《うま》い肴《さかな》で一杯やりにきたの。――それとね」

といって女刑事は挙げた手を、そのまま俺へと向けた。

「今日は新しい客を連れてきてあげたわよ」

薫さんからバトンを受けた俺は、臆《おく》することなく店の玄関をくぐると、

「どもッ、初めまして。僕、『週刊未来』編集部の君鳥っていいますッ」

と、どんな女性からも親しまれるフランクな態度で初対面のご挨拶。――すると！

「………………」

なぜか「一服亭」の玄関に漂《ただよ》ったのは、どんな沼よりも深い沈黙だ。その直後、ようやく俺の存在が目に留まったのか、ヨリ子さんの口から「ひえぇッ！」という引《ひ》き攣《つ》った声。まる

で夜道で幽霊かヤクザにでも遭遇したかのように慌てふためく彼女に対して、「怪しい者ではありません。大丈夫です、慌てないで！」と俺は懸命にアピール。しかし、これは逆効果だったらしい。パニック状態の和服美人は、「ひゃぁぁ！」と後ずさりしてカウンターの角に背中をドシン。「うッ」と呻き声を発したかと思うと、その場にヘナヘナとしゃがみ込む。そして過呼吸寸前の野良犬のごとく「ハッハッハッ……」と舌を出しながら荒い息。その震える口許からは、どれほど待っても『いらっしゃいませ』の言葉は聞けそうになかった。

「見てのとおり、ヨリ子は極度の人見知りなのよ」

「いやいや、もはや《人見知り》って言葉じゃ片付けられないレベルだろ！」さすがの俺も目の前で繰り広げられた女将《おかみ》の痴態《ちたい》には呆れるしかない。「編集長から噂《うわさ》は聞いていたよ。けれど、正直ここまで常軌を逸した人物だとは想像もしなかった。――いや、しかし待てよ。この人って本当にヨリ子さんなのか？　僕が編集長から聞いた、純喫茶『一服堂』の安楽椅子探偵のヨリ子さんとは、年齢やら雰囲気やら、違いすぎる気がするけど」

　そう呟きつつ、あらためて俺はフロアにしゃがみ込んだ和服美人を見やる。派手さはないが目鼻立ちは美しく整っている。左目の泣きボクロがミステリアスで儚《はかな》げな印象。アップに纏め上げた黒髪は濡《ぬ》れたように艶やかで、露になったうなじが色っぽい。冷静に接客してくれさえすれば素敵な女将なのに――と、その点だけ残念に思わざるを得ない。

　そんなヨリ子さんは、乱れる呼吸の隙間を縫うように、「二……二……」と懸命に言葉を絞り出した。「二……二代目なんです……わたくし……」

「ん、二代目⁉　ああ、この店の二代目ってことかい⁉」

「いいえ、少し違うわ」ヨリ子さんに代わって、薫さんが答える。そして彼女は青ざめた顔の女将に対して、厳しい口調でいった。「ほら、ヨリ子、子供じゃないんだからブルブル震えてないで、女将らしく挨拶しなさいよ。あなたのお客様でしょ！」

すると、どうやらこの女将にもプロ根性というべきものが備わっているらしい。

「そ、そうですわね……薫さんのおっしゃるとおりですわ……」

まるで最後の力を振り絞ってダイイング・メッセージを残そうとする瀕死の被害者のごとく、息も絶え絶えの様子で女将は顔を上げる。そして自らの力でなんとか立ち上がると、乱れた着物を直してから、ぎこちない仕草で一礼。そして、ついに彼女は自らの名前を口にした。

「初めまして……わたくしはこの店の女将、安楽《あんらく》ヨリ子……漢字で『安楽椅子』と書いて『アンラクヨリコ』と読むのですが……ただし二代目……二代目、安楽ヨリ子でございます……この度は『一服亭』に……ようこそ……いらっしゃいまし……」

だが最後の言葉を言い切る寸前、彼女の中で張り詰めていた何かがプツンと切れたらしい。ヨリ子さんは一瞬白目を剝《む》くと、その場に膝からくずおれる。慌てて俺と薫さんが両側から手を差し伸べ、脱力した彼女の身体を危うく抱きかかえた。俺たち二人の腕に支えられながら、人見知りの女将は無言のまま固く目を瞑《つぶ》っている。

「死んだのか、ヨリ子さん？」

「いいえ、気を失っただけよ」

よくあることなの——と驚くべき呟きを漏らして、女刑事は深い溜め息をついた。

7

どうやら安楽ヨリ子と出会うまでに時間を浪費しすぎたらしい。いや、厳密にいうなら、俺は結局、編集長が教えてくれた安楽ヨリ子には会えなかったのだ。たまたま会えたのは、どうやら二代目の安楽ヨリ子らしい。——でも待てよ。そもそも二代目って、どういうことだ？　落語や歌舞伎といった伝統芸能に三代目や十五代目がいるのは判るが、安楽椅子探偵にも二代目がいるのか？　それって何だよ、いわゆる《引《ひき》田《た》天功《てんこう》方式》ってやつか？

よく判らないが、とにかく二代目と出会えただけでも僥倖《ぎょうこう》といえる。こうなれば、初代と同等の探偵能力が、この頼りない二代目にも備わっていることを信じるばかりだ。

そんなわけで俺は、気絶したヨリ子さんが覚醒するのを待って、

「とりあえずビールね。それから料理は《お任せ》で、お願いするよ」

と適当すぎる注文。やがてカウンター席に座った俺のもとに、キンキンに冷えたビールのジョッキと、お通しとして《ひじき煮》の小鉢が届けられた。ちなみに、それらの品はヨリ子さんの手から、いったん山吹薫さんへ、そして俺へとリレー方式で手渡されたものだ。実に面倒だが仕方がない。注文の品をヨリ子さんが直接、俺に手渡しするには、あと五億年ぐらいはかかるはずだ。俺は《ひじき煮》を肴に、ビールジョッキを傾けながら、杉本里佳子殺害事件の

詳細を語った。

ヨリ子さんはカウンターの向こう側。終始、背中を向けた状態で俺の話を聞いている。いや、実際は聞いてくれているのか、《絶賛、聞き流し中》なのか、それとも何か手の込んだ料理でもこしらえているのか、よく判らない。とにかく俺は彼女の和服の背中に、鮮やかな帯に、綺麗なうなじに向かって、血みどろの猟奇殺人の話をするばかりだ。

「ふんふん、なるほどねー」と相槌《あいづち》を打ちながら、実質的な聞き役になってくれたのは、薫さんのほうだ。俺が事件について、ひと通り語り終えると、「へえ、そういう事件だったのね、箱根で起こった殺人って」と意外そうにいって、彼女はレモンチューハイをひと口。そして素直な感想を述べた。「猟奇殺人だってことは、鎌倉署の刑事課でも話題になっていた。だけど、まさかそんな奇妙なことが起きていたとは思わなかったわ」

「そうだろうとも。実に興味深い事件だ。僕はこの事件に間近で関わった人間として、何とか事の真相を暴いて、『週刊未来』の巻頭ページを飾りたいんだ。——ところで」俺は声を潜めると、隣の女刑事に耳打ちした。「君の親しいあの女性は、いまの僕の話をちゃんと聞いてくれていたのかな？」

「大丈夫よ。だって、あの娘《こ》は安楽椅子探偵『安楽椅子《あんらくよりこ》』だもの」

「ただし、その二代目だろ」

「まあ、そうだけど」と頷いてから、薫さんは話題を事件に戻した。「ところで質問、いいかしら？　現場となった山小屋の状況について、よく判らないところがあるんだけど」

「ほう、どんなところだい？」

「たとえば、山小屋の玄関扉には中から掛け金が掛かっていたのよね。その掛け金って、どういうやつだったの？」

「なーに、ごく普通のタイプだよ。金属製の掛け金が扉の枠の部分に固定されている。それをくるりと回転させて、扉の側にある受け金に掛ける。最も原始的なロックだな」

「そう。だったら最も原始的なトリックで、その掛け金はロックすることができるはずよね。例えば氷のトリック。掛け金を上向きの状態にした後、氷の破片を隙間に挟んで、掛け金を一時的に固定する。そして犯人は外に出て、静かに扉を閉じる。やがて氷が溶けると、上を向いていた掛け金が横に倒れて、受け金に収まる。扉は中からロックされる。この季節だから溶けた氷は、すぐに蒸発するわ。こういうやり方は可能かしら？」

「ブラボー！」俺はこの刑事の発想力に心から賞賛の声を送った。「それは充分可能だ。つまり、この事件においては玄関扉に掛け金が下りていることは、謎でも何でもない。氷以外のものを用いても、同様のことは可能だったろう。結局、問題となるのは死体の胴体部分の消失だ。山小屋のリビング兼寝室に転がっていた杉本里佳子の胴体。しかし僕が現場と駐在所を往復する間に、それは煙のように消えてなくなった。玄関前には光一郎氏の娘である松阪奈々江と家政婦の遠山静香がいた。窓には鉄柵があって人は通れない――」

「そう、そこでまた質問だけど、その鉄柵というのは、どういう造りなの？　なんていうか、こう、真っ直ぐな鉄の棒が何本も等間隔に並んだような、牢屋のような……」

「ああ、判る判る。物凄く判りやすく喩えるならば、小学生のアホな男子が両手で鉄の棒を握り締めながら『出してくれー、俺は無実だぁー』とかやるような鉄柵のことだろ」

「そう、まさにそれ！」薫さんは指を突き出して頷いた。「その手の鉄柵だとしたなら、ひょっとして胴体ぐらい通らないかしら。大柄な男性の胴体は無理だとしても、スリムな女性の胴体ぐらい、何とかならない？　例えば、鉄柵の棒と棒の間を一時的に横に広げて、そこから胴体を通す。しかる後にまた鉄柵を元どおりの幅に戻しておく——みたいな」

「なるほど、面白い考えだ。しかし残念——」

「やっぱり駄目？」薫さんは再びレモンチューハイのグラスを傾けて、「そういえば被害者の杉本里佳子はスリムだけれど胸は普通にあったって話だったし、やっぱり無理かしらね」

「いや、それ以前の問題だ。実は現場の窓にあった鉄柵は、君が考えているようなシンプルな鉄柵じゃない。詳しく説明するとだな、それは十七センチ程度の間隔で鉄棒が格子状にクロスしているんだ。まさに鉄格子さ。一辺十七センチほどの菱形——ちょうどトランプのダイヤみたいな形なんだが——それが網目のように窓全体を覆っている。そんなイメージだな。だから一時的に鉄柵の間を広げて、また元に戻すなんて真似《まね》は絶対に不可能。もちろん人間の胴体なんて通るはずがないってわけだ」

　確信を持って断言した俺は、ジョッキのビールをグビリとひと口。そんな俺の言葉に薫さんも充分に納得した表情だ。ところが——

　そのとき、なぜかカウンターの向こうに立つ女将の背中がピクリと反応を示す。一瞬振り向きかけて、何かいいたげな素振《そぶ》りを見せるヨリ子さん。だが持って生まれた人見知り気質が邪魔するのだろうか、結局、彼女は完全に振り返ることはせず、再び俺たちに背中を向ける。そして何を思ったのか、コップの水をゴクリとひと飲み。それから妙に活《い》き活《い》きした様子で、新しい料理に着手しはじめるのだった。

実は先ほどから気になっていたことだが、この居酒屋、《お任せ》したはずの料理がサッパリ出てこない。お通しの《ひじき煮》が出てきたきりで、カウンターの上は少しも賑やかにならないのだ。まあ、ヨリ子さんが俺の話に集中している結果、料理のほうがおろそかになっているというのなら、べつに構わないのだが。——しかし、ひょっとすると、この「一服亭」って、極端に手際の悪い居酒屋なのかもしれないな！

あれこれ考えた末、俺はヨリ子さんを無闇に刺激しないようにと思い、また隣の女刑事を話し相手に選んだ。「どうだい、まだ何か聞きたいことでも？」

「そうね。あまり面白い発想ではないけど、山小屋の玄関先にいた松阪奈々江と遠山静香がグルってことは考えなくていいわけ？　その二人が犯人なら、あなたが駐在所に駆け込む間に、こっそり胴体を山小屋から運び出すことぐらいは、簡単にできたはずよね」

「そりゃまあ疑おうと思えば、何だって疑うことはできる。だが僕の見た限りでは、その二人が共犯っていう線はないな。杉本里佳子が死ぬことは、松阪奈々江にとっては確かに利益となるだろう。あの美人画家と磯村光一郎氏がもし結婚するようなことにでもなれば、実の娘といえども遺産の取り分は、ぐっと目減りしてしまうわけだからね。事実、光一郎氏は杉本里佳子との結婚を視野に入れていたという噂も伝わっている」

「だったら、松阪奈々江が大金を積んで、その家政婦を仲間に引き込んだという可能性も、充分考えられるんじゃないの？」

「いや、ところが遠山静香という女性、意外と実家は裕福でね。磯村邸で家政婦をやっているのは、いわばお嬢様の花嫁修業みたいなものらしい。そんな彼女が大金に目がくらんで他人の殺人の片棒を担《かつ》ぐなんて、ちょっと考えられないと思うんだな」

「あら、そうなの。じゃあ、やっぱり警察の見解が正しいってことになるのかしら。要するに、あなたたちが山小屋の中で胴体を発見したとき、犯人はまだ室内にいた。そして、トイレの小窓から密かに外へと出ていった。血まみれの胴体を抱えながら——」

「確かに、いまのところそれが胴体消失の謎に対する唯一の答えかもしれない。だが、それでもやっぱり疑問は残る。編集長も指摘したことだが、なぜ犯人はそんな状況で、わざわざ胴体を抱えて逃げるんだ？　いや、それ以前に、なぜ犯人は朝まで現場に留まっていたんだ？　殺人そのものは夜から未明のうちにおこなわれたらしい。死体の解体などで時間を取られたとしても、犯人はもっと早い段階で現場を離れることができたはずだ。それなのに、なぜ——？」

「そうね。案外、犯人のその矛盾《むじゅん》した行動にこそ、事件の謎を解くカギがあるのかもよ」

「というと？」

「犯人は胴体を抱えて逃げた。逆にいうなら、胴体を現場に残しておくことは、犯人にとって決定的にマズイことだった。そう考えることも可能だと思わない？」そういって意味深な表情を浮かべた薫さんは、慎重な口調で続けた。「これは推理というより、あくまで私の想像に過ぎないんだけれど——山小屋にあった胴体は、実は胴体ではなかった！」

「はあ、胴体じゃなかった⁉」

そう呟いた瞬間、またしても俺の目の前で女将の背中がピクリと反応を示した。間違いなくヨリ子さんは、こちらの話に注意を払っている。聞き流してなどいない。それが証拠に、お通しの《ひじき煮》が出て以降、現在に至るまで、いっさい何の料理も、それこそお新香《しんこ》ひとつ出てこないではないか。——まったく、どうなってんだ、この居酒屋！

だが、まあいい。俺は女将の後ろ姿に視線を向けたまま、隣に座る女刑事に尋ねた。

「胴体じゃなかったなら、僕が現場で目撃したアレは、いったい何だったんだ？　ひょっとして僕が見たのは、学校の美術室にあるような、手脚のない彫像だったとでも？」

「うッ、まさしくその可能性を考えていたんだけれど……違うの？　でも可能性はあると思わない？　現場は美術室ではないけれど、画家のアトリエを兼ねた山小屋。だったら彫像くらいあって不思議はないはず。手や脚はもちろんのこと、頭部さえもない、ただ胴体だけの彫像よ。犯人はその彫像にTシャツや短パンを……」

「ホットパンツだよ、薫さん」

「どっちだっていいわよ！　とにかく犯人は彫像に被害者の服を着せた。そして剥き出しになった手脚の付け根には赤い絵の具か何かを塗って、切断面っぽく装った。何も知らないあなたは窓からそれを見て、手脚と首を切断された女性の胴体だと思い込んだ——」

「んな馬鹿な。そんなことは絶対にない。これはもう現場で実物を見た僕の目を信用してもらうしかないけれど、あれが服を着せられた彫像だなんて、そんなわけがない。僕は確かに見たんだ。血が滴《したた》る腕の切断面やら血の気の失せた白い首筋やら。――ああ、いま思い返しただけでもムカムカと吐き気がしてくる。くそ、マジで吐きそうだ、おえ！」

「やめてよ。ここでゲロするのだけは勘弁して！」薫さんは慌てて上体を傾け、俺と少しでも距離を取ろうとしながら、「判った、判ったわよ。あなたの目を信用するわ。確かに彫像は彫像。所詮《しょせん》は無機物だものね。そう簡単に生身の人間の質感は出せないわよね」

「ああ、ひょっとすると、その質感が出せるのは、画家である杉本里佳子なのかもしれないな。彼女なら絵筆と絵の具でもって、生々しい切断面や肌の色を再現できたのかも。だが残念。彼女は被害者であって、犯人ではない」

「そうね。杉本里佳子が犯人のために、自分に似た彫像をこしらえるはずもないし……」

「それにトリックに用いた彫像をその後、どうするのかという難題は結局残る。君の推理はなかなか面白いけれど、残念ながら真実に届いていないといわざるを得ないな」

一方的に俺が断じると、彼女は刑事としてのプライドを大いに傷つけられた様子。ムッと口許を歪《ゆが》めると、こちらに突っかかってきた。「何よ、偉そうに！　あなた、他人の推理にケチを付けるのなら、自分自身の推理も示しなさいよね」

「僕自身の推理!?　はははッ」俺は何ら恥じることなく胸を張った。「この僕に推理力なんてないさ。だからこそ安楽椅子探偵、安楽ヨリ子の推理を拝聴しにきたともいえるわけだ」

「なに威張《いば》ってんのよ!?」

「べつに威張っちゃいないさ。実際、何もいい考えが浮かばないんだ。なぜ胴体は消えたのか。誰がどうやって消したのか。サッパリ意味が判らない」カウンター席に座りながら腕組みする俺は、首を傾げながら続けた。「うーむ、ひょっとすると何か根本的な部分が間違っているのかもしれないな。単に現場から胴体が消えるというだけに留まらない、何かもっと大きな陰謀。その巨大な渦に僕は巻き込まれている。――そんな印象があるんだ」

呟くようにそういった瞬間、三たび、目の前でヨリ子さんの背中がピクリ。すると何を思ったのか、彼女は冷蔵庫の扉を開けて、中から何らかの食材を取り出す。そして目にも留まらぬ猛スピードで包丁を振るうと、次の瞬間には、切られた食材は手際よく長方形の皿に盛り付けられて一品完成。ヨリ子さんはその皿を、いったん薫さんに手渡す。薫さんはその皿を俺へと手渡す。非効率的なバトンリレーの末、ようやく俺の前に到着した本日の二皿目。それは鮮やかな色つやを放つ、見るからに新鮮な赤身のお肉だった。

「おほッ、ひょっとして熊本名物の馬刺しかい？　こりゃ美味しそうだな」

さっそく箸《はし》を手にした俺は、ひと切れ摘《つま》んで生姜《しょうが》を載せ、九州醤油でいただく。たちまち口の中に広がる濃厚な肉の味。クセがなく臭みもなく、凝縮された馬肉の旨みだけが口全体に伝わる。俺は心の底から唸った。

「ううむッ、この味わい、この食感！　これぞ馬刺しの中の馬刺し。まさに馬刺しのサラブレッドだ！」

「その褒《ほ》め方は駄目でしょ！」薫さんはゲンナリした表情で箸を置いた。

何が駄目なのかピンとこない俺は、瞬《また》く間に馬刺しの数切れを食する。そして、いまさらながら首を傾げた。「ん⁉　それにしてもヨリ子さん、どうして熊本名物の馬刺しを、いきなり二皿目に……あれ、馬刺し……熊本名物……熊本……熊……クマ……⁉」

その瞬間、俺の脳裏に閃《ひらめ》くものがあった。いままで見過ごされていたアイテムが突如、大きな存在となって意識の表面に浮上する。俺は箸を置き、再び話を事件へと戻した。

「そういえば、森の中にクマがあった！」

「クマがあった⁉　ああ、森の小道の分岐点にあったクマのぬいぐるみね。目印として木の幹に括りつけられていたんでしょ。そのクマがどうかしたの？」

「いま閃いたんだ。ひょっとして、こういうことは考えられないか。――僕がお巡りさんを呼びにいってから、戻ってくるまでの間に、あのクマは密かに動かされていた。最初にあった分岐点から、そことよく似た別の分岐点に移動させられていたんだ。だが森の地理に詳しくない僕は、クマが移動させられているなんて気付きもしない。結果、そのクマを目印にして、僕はお巡りさんを間違った場所へと案内してしまった――」

「つまり、二度目にたどりついた山小屋は、あなたが最初に見たものとは異なる、まったく別の山小屋だったってこと？」

「そうだ。外観も内装もそっくり同じ、だけど全然違う場所にある、もうひとつの山小屋だ。そして、その室内に杉本里佳子の胴体はない。当然だ。違う山小屋なんだから！」

「そ、そんなことって……あまりに大胆すぎるトリックじゃないかしら……それに」薫さんは当惑したような表情で、根本的な疑問を口にした。「そんな大掛かりなトリック、いったい誰が何のためにやるっていうの？」

「そうだ、まさに君のいうとおり……うん、ホント……実際、何のためにやるんだろ？」

「知らないわよ！　あなたが言い出したトリックでしょ！」

責任取りなさいよ、とばかりに薫さんは横目で俺を冷たく睨みつける。

「いやいや、これは僕が言い出したトリックだけれど、僕が考えたものではなく……」

しどろもどろの俺は責任転嫁するがごとく、目の前のヨリ子さんへと視線を送る。そして彼女の微動だにしない背中に向かって呼びかけた。「お、おい、ヨリ子さん、そろそろ何かいってくれないか？　僕らの会話は全部、君の耳に入っているはず。そして君は優秀な安楽椅子探偵『安楽椅子』——の二代目なんだろ。だったら教えてくれ。いま僕が語った推理が、果たして正鵠《せいこく》を射ているのか、それとも間違って——」

「クソほど間違っていますわ！」

俺の言葉を包丁でぶった切るように、鋭く響き渡る女性の声。それが目の前で背中を向ける美人女将の口から発せられたものであると気付くのに、数秒の時間を要した。

次の瞬間、唖然とする俺の目の前で、ヨリ子さんが突然くるりとこちらを振り向く。そしてカウンター越しに俺の目を真っ直ぐ見詰めると、彼女は極度の人見知りとは到底思えないほどの堂々としすぎる口調で一気に捲《まく》し立てた。

「ええ、君鳥さんの推理は間違っていますわ。それはもう、本日の一皿目としてお出しした《ひじき煮》の塩加減と同様、思いっきり間違っていますとも。――実に、しょっぱい！　まったくもって、しょっぱすぎる推理ですわ！」

8

居酒屋「一服亭」の狭い店内にシーンという深い静寂が舞い降りる。女将から浴びせられた、いきなりの暴言。そのあまりの衝撃に言葉を失った俺は、当然の怒りを露にするまでに、またしばらくの時間を要した。「しょ……しょっぱいだって!?　ああ、確かにお通しの《ひじき煮》は少ししょっぱかったよ。僕は結構、好きな味だけどな！」

「気に入っていただけて嬉しいですわ」

「だが、僕の推理がしょっぱいとは何だ！　仮にも客である僕の推理を侮辱するのか！」

「あら、しょっぱいからしょっぱいと申し上げているだけですわ」

さっきまでの人見知りキャラは、どこへやら。ヨリ子さんは臆する様子もなく、カウンター越しに堂々俺と渡り合った。「君鳥さん、あなたのおっしゃった推理は単なる思い付きですわ。熊本名物の馬刺しから、クマのぬいぐるみを思い出して、そこから位置誤認トリックを連想しただけ。しかし実際には、現場となった山小屋の周囲に、よく似た別の山小屋などなかったはず。あればとっくに警察が発見していますわ。それに、そのような位置誤認トリックが成立するには結局、松阪奈々江と遠山静香の共犯関係が不可欠。そうではありませんこと？」

「うッ、それはまあ、そうだが……」

「だから、申し上げているのですわ。あなたの推理はしょっぱすぎると！　うちで出す《ひじき煮》と、どっこいどっこいのレベルでしかないと！」

「くッ、確かにヨリ子さんのいうとおりかも……俺の推理はしょっぱいのかも……」

だが待てよ。そもそも俺の推理のキッカケになった熊本名物は、彼女が出してきた料理だったはず。ひょっとしてこの人、自分の提供する料理で、こちらの推理を間違った方向に誘導して、しかる後に、その間違い推理を罵倒《ばとう》して喜んでいるのでは？　だとしたらこの女将、見かけによらず意地悪な女性ということになるが。——それとあと、そんなに低レベルな《ひじき煮》なら、なんでそれを一皿目に出すんだよ、ヨリ子さん！

　いずれにしても女将の言動に戸惑いを隠せない俺だった。

すると薫さんが簡潔な解説を加えた。「ヨリ子はね、自分の推理に確信を持った途端に、他人の推理をボロクソに酷評する、そういう悪い癖《くせ》があるの。そういう人柄なのよ」

「サイテーな人柄じゃんか。接客業には向いてねーな！」あと探偵にも向いてない気がするけれど、「ん、しかし待てよ。自分の推理に確信を持った途端!?　てことは——」

　ふと真顔に戻った俺は、あらためて美人女将を見やりながら、

「じゃあヨリ子さん、この事件の真相が判ったというのか。いやいや、まさか！　いくら有名な安楽椅子探偵の二代目だとしても、そう簡単に謎が解けるなんてことは……」

「まあ、失礼な。わたくし、料理の腕前には自信がなくとも、謎を解くことについては、誰にも負けませんわ」

「あらあら、凄い自信ね、ヨリ子」

「凄い自信……なのか？」自信を持つポイントがズレてるだろ。どっちが本業だよ？　俺は呆れ顔で女将にいった。「ま、いいや。そこまでいうのなら、ぜひ教えてもらおうか。山小屋の中にあった女性の胴体は、なぜ消えた？　どこへ消えたんだ？」

　このストレートな問い掛けに対して、女将は真横に首を振った。「いいえ、胴体は消えてなどいません。最初から山小屋の中に胴体などなかったのですわ」

「はあ、胴体がなかった⁉」

「あら、それじゃあヨリ子、さっきの私の説が、実は正しかったってことね。『山小屋にあった胴体は、実は胴体ではなかった』――そういうことなのね？」

「ええ、完全に正しいわけではありませんが、君鳥さんのしょっぱい推理に比べれば、薫さんの推理のほうが、遥かにマシなお味ですわ」

「えへ、褒められちゃった！」

「おい、勘違いするな。それほど褒められてないぞ、薫さん」俺はカウンターの中へと視線を戻して尋ねた。「どういう意味だ、ヨリ子さん？　僕が現場で見たアレが被害者の胴体でないなら、いったい何だというんだ。僕にも判るように説明してもらえないか」

　するとヨリ子さんは突然、どこかの居酒屋チェーンの店員のごとく、「はぁーい、喜んでぇー！」

と大きな声。そして回れ右すると、再び俺に背中を向ける。そして菜箸《さいばし》を手に取ると、すでにコンロの上で煮立っている小鍋の中から、何やら黒い物体を摘み上げる。それを小皿へと盛りつけたヨリ子さんは、振り返りざま、それをズイとばかりに俺の目の前に突き出した。五億年はかかると思われた瞬間が唐突に訪れて、思わず俺は目をパチクリ。訳が判らないまま、とにかく彼女の突き出す小皿を手渡しで受け取った。

「えーっと、これは何なのかな？」小皿の中を覗くようにしながら問い掛けると、

「本日の三皿目ですわ」とヨリ子さんが答える。「刺身でも食べられる新鮮なマグロをコンブで巻いてカツオの出汁《だし》で煮込んだひと品です。本日のメインディッシュですわ」

「これがメインかよ！　ただのコンブ巻きじゃんか。しょぼい献立《こんだて》だな！」

「あら、だって《お任せ》というご注文ですもの。わたくしの好きなようにやらせてもらいますわ。——いいから文句などいってないで、さっさと食ってごらんなさいませ！」

くそッ、サッパリ意味が判らん——と内心で吐き捨てながら、俺は自分の箸を取り、小皿の中のコンブ巻きらしき黒い物体を摘み上げる。なるほど、確かにマグロらしき魚の身が筒状に巻かれたコンブの中に詰まっている。マグロとコンブとカツオ出汁なら、どう組み合わせても、そう不味《まず》くはなるまい。そう思って見えない不安を払拭《ふっしょく》した俺は、「いただきまーす」といって眼前のコンブ巻きにかぶりつく。柔らかく煮られた分厚いコンブにスッと前歯が入る。味も悪くない。だが、そう感じた次の瞬間、俺はムッと表情を曇らせた。

ひと口食べただけのコンブ巻き。その噛み切られた断面をシゲシゲと覗き込む俺。

隣で薫さんが怪訝そうに眉根を寄せた。「どうしたの？　美味しくなかったの？　そう、判ったわ。言葉にならないほど不味かったのね……」

「い、いや、そうじゃない」さほど美味くもないが、けっして不味くはない。いや、そもそも味うんぬんの問題ではない。俺はカウンターの向こうの女将に尋ねた。「あのー、ヨリ子さん……これ、中身が入ってないけど……入れ忘れたのかな？」

俺は食べかけのコンブ巻きを、箸で摘んだまま彼女へと示した。ひと口分、嚙み切られたコンブ巻き。だが、その断面に本来あるべきマグロの身は詰まっていない。巻かれたコンブは単なる黒い筒となって、虚《うつ》ろな断面を晒《さら》している。

ヨリ子さんは悪びれる様子もなく答えた。「べつに中身を入れ忘れたわけではありません。これは最初から、こういう料理ですの。見てのとおり、筒状に巻いたコンブの両端にのみ、マグロの身を申し訳程度に覗かせて、あたかもコンブの中にマグロがいっぱいに詰まっているかのように装った、『一服亭』自慢の創作料理ですわ。名付けるとしたなら、そうですわね――《マグロのコンブ巻き、美人画家風》とでも申しておきましょうか」

洒落ているのか、それとも超ダサいのか。首を捻りながら、俺は尋ねた。

「《美人画家風》って、杉本里佳子のことかい？　しかし、このマグロをケチったようなコンブ巻きと殺された画家と、いったい何の関係が？」

「あら、まだお判りになりませんの!?　君島さん、あなた、ご自分の目でごらんになったはずですわ。山小屋の中に転がっていた女性の胴体。そのTシャツの筒状になった袖や襟元、あるいはホットパンツのこれまた筒状になった裾。そこから僅かに覗いた手や脚や首の付け根。その生々しい切断面や血の気の失せた白い肌を、あなたはその目でごらんになった。そして、あなたは信じ込んだのですわ。そこにあるのが、間違いなく女性の胴体であると。でも、もうお判りですわね。——筒状になったコンブの中に、マグロがぎゅうぎゅうに詰まっているとは限りませんのよ」

「な、なんだって……じゃあ、ヨリ子さん、君はあのTシャツや短パン……」

「ホットパンツですわ」

「もう、この際どっちだっていいよ！」自分の中のこだわりを自ら捨て去り、俺は目の前の女将に尋ねた。「君は、僕が現場で見たTシャツや短パンの中身が、実はカラッポだった、スカスカだったと、そういいたいのか。ちょうど、このコンブ巻きのように」

「そういうことですわ。ただし、まったくカラッポだったとまでは申しません。現に血まみれの切断面を晒す生身の肉体が、そこに存在したことは事実でしょうから」

「そうだ。僕が見たあの切断面は、見間違いなんかじゃない。だったら、あれはいったい何だったんだよ。あれが被害者の胴体の一部じゃないとするなら、あの生々しい血まみれの……血まみれのアレは……アレは……あ、ああ、そうか……そういうことか！」

「やっとお判りになったようですわね」ヨリ子さんは静かに頷いた。「そう、君鳥さんがごらんになったのは、手や脚を切断された胴体ではなく、胴体から切り離された手やら脚やらだったのですわ。血まみれの切断面だけを見れば、それが胴体側のものか、手や脚のものか、誰にも見分けなど付きませんものねえ」

啞然として言葉を失う俺。一方、ヨリ子さんは渇いた喉《のど》を潤《うるお》すように、またコップの水を一杯ゴクリと飲み干す。そして事件の絵解きを続けた。

「もったいぶっても仕方ありませんからズバリ申し上げますわ。おそらく今回の事件の犯人は磯村光一郎氏の長男、磯村龍一でしょう。光一郎氏が杉本里佳子との再婚を考えていることを知った彼は、邪魔な彼女を亡き者にしようとして、この犯行を企んだのですわ」

「ふむ、動機は判るが、龍一は具体的に何をどうおこなったんだ？」

「龍一は前の晩から未明にかけて、ひとりで山小屋を訪れて、杉本里佳子に直接会った。『親父が急病だ！』とでもいえば、たとえ深夜でも彼女は玄関の鍵を開けたでしょう。そこで龍一は彼女に襲い掛かり、ロープ状のもので首を絞めて殺害。斧を用いて死体を六つのパーツに解体します。リビング兼寝室は凄惨な地獄絵図のようになりますが、むしろそのほうが後々都合が良いので問題はありません。そして龍一は前もって用意していた、とあるアイテムを室内に運び込みます。それは針金で巧妙に作られた女性の胴体。よく婦人服店などでマネキン代わりに飾られている代物ですが……」

「ああ、ときどき見かけるわね。針金細工で女性の上半身のラインを再現したやつ。売り物の洋服や下着を着せて、店頭に陳列するためのアレね」

薫さんの言葉を聞いて、俺もピンときた。要は軽量化されたマネキンの一種なのだが、針金細工であるため、中は空洞になっているのだ。「そういえば、龍一は洋品店を経営しているといっていた。その手のアイテムなら容易に準備することができただろうな」

「ええ、なんなら被害者の身体のラインにより近い針金細工を選ぶことだって、可能だったはずですわ。龍一はそれを山小屋に持ち込み、そこに被害者のTシャツと短パンを着せた。これだけでも無粋な針金細工は、まあまあ女性の胴体っぽくなります。ですが、まだ充分とはいえません。Tシャツの袖口や襟元、あるいは短パンの裾からは、空洞になった中の様子が丸見えです。バラバラ死体の胴体ならば、そこには本来、血まみれの切断面が覗いていないといけないはず。そこで龍一は何をどうしたのか——」

「その針金細工の張りぼての中に、切断された手や脚や頭を突っ込んだんだな。切断面が外を向くように、逆向きの状態で！」

「ええ、だいたい、そういうこと……いちおう、そういうことにしておきましょう」

　なぜか奥歯に物が挟まったような物言いで、ヨリ子さんは話の先を急いだ。

「さて、これで胴体の完成。正確には《偽りの胴体》の完成ですわ。龍一はアトリエの窓を施錠する一方、リビング兼寝室の窓については、わざとクレセント錠を開けておきます。トイレの小窓も同様です。それから彼は本物の胴体や凶器のロープなどを袋に詰めて抱え持ち、山小屋を出ます。そして玄関扉に掛け金を掛けるのですが、その方法はすでに薫さんが指摘したとおり。氷などを用いた古典的なトリックを弄《ろう》したに違いありません。そうして現場を立ち去った龍一は、その足で近くの滝へと向かいます。そして流れのない水溜まりの中に、運んできた本物の胴体を放り込んだ。——以上のことが、事件発覚の前、おそらくは深夜から未明の間におこなわれたものと思われます」

　そういってヨリ子さんは、またコップの水をひと口飲む。俺は「なるほど」と頷きながら、ビールのジョッキを傾けた。龍一の行為はなかなかの重労働であり、やけに段取りの多い作業でもある。だが現場は他人の目を気にする必要のない深夜の山小屋。しかも時間は充分ある。龍一は余裕を持って、計画を実行することができただろう。ヨリ子さんの絵解きは、いまのところ破綻がないように思えた。「——で、場面はいよいよ翌朝に移るってわけかい？」

「ええ、そういうことですわ。翌朝、君鳥さんは松阪奈々江や遠山静香とともに、山小屋を訪れます。実はこのとき、龍一も密かに山小屋を訪れており、建物の裏側の草むらなどに身を潜めていたのです。そうとは知らず山小屋に到着した君鳥さんたちは、室内に杉本里佳子の気配がないことに不審を抱きます。そして三人で建物の裏側に回り、鍵の掛かっていない窓を発見。その窓を開けて、彼女の胴体を発見します。実際には、これは《偽りの胴体》なのですが、もちろん誰もその事実に気付くことはありません。その後、三人は揃って玄関へと戻り、君鳥さんが駐在所へと走ります。建物の裏側には、もう誰もいません。そこで草むらから龍一が登場。さっそく彼は室内にある《偽りの胴体》の回収に掛かります。だって、このような状態にある現場を、そのまま警察に見せるわけにはいきませんものね」

「それはそうだろうが、いったいどうやって？」

「先ほどは説明を省きましたが、実は龍一は前もって針金細工の張りぼてや、被害者の両手や両脚などに透明なテグス糸を括りつけていました。そして、その糸は窓の傍まで伸ばされていたのです。しかし血まみれの凄惨な現場で細く透明な糸は目立ちません。ですから君鳥さんも、そのような仕掛けには気付かなかったはず。龍一はその糸を手繰《たぐ》ることで、《偽りの胴体》を窓辺まで引き寄せることができたのですわ」

「な、なるほど。そういうことは確かに可能かもしれない。だがその後、どうするんだ？　窓には鉄柵が嵌っているんだぞ」

「ええ、そうですわね。しかし問題ありません。鉄の棒が狭い間隔で何十本も縦に並んでいる――仮にそんなタイプの鉄柵だったなら、確かに不可能だったことでしょう。しかし話を聞く限りでは、その鉄柵というのは十七センチ程度の間隔で鉄棒が格子状にクロスする――そんなタイプの鉄柵、むしろ鉄格子と呼ぶべきものでございますわよね。『だから人間の胴体なんて通るはずがない』――そう君鳥さんは確信を持っておっしゃいました。ですが室内にあるのは、胴体ではなくて《偽りの胴体》。実際そこにあるのは、手やら脚やら針金や薄い布なのですわ。それなら一辺十七センチ程度の菱形の格子を、簡単に通るのではありませんか」

「な、なるほど……」

「それぞれの糸を手繰ることで、手や脚は鉄格子の外に引っ張り出すことができます。針金細工はそのままの状態だと格子を通らないでしょうが、両手で押し潰してやれば簡単に小さくなるはず。Ｔシャツや短パンについては、いわずもがなですわね」

「うーむ、確かに可能だ！」俺は興奮して叫んだ。「糸を手繰ることで、室内にあったはずの胴体を、たちまち消すことができるってわけだ！」

「ん!? でも、ちょっと待って」片手を挙げて異議を唱えたのは、隣に座る薫さんだ。「本当にそれで《偽りの胴体》を全部回収できるかしら？ 両手と両脚、針金細工や洋服の類はそれでいいと思うわよ。だけど、頭は？ 切断された生首は、一辺十七センチ程度の菱形の格子を通るかしら。――私は無理だと思うけど」

「うッ、いわれてみれば確かに……頭って意外に大きいからな……」

「それに」と女刑事は畳み掛けるように続けた。「手や脚を逆向きにして――つまり切断面を外に見せる恰好で――針金細工の張りぼての中に突っ込んだとした場合、それだけで張りぼての中のスペースはぎゅうぎゅうになって、もう余裕がないはず。そこに、さらに生首を逆向きに突っ込むことって、そもそも可能かしら？」

「なるほど。考えてみると、ちょっとスペースが足りないかもな」

いままでのヨリ子さんの澱みのない説明を聞く限りでは、可能と思われていたトリック。だが冷静になって考えてみると、随所《ずいしょ》に無理があることに気付く。「――ってことは、どういうことだ？ ヨリ子さんの推理は間違い。また事件は振り出しに戻るっていうのか」

思わず落胆の声を発する俺。だがヨリ子さんは、なぜか笑っている。こちらの反応を楽しむかのような余裕のある笑みだ。そして彼女はキッパリと首を横に振った。

「いいえ、事件が振り出しに戻ることはありませんわ。わたくしは自分の推理に確信を持っております。胴体消失の謎を解き明かすトリックは、もうこれしかあり得ませんもの！」

「でもヨリ子さん、頭は……被害者の切断された頭部は、格子の間を通らない……」

「ええ、おっしゃるとおり。ならば、こう考えるしかございませんわね。事件発覚の朝、山小屋には胴体がなかったのと同様、頭部もすでになかったのだ――と」

「頭部もなかった？」

「ええ、早い話が龍一は、未明に本物の胴体を現場から運び出した際、切断した頭部も一緒に運び出していた。そして、その両方を滝へと運び、水溜まりに放り込んだのですわ」

「ふむ、確かに生首を外に運び出すタイミングは、そこしかなさそうだ。だが、そうだとすると、また別の疑問が浮かんでくる。あの朝に僕が見た首の切断面。あれは何だったんだ？　Tシャツの襟元から覗いていた、あの生々しい首の切断面は、いったい……」

「いいえ、首ではありません」ヨリ子さんはズバリと断言した。「それは脚ですわ」

「え!?　脚……!?」

「ええ。Tシャツの首を通す部分から覗いていたから、首のように見えただけ。実際は、それは首ではなくて脚。美人画家の切り取られた脚の切断面だったのですわ」

そういってヨリ子さんは、あらためて俺に問い掛けた。「君鳥さんは胴体のすべての切断面を、その目でごらんになったわけではないはず。首や腕の切断面が見えたのなら、逆に脚のほうは角度的に見えづらかっただろうと、わたくしは想像するのですが……」

ヨリ子さんの問い掛けに、俺は当時の記憶を呼び覚まされた。事実、現場に転がった胴体のすべての切断箇所が、窓から覗く俺の目に見えていたわけではない。当然、死角になる部分はある。俺の記憶では、短パンの裾からは血に汚れた白い肌が僅かに覗いていた。だが、それも片脚だけではなかったか。もう片方の脚については、俺の位置からは見えていなかった気がする。俺は深々と頷いた。

「確かにヨリ子さんのいうとおりらしい。被害者の脚の一本は、短パンの裾からじゃなくて、Tシャツの襟元から飛び出していたんだな。それを俺は首の切断面だと思い込んだってわけだ。なるほど。そういえば杉本里佳子は、ほっそりとした綺麗な脚の女だったっけ……」

俺が呻くようにいうと、ヨリ子さんは満足そうに頷く。そして喋り疲れたように、コップの水をゴクリと一気に飲み干すのだった。

9

山小屋からの胴体消失の謎は、すでに大部分が解き明かされた。だが残る問題も、まだ多少はある。俺はジョッキのビールで喉を潤すと、自ら口を開いた。

「被害者の両手両脚を回収した龍一は、それを袋に詰めて、急いで滝へと走ったんだな。そして水溜まりにそれを放り込んだ。そこにはすでに被害者の胴体と頭部が浮かんでいる。これでバラバラ死体の六つのパーツが全部揃ったというわけだ。そこで龍一は張りぼてに着せていたTシャツや短パンを、本物の胴体に着せ替えたわけだ。――彼は針金細工や血の付いた袋の類を、どう処分したんだろうな？」

「川に流したんじゃないの？」と薫さんが答える。「あるいは絶対に見つからないと思える秘密の隠し場所があったのかもね。森の中だから隠し場所は無限にあるはずよ」

「そうだな。そういった作業を終えた龍一は、何食わぬ顔で森の小道に姿を現す。偶然そこにお巡りさんを連れた僕が通りかかったわけだ。確か、あのとき龍一は『妹からスマホに連絡があったので、慌てて飛んできた』みたいなことをいっていたが、あれも真っ赤な嘘。すべては予定の行動だったわけだ。——ん、でも待てよ？」

いまさらながら引っ掛かるものを覚えて、俺は首を傾げた。「奈々江はスマホで兄に事件発生を伝えた。それは事実だよな。彼女が電話する様子を遠山静香が間近に見ていたはずだから。だとしたら奈々江は兄と電話で喋りながら、何の違和感も覚えなかったのかな？　通話中、龍一はトリックの遂行《すいこう》におおわらわだったはずだが……」

「まあ、よくお気付きになりましたわね、君島さん」

ヨリ子さんは感心した面持ちでいった。「もちろん彼女が電話したとして、龍一がまともに会話できたはずがございません。それでも何の問題もなく通話が成立したということであれば、その電話はすなわちフェイク。要するに奈々江と龍一はグルなのですわ」

「え、奈々江は共犯者だったのか！」

「ええ、奈々江は君島さんと遠山静香を山小屋の裏側に誘導して、窓から《偽りの胴体》を目撃させた。そしてまた玄関前に戻ると、お二人がもう二度と建物の裏側に近寄らないよう、巧みにコントロールした。君島さんには巡査を呼びにやらせ、家政婦さんには自分の傍《そば》にいるように命じたのです。これで奈々江は確かなアリバイを手に入れることができる。一方、龍一は不安を感じることなく建物の裏側での作業に集中することができる。実に見事な連携プレー。麗しき兄妹愛ですわ」

「麗しくないだろ！」鋭いツッコミを入れる俺。その脳裏に、またひとつの疑問が浮かび上がった。「共犯の奈々江にアリバイができるのはいい。だが、その一方で主犯格の龍一にはアリバイがない。龍一は自分に疑いの目が向けられても構わなかったのかな？」

「いいえ、確かに龍一にアリバイはありません。ですが、それでも彼は自分が疑われずに済むように、ちゃんと手を打っていたのです。それが例のトイレの小窓ですわ」

「敢えて施錠しなかった小窓だな。あの窓には何の意味があったんだい？」

「あれは山小屋を密室にしないための小細工ですわ。完全な密室の中から人間の胴体が消え去ったなら、それは手品としては面白いでしょうが、あまりに不思議すぎて意味不明。単に捜査員を悩ませるだけの効果しか持たないでしょう。ですがトイレの小窓が開くのであるなら、誰もがこう考えるはず。『胴体発見時、犯人はまだ室内にいたのだ。そして胴体とともにトイレの小窓から逃走したのだ』――と。実際、警察はそのように考えました。そして磯村龍一のことを容疑の対象外としたのです。中年太りの龍一の体格では、トイレの小窓を通ることは不可能。そう判断したのですわ」

「なるほど。それが狙いだったわけか」俺は思わず指を弾いた。「そういえば、僕も磯村龍一のことを、容疑者としてあまり意識してこなかった。ついつい彼の策略に乗って、無意識のうちにスリムな犯人像を思い描いていたんだな」

俺はヨリ子さんの慧眼《けいがん》に唸った。いまや彼女の推理によって、事件の全貌は白日《はくじつ》の下《もと》に晒されたのだ。と同時に、もうひとつ明らかになったこと。それは安楽椅子探偵『安楽椅子』――その二代目の力量が、噂に聞く初代にヒケを取らないものであるということだ。

「ありがとう、ヨリ子さん。これなら最高の記事が書けそうだよ」

「私も箱根署の知り合いに、いまの推理を教えてあげることにするわ」

「だったら、薫さん、それは『週刊未来』刊行とタイミングを合わせてほしいな」

俺は手を合わせて懇願《こんがん》する。薫さんは刑事の表情になって無言のまま頷いた。これで、どうやら話は付いた。あとは俺が記事を書くだけだ。きっと、あの紫ネクタイの編集長も絶対納得のルポになるに違いない。そんな確信を得た俺は、これにて事件の話は終了――というようにパチンと手を叩き、カウンターの向こうの女将にいった。

「それじゃあヨリ子さん、せっかく謎が解けたんだから、祝杯を挙げようじゃないか。まずはビールをもう一杯。それから料理をじゃんじゃん持ってきてくれないか。何しろ、この『一服亭』の料理を、僕はまだ三皿しか食べさせてもらっていないんだからね」

するとヨリ子さんは、なぜかハッとした表情。恥じ入るように両手で頬を押さえると、

「あ、ああ、そうれしたわね……あら、どうひましょう、わらくし……推理に夢中になってしまっれ、つひつひ……」といった感じで、突如として呂律《ろれつ》が怪しくなる女将。

「おいおい、急にどうしたんだ、ヨリ子さん？」

思わず目をパチクリさせる俺の前で、女将の身体が左右に揺れる。どうやら足許まで怪しくなっているらしい。そんな彼女はふらつく足取りでカウンターを回りこむようにして、客側のフロアに移動。空いている席に腰を下ろすと、「フーッ」と大きく息を吐く。そして次の瞬間、まるで電池切れを起こした自動人形のように、カウンターの上に突っ伏すと、そのままピクリとも動かなくなった。俺にはサッパリ意味が判らない。

「死んだのか、ヨリ子さん？　それとも、また気絶しただけ？」

「いいえ、眠ってるだけよ」薫さんは平然とした顔だ。「きっと飲みすぎたのね」

なるほど、カウンターに突っ伏したヨリ子さんは、自らの両腕を枕にしながらスヤスヤと穏やかな寝息を立てはじめている。いや、しかしだ――

「飲みすぎたって、どういうことだよ？　彼女、水しか飲んでないはずだろ」

「水じゃないわ。彼女がコップでガブガブ飲んでいたアレ――日本酒よ」

「ええッ、嘘だろ!?　じゃあヨリ子さん、コップ酒をやりながら、いまの推理を!?」

――探偵としては逆に凄い！　だけど居酒屋の女将として、どうなんだ、それ？

呆れ果てる俺をよそに、薫さんは肩をすくめながらいった。

「仕方ないでしょ。ヨリ子はね、謎を肴に酒を飲むのが大好きなんだから――」

第二話

首を切られた男たち

1

鍵を捻《ひね》るとカチリという音がして、裏口の施錠《せじょう》は難なく解かれた。ドアノブを引いて鉄製の扉を開けると、目の前に広がるのは老舗《しにせ》レストランの広々とした厨房《ちゅうぼう》だ。中へと忍び込んだ浅村弘之《あさむらひろゆき》は、素早く扉を閉めてホッとひと息ついた。「よし、第一関門は突破だ……」

そう呟《つぶや》いた浅村は暗闇《くらやみ》に目が慣れるのを待って、厨房の奥へと足を踏み入れていった。

ＬＥＤライトは用意してあるが、いまはまだ使わない。なにせ、ここ『ナポリ庵《あん》』は浅村にとって、ほんの半年前まで毎日のように通っていた、勝手知ったる昔の職場。厨房の広さ、フロアの座席数、レジカウンターの形状さえも、いまだハッキリとした記憶がある。もちろん大金庫が置かれている事務所の場所も忘れてはいない。明かりなどに頼らなくても、事務所までは簡単にたどり着けるのだ。

「余裕余裕、これなら目を瞑《つぶ》ったって歩けるぜ……」

と油断した言葉を口にした途端、彼の右足が厨房の食器棚の角をガツンと蹴《け》っ飛ばす。弾みで棚に並べてあった皿の一枚が落下。床に落ちて砕《くだ》け散るかに思えた次の瞬間、闇雲に伸ばした彼の右手が、着地寸前の皿を奇跡的にキャッチ！　その皿をきちんと棚に戻してから、浅村は「ホーッ」と長い吐息を漏《も》らした。「危ねえ危ねえ……これじゃあ大金庫にたどり着くまで、こっちの心臓が持たねーな……」

いっそ明かりを点《つ》けようか。そのほうが確かに安全だ。そんな考えを、浅村はブンと頭を振って脳裏から追い払った。LEDライトを点灯させるのは、大金庫のダイヤルを合わせる、そのときだけで充分。いまはまだ、その場面ではない。

そう考え直して、浅村は再び暗闇での前進を開始した。ようやく厨房を抜けると、テーブルと椅子《いす》が整然と並ぶ客席フロアに出る。浅村はフロアを横切り、その片隅から伸びる短い廊下《ろうか》へと歩を進める。

『ナポリ庵』のお客様にとって、ここはトイレへと通じる廊下。だが浅村は用足しに向かったのではない。トイレの扉を素通りしたその先に、もうひとつの扉があるのだ。顔の高さに《従業員専用》というプレートが掲《かか》げてある。その扉を開けると廊下が続き、従業員の更衣室および休憩室がある。目指す事務所は、その廊下をさらに鉤形《かぎがた》に折れた突き当たりだ。

浅村は暗い廊下を進みながら、事務所内の様子をイメージした。

広さは確か十畳程度だったか。部屋の中央には『ナポリ庵』の現オーナーである社長のデスクと経理などを担当する事務員のデスクが、小さな島を作っている。大金庫は出入口の扉を入って、すぐ右手に見える壁際だ。壁の真ん中あたりにデンと置かれた大金庫を、スチール製のキャビネットが挟むような恰好《かっこう》だったはず。他の事務機器はともかくとして、あの大金庫だけは現在もその場所から一ミリたりと動いていないだろう。なにせ小学生の背丈ほどもある馬鹿《ばか》でかい金庫だから、別の場所に動かそうにも動かせないのだ。ダイヤルナンバーも当然、自分が働いていたころのままに違いない。

「右に30、左に45、もう一度右に70……そうだ、忘れるわけがねえ」

浅村はやる気持ちを抑えながら、事務所へと一歩一歩近づいていく。だがその扉の前まで、あとほんの僅《わず》かとなったとき、彼はハッと息を呑《の》んでピタリと足を止めた。

前方に見えるのは間違いなく事務所の扉。それがなぜか数センチ分、開いているのだ。

——ひょっとして部屋の中に誰かいるのか？

不審に思って目を凝《こ》らしてみるが、扉の隙間《すきま》から室内の明かりが漏れている様子はない。誰かが居残って仕事に精を出しているわけではないらしい。当然のことだ。現在、時計の針は午前零時。とっくに日曜日の営業を終えたレストランの事務所で、この時刻まで残業する者などいるはずがないのだ。

それでも念のためと思った浅村は、いきなり扉を開けるのではなく、その数センチの隙間へと慎重に顔を寄せていく。次の瞬間、目に飛び込んできたのは意外な光景だった。

暗い事務所で二人の人物が対峙《たいじ》しているのが、ボンヤリと窺《うかが》える。手前に立つのは作業服っぽい上着を着た人物だ。下半身は太めのズボン。こちらに背中を向けているため、顔は判《わか》らない。頭にはキャップを被《かぶ》っているようだ。扉を入ってすぐの右手の壁際に立っているので、その背中は浅村の視界を半分塞《ふさ》ぐような恰好になっている。

その人物から数メートルほど離れて正対するのは、ワイシャツ姿の男性だ。こちらは暗い中でも漠然と顔が窺える。その端整な顔に浅村は見覚えがあった。――辻岡《つじおか》裕次郎《ゆうじろう》だ！

間違いない。オーナーシェフだった先代から社長の座を受け継いだばかりの若社長だ。ただし彼自身はシェフでもなければ接客のプロというわけでもない。いわば経営のプロだ。料理の腕は一流でも経営の腕はイマイチだった先代は、息子である裕次郎には包丁の振るい方ではなくて、そろばんの弾き方を学ばせた。一流大学で経営学を専攻し、卒業後に外資系の会社で経験を積んだ辻岡裕次郎は、一年前に『ナポリ庵』の社長の座を継いだ。そんな彼が就任早々に手をつけたのが人事。結果、真っ先に首を切られたのが当時、経理の責任者だった浅村弘之だった。そんな深い因縁が浅村と辻岡の間にはあるのだ。

その憎らしい若社長の顔を見忘れるわけがない。浅村は食い入るように室内の様子に目を凝らす。そして再びハッとなって息を呑んだ。作業服姿の人物は両脚を肩幅に開き、僅かに腰をかがめながら両手を真っ直ぐ前へ向けて突き出している。その独特の体勢に、浅村は見覚えがあった。

――こいつ、拳銃か何か構えてやがる！

さながらドラマのワンシーンだ。すると次の瞬間、浅村の耳に聞こえてきたのは、どこか聞き覚えのある男性の低音ボイスだった。

「何度もいうがモデルガンじゃないぞ。悪いが、あんたには死んでもらう……」

その言葉と同時に、作業服の背中に新たな緊張が漲《みなぎ》る。それを見て、辻岡が慌《あわ》てて両手を前へと突き出す。そして顔を背けるようにしながら懸命に唇《くちびる》を震わせた。

「ま、待ってくれ、清川《きよかわ》さん！　は、話し合おうじゃないか……」

清川という名前にも聞き覚えがあった。清川誠一《せいいち》、先代のもとで修業を積んだ、この店の料理長。先代が一線を退いたいま、彼こそが『ナポリ庵』の厨房を取り仕切る存在だ。

——つまり厨房のトップである清川誠一が経営のトップである辻岡裕次郎に銃を向けているってわけか！　うーむ、俺は何というスリリングな場面に遭遇《そうぐう》してしまったんだ！

驚き呆《あき》れる浅村だったが、衝撃の場面の成り行きが気になりすぎて、容易に目を離すことができない。するとワイシャツ姿の辻岡が虚勢を張るように叫ぶ。

「き、清川さん、こんなことをしても無駄だぞ。どうせ警察に捕まるだけだ！」

「なーに、そうはならないさ。今夜、この事務所には泥棒が入ったんだよ。泥棒のお目当ては、大金庫に仕舞《しま》ってあった週末の売上金ってわけだ」

——おいおい、なんで知ってるんだ、そんなこと!?　清川誠一、おまえはエスパーか!?

愕然《がくぜん》とする浅村の耳に、なおも清川の楽しげな声が聞こえてくる。

「……泥棒はあんたを拳銃で脅して、大金庫を開けさせた。そして用済みになったあんたを撃ち殺して逃走した。いちおうそれっぽい筋書きじゃないか……」

清川の語る勝手な筋書きに、浅村は大いに憤慨《ふんがい》した。——ああ、そうかい。確かに信憑性《しんぴょうせい》充分のストーリーだよ。泥棒なら実際ここにいるしな。だけど俺は拳銃なんか持ってないぞ。畜生、そんなに都合よく殺人犯にでっちあげられてたまるか！

だが憤慨したからといって、銃を持った相手に素手《すで》で立ち向かうわけにもいかない。そもそも、あの憎らしい若社長を、なぜ自分が命懸けで救ってあげなければならないのか。そんなふうに考える浅村は、もはや自分の取るべき行動がサッパリ判らなくなった。

　そのとき再び扉の向こうから辻岡の声。彼は高圧的な口調から一転、「清川さん……なあ、頼むよ、清川さん……」と穏やかな口調で目の前の人物に語りかけたようだ。見ると、その右手は真っ直ぐ前へと伸ばされている。辻岡は作業服の人物に向かって諭《さと》すように続けた。「その銃をこちらに渡しなさい。こんなことをして何になる。そうだろ？」

「うるさい、黙れ！」聞く耳持たん、とばかりに再び清川の声が事務所に響く。「もう遅いんだよ、社長。あんたは好き勝手やりすぎたんだ……」

　最後通牒《つうちょう》のごとき言葉を耳にして、辻岡は慌てて右手を引っ込める。やがて飛んでくるであろう鉛の弾から我が身を守ろうとするかのように、再び顔を背ける若社長。

　すると、その直後——バン！

　事務所に響き渡ったのは、確かに一発の銃声だった。腹に響くような破裂音に混じって「うぐッ」という男性の声が、扉の外まで響いてくる。浅村の視線の先で、辻岡のワイシャツ姿が後方にゆっくりと倒れる。すべては一瞬の出来事だった。

　ひいッ——と口を衝《つ》いて飛び出しそうになる悲鳴を、浅村はすんでのところで呑み込む。そして、ゆっくり素早く慎重かつ大胆な忍び足（？）でもって、彼は扉の前から離れた。

　もはや大金庫の売上金など、どうだって良かった。こんなところでボヤボヤしていたら、こっちまで拳銃の餌食《えじき》にされてしまう。殺人現場にたまたま居合わせたコソ泥など、清川誠一の語った筋書きからすれば、恰好のスケープゴートに違いないのだ——

悪い想像に怯《おび》えながら浅村は廊下を引き返し、客席フロアを横切り、厨房を通り抜けて、再び裏口へと舞い戻る。鉄製の扉を開けて外へと飛び出すと、あたりは何事もないかのような静かな夜だ。駐車場を横切って店舗の正面へと回った浅村は、そこでいったん足を止める。そして何食わぬ顔で『ナポリ庵』の看板を見上げながら、

「ちぇ、なんだよぉ、このレストラン、深夜営業はやんないのかよぉ。せっかく今夜はナポリタンの腹だったのによぉ……」

などとワザとらしく呟いて、《偶然この場を訪れた一般客》を演じるという無意味な小芝居を披露《ひろう》。それから左右を見回して周囲に人の姿がないのを確認すると、その直後には、

「ひいいぃぃぃ……」

浅村の口から溜め込んでいた悲鳴がほとばしる。そして彼は虎に追われる短距離走者のごとき勢いで、目の前の道を闇雲に駆け出すのだった。

2

「ん!?　あれって、ひょっとして浅村先輩じゃないのかしら……」

ひとり職場へと向かう月曜の午前九時。レストラン前の路上に見覚えのある横顔を見つけた私は、呟き声を漏らしながら足を止めた。咄嗟《とっさ》に手を振って彼の名を呼ぼうとする。

だが私が声を発する寸前、紺のポロシャツにチノパンを穿《は》いた彼は、こちらの姿を見つけて一瞬ギクリとした様子。頭に被ったキャップの庇《ひさし》をグッと手前に引くと、『なんですか？　私はあなたの顔馴染《なじ》みの男なんかじゃありませんよ。かつてあなたの先輩社員として、経理事務を一から教え込んだ浅村弘之ではありませんから、間違えないでくださいね！』といった雰囲《ふんい》気《き》を全身から滲《にじ》ませつつ、その場でくるりと回れ右。そのまま何食わぬ様子で店の前から立ち去ろうとする。しかし、右手と右足を同時に前に出すようなギクシャクとした動きから察するに、内心の動揺は明らかだ。

　そのあまりの怪しさ異常さ滑稽さに、むしろ私は口を開かずにいられなかった。

「あ、あの……ちょ、ちょっと……浅村センパ……」

　すると次の瞬間、『誰が、先輩だ！』といわんばかりに、ポロシャツの男性は全力での逃走を開始。呆気《あっけ》に取られる私の視界から、瞬《またた》く間に消え去った。

　――あれえ、どういうこと⁉　全然違う人だったのかしら⁉

　唖然《あぜん》とする私の耳に、やかましく鳴きわめくセミたちの声がシャワーのごとく降りそそぐ。今日も神奈川県全域は朝から三十度を超える猛烈な暑さだ。そんな中、私はベージュのスカートに半袖の白いブラウス。充分に夏らしい装いだが、それでも立っているだけで汗が噴き出してくる。もはや、かつての先輩社員によく似た男のことなど、どうだっていい。真夏の陽射しとセミの鳴き声、その両方から逃れるように、私はレストランの裏口へと向かった。

　ここはＪＲ北鎌倉《きたかまくら》駅から徒歩十分ほど内陸に向かったあたり。雑木林《ぞうきばやし》や竹林が昔ながらの風情を留《とど》める中に、大きなお屋敷やらハイセンスな邸宅が建ち並ぶ閑静な高級住宅地。その片隅に建つ高級レストランこそは、地元のセレブたちに愛されてウン十年、本場の味を現代の鎌倉に伝えるイタリアンの老舗、その名も『ナポリ庵』だ。

敷地のぐるりを緑の林に囲まれたその佇《たたず》まいは、どこか隠れ家的であり、赤い屋根に特徴がある木造の建物は、西洋の古い民家を思わせる。とはいえ『ナポリ庵』は、けっして小さな家族経営の店ではない。支店が横浜《よこはま》にあり、現在は藤沢《ふじさわ》にも出店を計画中。すなわち北鎌倉にあるこの店は、『ナポリ庵チェーン』（全世界に二店舗を展開中）の総本山。つまり立派な本店である。本店にしては小ぶりな店だとしても、会社の規模はそれなりのものなのだ。

そんな『ナポリ庵』において、経理・総務・人事、ときに暇があればフロア係、繁忙期になれば暇がなくとも調理補助まで担わされるユーティリティ・プレーヤー。要するに《雑用係》として便利にコキ使われる女性事務員。それがこの私、高梨《たかなし》真由《まゆ》二十九歳というわけだ。

ちなみに私が現在の立場を獲得、いや、無理やり押し付けられる以前、同様のコキ使われ方をされていた三十代男性の経理担当者がいた。その人物こそが、他ならぬ浅村弘之先輩だったわけだが――「やっぱり、さっきの彼、浅村先輩だったわよねえ」

あらためて確信を抱きつつ、ようやく私は裏口にたどり着く。誰よりも朝早く出勤して、裏口の鍵を開けることが私の大事な仕事でありルーティン。そのための合鍵は、辻岡裕次郎社長から直々に預かっているのだ。

さっそく私は合鍵を取り出して鍵穴に差し込む。だが次の瞬間、「むッ」と呻《うめ》き声をあげて鍵を引き抜いた。そのままドアノブを手前に引くと、扉は難なく開いた。なんと、この扉は施錠されないまま、ひと晩ずっと誰でも侵入ＯＫの状態だったのだ。「だだだ、だからといって、ままま、まさか泥棒に入られたなんてことは、ななな、ないはずよね!?」

と希望的観測を口にするのは、嫌な予感が拭《ぬぐ》えない証拠。私は慌てた足取りで店内へと歩を進めた。厨房も客席フロアもガランとして静まり返っている。トイレに通じる廊下を進んだ私は《従業員専用》のプレートが掛かる扉を開けて、この店のバックヤードへ向かう。廊下を鉤形に曲がると、真っ直ぐ前方に見えるのが事務所の扉だ。

それを見るなり、心臓がドキリと高鳴った。昨夜の帰り際、確かにピッタリと閉めたはずの扉が、なぜかいまは半開きになっている。「ま、まさか……」

恐る恐る扉に歩み寄った私は、ノックもせずにそれを一気に開け放った。

次の瞬間、目に飛び込んできたのは、無残にも泥棒に引《ひ》っ掻《か》き回された事務所――という話ならば、むしろ良かった。だが現実は違う。まず目に付いたのは事務所の中央でひとつの島を形成する三つのデスクだ。その最も奥にある大きめのデスクは、この店の若き経営者である辻岡裕次郎社長のデスク。その天板に奇妙な赤い色彩が広がっている。まるでデスクの上で誰かが赤いインクをこぼしたかのようだ。よく見ると奇妙な赤色は私のデスクにまで飛散している。嫌な予感に震えながら、社長のデスクの傍《そば》まで歩み寄ろうとする私。だが、その途中で両足がピタリと止まる。事務所の奥に向かうにつれて、そこには赤、赤、赤……暴力的なまでの赤色の氾濫《はんらん》が見られた。白い壁には、意味不明の赤い模様が描かれ、リノリウムの床にも赤い地図が広がっている。これはいったい何なのか。

触れて確かめるまでもない。それは間違いなく血だった。

おびただしい量の血液が、社長のデスクを中心にして周囲を赤く染めているのだ。

――いったい、ここで何があったというのか？

目を見張る私の視線は、デスクの前にある大きな椅子へと注がれていく。高い背もたれを持つ革張りの回転椅子。これぞまさしく言葉どおりの《社長の椅子》というわけだ。いまはそれが壁のほうを向いている。私の目に映るのは、高い背もたればかりだ。意を決して、その椅子に近寄った私は、伸ばした指先でもって「えいッ」と背もたれを押してみる。すると滑らかにくるりと半回転して、社長の椅子がこちらを向く。そこに腰を下ろしているのは、ひとりの男性だった。

いや、だけど待って高梨真由、落ち着くのよ！　と私は心の中で自らに訴えた。

――そもそも、この人物を男性と決め付けるのは、まだ早すぎるんじゃないの⁉

椅子に座るその人物はワイシャツ姿。ただし白かったはずの布地は、いまはその面積の大半が赤色に染まっている。袖を捲《まく》った両腕はダランと下を向いている。下半身はグレーのスラックス。足許は黒の革靴だ。間違いなく社会人男性の装いであると考えていいだろう。だが、その太い首にネクタイは巻かれていない。そもそもネクタイの結びようがないのだ。なぜなら、その男性らしき人物には首がない。社長の椅子に座るのは、首を切断された変死体。紛《まご》うことなき首なし死体だったのだ。

その事実を確認した私は、いまさらながら自分の喉《のど》を激しく痙攣《けいれん》させた。

「きゃあああぁぁぁ――ッ」

ナチュラルにビブラートを利かせた絶叫が店舗全体に響きわたる。するとあられもない悲鳴が室内の空気を振動させたせいだろうか、そのときカタンと何かが倒れる音。見ると、デスクの傍に転がっているのは大きなノコギリだ。持ち手の部分は血に汚れ、ギザギザの歯には赤い肉片がこびりついている。このノコギリが何に用いられたのか、想像するなといわれても想像せずにはいられない。事ここに至っては、もはや我慢の限界である。

「しゃ……社長がッ……し、死んでいるッ……首を切られて……死んでいるぅぅぅ……」

肝心の首が見当たらないけれど、やはりこれは辻岡社長だろう。

そう決め付けた私は、転がるようにして事務所から廊下へと飛び出す。そして、すぐさま愛用のスマートフォンを取り出すと、ブルブルと震える指先でもって１１０という三つの番号を続けざまにタッチしたのだった。

3

間もなく盛大にサイレンを鳴らしながら、何台もの警察車両が現場に到着。お陰で『ナポリ庵』の駐車場は、お腹《なか》をすかせた警察官が大挙して押し寄せたランチタイムのごとき活況を呈《てい》した。本当のランチを食べにきたお客様には、ご遠慮願うしかない状況である。

そんな中、第一発見者および通報者である私は、当然ながら捜査員から詳しく事情を聞かれることとなった。取調べに当たったのは、澤崎《さわざき》という名の中年刑事。階級は警部だというから立派なものだ。白い開襟《かいきん》シャツ姿が、いかにも真夏の刑事さんといった雰囲気。磨り減った革靴を見れば、彼が昔かたぎの足で稼ぐタイプの刑事であることが、よく判る。

澤崎警部は傍《かたわ》らに山吹《やまぶき》という名の若い女性刑事を従えながら、私に相対《あいたい》した。とはいえ現場となった事務所は、鮮やかな色彩があふれすぎていて、冷静に会話ができる環境ではない。そこで客席フロアの片隅にあるテーブル席が、事情聴取の場所として選ばれた。

私は二人の刑事たちを前に、死体発見時の状況を説明した。出勤してみると裏口が施錠されていなかったこと、不安を覚えながら事務所へと向かったこと、そこで首なし死体を発見して悲鳴をあげたこと、などなど。私が一連の経緯を語り終えると、さっそく何らかの不審を感じ取ったのか、澤崎警部が疑《うたが》り深そうな眸《ひとみ》をこちらに向けてきた。

「間違いないかね、君？　隠すと為にならんよ」

「べつにぃ、何も隠してませんよぉ」と私は小さな嘘《うそ》をついた。

正直にいえば、私は刑事たちの前で何もかも包み隠さず語ったわけではない。死体を発見する直前、店の前で浅村弘之先輩らしき人物に遭遇《そうぐう》した。その件について、私は意図的に話を《し忘れた》。迂闊《うかつ》に浅村先輩の名前を出した挙句《あげく》、それがまったくの別人だった場合、ただただ先輩に迷惑を掛けることになる。そのことを恐れた私は彼の話を敢《あ》えて《し忘れた》のだ。

「何か私の話に納得いかない点でもありましたか、警部さん？」

強気に問い掛けると、中年刑事は「いや、べつに……」と口ごもる。そして低い声で聞いてきた。「では君は、あの事務所の中のものに、ほとんど触れていないんだね？」

「ええ、触ったのは社長の椅子の背もたれぐらい。他は何も触っていません。社長の遺体にもデスクにも壁にもノコギリにも……」

「生首にも？」

「触るわけないでしょう！」思わず私の声が裏返った。「ていうか生首って、あの現場に転がっていましたか。私、驚きすぎて気付きませんでしたけど」

「うむ、実はそれがないから困っておるのだよ」澤崎警部は自分の顎《あご》を撫でながら、「そうか、では君が持ち出したわけではないんだな、被害者の生首」

「…………」んなもん、誰が持ち出すか！

無言のまま視線で訴えると何かが通じたのだろう。澤崎警部は質問の矛先《ほこさき》を変えた。

「ところで現場に転がっていたノコギリだがね、どうやら遺体の首の切断に用いられたものと見て間違いないようだ。君は、あのノコギリに見覚えなどあるかね？」

「あれはたぶん、この店の備品です。基本、庭木の手入れは業者任せですけど、伸びすぎた枝をちょっと払うぐらいは、自分たちの手でやることもあります。そのために庭仕事の道具一式が用意してあるんですよ。更衣室の片隅のスペースに、掃除《そうじ》道具とかと一緒に」

「では、この店の人間ならば誰でも、そのノコギリを使うことができたってことかね？」

「まあ、使えたでしょうね――って、いいえッ」私は危うく頷《うなず》きそうになる寸前で、折れるほど真横に首を振った。「べつに、この店の人間じゃなくても、使おうと思えば誰だって使えますから。ノコギリは鍵の掛かった場所に仕舞われているわけじゃないですし！」

「そうかい。だが君のいった《更衣室の片隅のスペース》にノコギリが仕舞ってあることを知っているのは、この店の人間だけなのではないかね？」

「そ、そりゃあ、まぁ、そうかもしれませんがねぇ」むにゃむにゃと言葉尻を濁《にご》しながら、私は渋い顔だ。結果的に、死体の首を切断した人物がこの店の関係者であることを、この私が認めた恰好である。憮然《ぶぜん》とする私に、なおも中年警部は質問を続けた。

「君はあの遺体について、辻岡裕次郎氏のものだと考えているようだが、それはなぜ？　遺体の頭部がないのに、どうしてあの被害者が辻岡社長だと判るのかね？」

「え⁉　えーっと、なぜって……」あらためて問われると、返答に困るところだ。「それは、その……遺体は社長の椅子に座っていましたし……それに着ている服も社長っぽい雰囲気でしたし……え⁉　警部さん、あの遺体って、まさか他の人のものなんですか」

「いやいや、そんなことは誰もいっとらんよ。捜査はまだ始まったばかりだ」

「そうですよねえ。被害者が辻岡社長か、そうでないかなんて、警察の手に掛かれば簡単に判りますもんねえ。指紋とか調べればいいわけですから」

「ふむ、指紋があれば、確かに簡単だな」澤崎警部は浮かない顔で呟く。

「――というと？」

首を傾げる私に対して、若い女性刑事のほうが説明した。「被害者の指先はすべて、ライターの火か何かで丁寧に焼かれているの。犯人は被害者の身許を判りづらくするため、被害者の首を切断して頭部を持ち去り、さらに指紋を消したんでしょうね」

「へえ、まるでミステリ小説みたいですね。ひょっとして何かのトリックでしょうか」

首のない死体といえば、最も定番なのは、やはり入れ替わりトリックだろう。《一見するとCさんであるかに思われた首なし死体が、実はよく似た℃さんの死体だった》——そういった事実が、物語をだいたい四分の三ほど読み進んだところで、さも驚きの真相であるかのごとく探偵の口から語られるという例のやつだ。しかし最近では、さすがにこのパターンは手垢《てあか》が付きすぎたせいか、あまり書かれなくなった。いや、おそらくは手垢うんぬんなどという以前の問題があるのだろう。私はその点を指摘した。

「最新の科学捜査と科捜研《かそうけん》の女たちの力をもってすれば、いまどき被害者の身許を取り違えるなんてことは、ほぼあり得ないですよねえ。いくら頭部が持ち去られていたって、いちおう遺体はあるんだし、ＤＮＡとかを調べることだって……」

「ええ、そうね。高梨さんのいうとおりよ。顔が判らない分、時間は多少掛かるかもしれないけれど、被害者の身許は必ずいつか判明するわ」

山吹刑事はキッパリと断言する。その隣で澤崎警部が再び口を開いた。

「では、とりあえず、いまのところは殺されたのが辻岡裕次郎氏であると仮定して話を進めるとしよう。そこで聞きたいのだが、辻岡氏のことを殺したいほど憎んでいた人物、あるいは辻岡氏とトラブルになっていた人物などに心当たりは？」

「そうですねえ。どうせ隠しても判ることですから」と前置きしてから、私は会社の内部事情を暴露《ばくろ》した。「実はお店の方針を巡って社長と対立していた人物がいます。料理長の清川誠一さんという方です。簡単にいうと、辻岡社長は先代から受け継いだ『ナポリ庵』を『サイゼ○○』のような有名チェーン店にしたいという願望を持っていた。一方、清川さんは清川さんで、先代から受け継いだ『ナポリ庵』の味を、この先も守りたかった。そこで両者は激しく対立していたわけです。要するに拡大路線か現状維持路線かですね」

「ふーむ、正直、拡大路線を歩んだところで『ナポリ庵』が、あの『○○ゼリヤ』のような存在になるとは思えないが。――まあ、いいだろう。では、その清川氏以外に誰か？」

「他には……さあ、ちょっと思いつきませんねえ。社長を憎んでいる人なんて……」

と、ここでもまた私は小さな嘘をついた。

実はもうひとり、辻岡社長に対して深い憎悪の念を募らせているであろう人物を、私は知っている。その人物こそは、何を隠そう例の浅村弘之先輩なのだが。――ああ、やっぱり、あの先輩が犯人なのかしら？ 私、正直に本当のことを喋《しゃべ》ったほうが良かった？

多少の後悔を覚えつつも、いまさら浅村先輩の名前を出すのは憚《はばか》られる。私が黙り込んでいると、澤崎警部はまた質問の矛先を変えた。

「ところで、辻岡裕次郎氏の女性関係について聞かせてもらおうか。辻岡氏は独身貴族だったそうだが、交際中の女性などは、いなかったのかね？」

「それなら間違いなくいましたよ。社長は近々、とある女性と結婚する段取りになっていました。お相手の女性は、この店の取引先である食品加工会社『田端《たばた》フーズ』の社長令嬢です。ええ、この店の人間なら誰もが知っている話ですよ。——ああ、それなのに、こんなことになるなんて！」

殺された辻岡社長は、さぞかし無念だろう。『ナポリ庵』と『田端フーズ』がタッグを組めば、全国的なチェーン展開はさすがに無理だとしても、神奈川県下に『ナポリ庵』の支店網を張り巡らせることぐらいは、実現可能だったかもしれないのだ。

「ふむ、社長令嬢と結婚間近か。そのあたりに何か、殺害の動機が隠されているのかもしれんな」そう呟いた澤崎警部は、ふと思い付いたように別の質問。「ところで君は普段から、あの事務所で働いているのだね。だったら聞こう。あの事務所から何かなくなっているものなどはないかね？」

「はあ、社長の首がなくなっていますけど……」

この私の答えは、少しブラックすぎたらしい。中年警部はムッと顔をしかめながら、

「それ以外にだよ。例えば金庫の中身が奪われている、みたいなことはないのかね？　要するに、物盗りの犯行という可能性は考えなくていいのか、という話だ。どうだね、君？」

「金庫!?　ああ、そうでした。それを確認するのが後回しになっていました」

思いがけず首なし死体など発見してしまったせいで、金庫の無事を確かめるという重要な任務が、おろそかになっていたのだ。私はテーブル席から腰を浮かせながら、

「事務所の大金庫、開けてみていいですか」

「うむ、そうしてもらおうか」

澤崎警部が頷くと同時に、山吹刑事も席を立つ。私たち三人は事務所へと場所を移した。

あらためて訪れた事務所は、相変わらず赤い絵の具をぶちまけたような状態。ただし、先ほどまでと違い、いまはもう革張りの回転椅子の上に、首なし死体は見当たらない。すでに現場から搬出《はんしゅつ》されたらしい。今後はきっと司法解剖がおこなわれて、被害者の身許が明らかにされるのだろう。とりあえず私としては、あの凄惨《せいさん》な死体を再び見ないで済むことは有難かった。

私は社長のデスクに歩み寄ると、袖の引き出しを指差していった。「いちばん上の引き出しの鍵を開けてもらえますか。中に大金庫の古い鍵が入っているはずです。普段は私が社長から、その鍵をお借りして金庫を開けます。鍵なしでは大金庫は開きません」

「じゃあ、まずこの引き出しの鍵を開けないと駄目《だめ》ってことね」

そういいながら山吹刑事が手袋をした手で、問題の引き出しを引いてみる。すると意外にも、それはすんなりと開いた。「あら!?　この引き出し、鍵なんて掛かってないわよ」

「ふーむ、金庫の古い鍵というのは、これのことだな？」

澤崎警部が手袋をした指で摘み上げたのは、間違いなく大金庫の鍵だ。警部は壁のド真ん中に置かれた古い金庫の前に立った。扉のレバーは向かって左側。鍵穴も左側だ。ダイヤルは扉のほぼ真ん中に、大きなものがひとつだけある。警部は手にした鍵を鍵穴に差し込む。カチリと音がして鍵は百八十度回転。そこで警部がレバーを手前に引いてみるが、もちろんそんなことで金庫の扉は開きはしない。私はニヤリと笑いながら、

「ダイヤルを合わせないと開きませんよ、警部さん」

「まあ、そうだろうな。――で、その番号というのは？」

「ええっと、確か、右に70万、左に008、もう一度右に4億……」

「判った判った。君がやりたまえ」

「了解です」私は刑事から借りた手袋を装着して、自ら金庫の前に立つ。二人の刑事は、いっせいにアサッテの方角を向いて、懸命の《見てませんよ》アピールだ。私は頭の中だけにメモしてあるダイヤルナンバーを普段どおりに合わせた。右に30、左に45、もう一度右に70だ。力を込めてレバーを引くと、重厚な鋼鉄の扉は、いつもどおり滑らかに動いた。

「ほら、開きましたよ、刑事さん……って、えッ、ええッ!?」

瞬間、私の視線が刑事たちの顔と金庫の中とを、猛スピードで二往復する。

どうした？　と問い掛けるように澤崎警部と山吹刑事が、揃って眉根《まゆね》を寄せる。

私は大きな金庫の中の大きな異変を、さらに大きな声で刑事たちに伝えた。

「な、なくなってますッ。売上金を納めた手《て》提《さ》げ金庫が丸ごと消えていますッ――」

4

「……ええッ、手提げ金庫が奪われていたんですか!?」フロア係の桜《さくら》木《ぎ》京《きょう》香《か》ちゃんは、私の話を聞き終えた途端、声帯が裏返ったかのごとき素《す》っ頓狂《とんきょう》な声。名前のとおり桜色をしたT

シャツの胸を、こちらへと突き出しながら、「じゃあ、真由さん、これは強盗殺人ってことなんですか。辻岡社長は事務所で強盗に遭《あ》って殺されたってこと？」

するとと私が口を開くより先に、若手調理師の藤《ふじ》井《い》雄《ゆう》太《た》君が話に割って入った。

「おいおい、桜木さん、被害者が社長かどうか、まだ決め付けられないだろ。切断された首は見つかっていないっていうんだから。――そうだよね、高梨さん？」

「うん、いちおうはね……」私はワイシャツ姿の藤井君を見やりながら曖昧《あいまい》に頷いた。

場所は『ナポリ庵』の駐車場の片隅。軽ワゴン車の陰に身を寄せる私は、遅れて出勤してきた同僚二名に、知り得るだけの情報を聞かせてあげたところである。警察の捜査は、もちろん現在も継続中。駐車場に張り巡らされた黄色いテープの向こう側では、いまもなお近所の野次馬たちが、入れ替わり立ち替わり集まっては、人垣を形成している。

「だけど、強盗の仕《し》業《わざ》だと考えると、いちおう話の筋は通ると思うのよ」

といって私は持論を展開した。「犯人は刃物か何かを突き付けながら社長を脅して、無理やり大金庫を開けさせた。そして中から売上金の納まった手提げ金庫を奪うと、お役御免とばかりに社長を殺害した――ね、ありそうなことだと思わない？」

「なるほどね」と頷いた藤井君は即座に「でも――」と続けた。「高梨さんの推理したとおりだとした場合、犯人が社長の首を切ったのは、いったい何のためだい？」

「そう、そこなのよねえ」確かに藤井君の指摘するとおりだ。単なる強盗殺人ならば、口封じとして社長の命を奪うことはあるとしても、生首を奪っていく必要はない。私は腕組みしながら、「何か必然性のある理由、どうしても、そうせざるを得なかった、というような強い動機がなければ、わざわざ死体の首を切断したり、しないはずだもんねえ」

「だろうね。首をノコギリで切断するって行為は結構な重労働だと思うし……ん、ということは、犯人は僕ら男性陣っていう可能性が高いのかな？」

「そりゃそうでしょう」と私は断固として決め付けた。「あんな凄惨な手口、普通の女子なら自分でやったとしても自分で失神しちゃうわよ。——ねえ、京香ちゃん」

「え!?　えーっと、私は実際の現場を見ていないから、なんともいえませんけど……」

京香ちゃんは困ったように首を捻ると、話を元に戻した。「犯人が死体の首を切る動機についてですけど、ひょっとして犯人は被害者の首そのものに何らかの執着があったとか、考えられませんかねえ。つまり、首を切ること自体が目的だった、みたいな……」

「あははははッ、随分と猟奇的な動機だね、桜木さん」と藤井君が豪快に笑い飛ばす。

「あ、はは、ははッ、ホントまるでシリアル・キラーの所業ね……」と同様に笑い飛ばそうとしながらも、私の笑い声は全然ぎこちなかった。「あは、はは、あは……」

首を切ること自体が目的——そんな彼女の言葉は、案外と鋭いところを突いているのではないか。少なくとも私は、辻岡社長の《首を切ること》に執着心を持つであろう人物を、確かにひとり知っている。辻岡社長に首を切られた男——浅村弘之先輩だ。

一方的に首を切られた腹いせに、相手の首を文字どおり切断する。そういった復讐というか意趣返し、あるいは鬱憤《うっぷん》晴らしの犯行だとしたら……いや、しかし、いくらなんでも、まさか……あの浅村先輩がそんな馬鹿な真似《まね》……うん、やりかねない！　彼には、そういう短絡的《たんらくてき》なところが、確かにあった。偏見かもしれないけれど偏見じゃないと思う！

と、そんなふうに内心で密かに《浅村先輩犯人説》に傾く私。するとそのとき突然、私の視界の端《はし》に、何か気になるものが映り込む。おやッ——と思って目を細める私をよそに、藤井君が話題を転じた。「ところで社長と連絡が付かないのは、まあ判るとして、実は清川料理長とも連絡が取れないんだよ。僕、さっきから何度か料理長の携帯に掛けてるんだけど、全然繋《つな》がらないんだ。普段なら僕より先に厨房に入って、仕込みに取り掛かるぐらいなのに……どうも気になるんだよなあ。まさか、とは思うけれど……」

「え、まさかって、どういう意味ですか？」と京香ちゃんが首を傾げる。

「いや、ほら、辻岡社長と清川料理長って最近、険悪だったから……あれ!?」ふいに言葉を止めた藤井君は、怪訝《けげん》そうな視線を私へと向けながら、「どうかした、高梨さん？」

「え!?　ううん、何でもないの……あ、ちょっと用事を思い出したから、失礼するね」

唐突過ぎる私の言葉に、藤井君と京香ちゃんは当然キョトンだ。

それでも構わず話の輪から抜け出た私は、いったん建物の裏手へと回る。そのまま裏口をスルーして、ぐるりと建物を半周。そうして誰もいない歩道に飛び出した私は、人垣のできている方角に歩を進めると、何食わぬ顔で野次馬たちの輪に加わった。「——どうしたんですかぁ？　何かあったんですかぁ？　凶悪な食い逃げ犯が捕まったとかぁ？」

目の前の大きな背中に向かって問い掛けると、その男性は前を向いたまま、

「いや、食い逃げじゃねえよ。どうやら殺人事件らしい。まったく物騒な世の中だぜ」

「へえ、殺人ですかぁ。——ホント物騒な世の中ですねえ、先輩」

以前と変わらぬ口調でそう呼ぶと、直後に目の前の大きな背中がビクンと痙攣。やがて恐る恐るといった感じで振り向いたのは、キャップを目深に被った三十男だ。真っ昼間の歩道で幽霊にでも遭遇したかのごとく、目を丸くしながら私の顔を凝視している。

すると次の瞬間、彼は慌てた仕草で隣の野次馬を押し退《の》けると、必死の逃走を図る構え。

そうはさせじ——とばかりに私は彼のポロシャツの背中をむんずと摑《つか》んで、グイッと手前に引き寄せる。そして彼の耳元に顔を寄せると、この場面でもっとも効果的だと思える脅し文句を、優しく静かに囁《ささや》いた。

「逃げないでくださいね、先輩。逃げたら私、叫びますよ、『人殺しーッ』って」

するとポロシャツ姿の彼——浅村弘之先輩は、降参とばかりに小さく両手を挙げて、いわゆるホールドアップの体勢。そして精一杯の抵抗を示すかのように、横目で私のことを睨《にら》みつけていった。

「わ、判った、高梨さん。もう逃げない。ていうか、逃げるわけないだろ。だって俺は人殺しじゃないんだから！」

5

　警官と野次馬であふれ返る店先では、落ち着いて話ができない。そこで私と浅村弘之先輩は《殺人現場に興味を失った野次馬》を装って、人々の群れから離れる。そして近所にある喫茶店へと場所を移した。観葉植物が恰好の目隠しになる、そんな奥まったテーブル席に腰を落ち着けて、私たちは揃ってアイス珈琲《コーヒー》を注文。二人分のグラスが目の前に届けられるのを待って、私は質問の口火を切った。「――なぜ社長の首を切ったんですか」

「ん、何いってんだ!?」浅村先輩はグラスのアイス珈琲をストローで掻き回しながら、「首を切られたのは、社長じゃなくて俺のほうだろ。あの社長が一方的に俺の首を切ったんだ。高梨さんだって、よく知ってることじゃないか」と、まるで見当違いの答え。

「…………」どうやらスッ惚《とぼ》けるつもりらしい。そう思って私は心底悲しくなった。もともと勤務態度にも事務処理能力にも問題のあった先輩ではあるが、ここまでクズだったなんて！私は深い溜め息をつきながら続けた。「そうですかー。自分が首を切られた報復として社長の首を切った。やはり、そういうことだったんですねー」

「…………」先輩は一瞬ポカンと口を開けて、アホみたいな表情。テーブル越しに私の顔を覗《のぞ》き込みながら、「えーっと、高梨さん、さっきから何をいってるのかな？　なんで俺が社長の首を切れるんだよ。そんなこと、できるわけないだろ」

「できますよ！　その気になれば首を切ることぐらい……」

「だから、どうやってさ⁉」

「そりゃノコギリですよ！」

「ノコギリ⁉　拳銃じゃなくて⁉」

「もう、なんで拳銃で死体の首が切れるんですか、馬鹿《ばか》！」

　興奮した私はうっかり先輩のことを馬鹿呼ばわり。たちまち先輩は両目を吊《つ》り上げながら、

「馬鹿とはなんだ、馬鹿とは！」といって椅子から腰を浮かせる。だが次の瞬間には、ふと冷静さを取り戻すと、抑えた声で聞いてきた。「ちょっと待ってくれ、高梨さん。どうも話が噛《か》み合っていないようだ。少し整理しようじゃないか。まず辻岡社長から首を切られたのは、この俺だよな？」

「ええ、半年前のことでしたね。浅村先輩が三日連続で遅刻したことが、直接の原因でした。怒り心頭に発した辻岡社長は、すったもんだの挙句、先輩の首を切ったんです」

「そうだ。俺は首を切られた。で、今度はその社長の首が……どうなったって？」

「だから社長の首が切られたんですって！」

「誰に？」

「先輩でしょ！」

「俺が⁉　どーやって⁉」

「だからノコギリを使ってッ！」

「ノコギリっ⁉　拳銃じゃなくてかッ⁉」

「だから、なんで拳銃で人間の首が切れるんですか、馬……」もう一度《馬鹿》という禁句を危うく口にしかけたところで、私はその言葉を呑み込む。そして低い声で尋ねた。「ねえ、先輩、なんで社長の首が切断されたって話に、拳銃が出てくるんですか」

「ん、切断……⁉」呆《ほう》けたように呟いた次の瞬間、先輩は両手でバンとテーブルを叩く。そしてカッと見開いた目で私を見詰めた。「せ、切断って……え、じゃあ社長の首はホントに切られていたのか。つまり首と胴体とが物理的に離れていたってこと……？」

「ええ、そうですよ。もっとも切られた首そのものは、まだ見つかっていませんが……ていうか、あれ、先輩がやったんじゃないんですか。私はてっきり……」

「馬鹿馬鹿、何いってんだ！　俺がそんなことするわけないだろ」強い口調でそう断言した先輩は一転、声を潜《ひそ》めていった。「それをやったのは、たぶん清川さんだ」

　どうやら私と浅村先輩との会話の齟齬《そご》は、人体における首の切断と、会社組織における首切り、すなわち《首》と《馘《くび》》とを混同したことによって引き起こされたらしい。

　勘違いにようやく気付いた私たちは、互いの知っている情報を開示しあった。

　もちろん私は事実を隠さずに述べた。一方、浅村先輩が本当に真実を語っているのか否か、私には確かめる術《すべ》がない。だが先輩は、大金庫の中の売上金を目当てに、深夜の事務所に忍び込んだという恥ずかしい事実まで白状しているのだ。そこまで喋ったのなら、彼の言葉を信用してやってもいいだろう、と私は感じた。それに、先ほどの頓珍漢《とんちんかん》なやり取りから鑑《かんが》みるに、浅村先輩は死体の首が切断されていたという事実を、まるで知らなかったのだ。その点からいっても、彼が辻岡社長殺害犯である確率は低いものと思われた。

とはいえ、彼がいうように『ナポリ庵』の料理長、清川誠一さんが辻岡社長殺害の犯人であるという説も、にわかには信じがたい。それに清川さんが犯人であると仮定しても、やはり納得いかない部分は相変わらず残るのだ。私はその点を先輩に尋ねた。

「深夜の事務所にて、清川さんが拳銃でもって辻岡社長を撃ち殺した。その決定的場面を先輩が目撃したっていうなら、それはまあ、いちおう事実だとして――じゃあ、なんで今朝になって私が発見した死体は、首が切られていたんですか。銃で撃った上に、なぜ首を切断する必要が？　しかも切り取った頭部を持ち去る理由って何？」

「それは俺も判らん。ていうか俺はてっきり普通に銃殺された――いや、《普通に銃殺》って言い方も変だが――要するに、ありふれた死体が事務所で発見されたものと、いまのいままでそう思っていたんだ。まさか死体の首が切られて、事務所が血まみれになっているなんてこと、想像もしていなかった。まったく訳が判らん」

「でしょうね」先輩が本気で頭を抱えていることは、私にもよく判る。「でもまあ、とりあえずこれで少しだけ判ってきました。殺されたのは辻岡社長で、殺したのはたぶん清川さん。首を切るのに使われたのはノコギリだけれど、実際の凶器は拳銃ってことですね。浅村先輩は事務所に忍び込んだだけで、殺人も窃盗もしなかった。今朝になって現場に戻ってきたのは、社長の死体が発見されたかどうか、気になったから——ん、じゃあ大金庫の中から手提げ金庫が盗まれていた件は、どう考えればいいんですかねえ？」

「そりゃもちろん清川さんが奪っていったんだろ。強盗の仕業に見せかけるためか、あるいは切実にカネが欲しかったのかもしれないな。社長を拳銃で脅せば、大金庫を開けさせることぐらいは、簡単にできたはずだからな」

「ああ、そっか。確かにそうですよね」社長は大金庫の鍵を持っているし、ダイヤル番号も知っている。どうやら《清川さん犯人説》に矛盾《むじゅん》はないようだ。「実際、清川さんは連絡がつかない状態になっているって、さっき藤井雄太君も嘆いていました。となると、これからの問題として残るのは……いま先輩が語った目撃談を、果たして警察が信じてくれるか否か、そこですよね」

「そういうことになるな」

「正直いって大いに不安です」

「だよなあ……」先輩は落胆の表情で、目の前のアイス珈琲をひと口啜《すす》った。

何も盗らずに逃げたとはいえ、深夜のレストランに不法侵入したことは事実なのだ。その時点で浅村先輩の有罪は確定。そんな人物の語る目撃談など、警察が——特にあの疑り深い澤崎警部が——マトモに聞き入れてくれるなんて到底考えられないところだ。下手に先輩のほうから名乗り出ていったなら、殺人も死体損壊《そんかい》も金庫荒らしも全部まとめて彼のせいにされてしまう。そんな可能性だって充分にあるだろう。だからといって名乗り出なければ、せっかくの重要な目撃談も、この喫茶店の中だけの無駄話で終わってしまうのだ。

では、いったい私と先輩は、これからどのように振る舞うべきなのだろうか。

そんなふうに思い悩む私の背後で、そのとき突然――

「へぇーっくしょん！」

まるでコントの初っ端で喜劇役者が披露するような愉快なくしゃみが炸裂《さくれつ》。咄嗟に振り返ると、観葉植物越しに若い男性客の姿が窺えた。滅多《めった》にお目にかかれないような黄緑色のシャツ。それが緑の葉に紛れて絶好の保護色になっている。いまさらながら私は、この喫茶店が私たちの貸し切りでも何でもない、オープンな空間であることに思い至った。

――危ない危ない。壁に耳あり障子《しょうじ》に目ありね！

おそらく浅村先輩も同様のことを思ったのだろう。彼はグラスに残ったアイス珈琲を一気に飲み干すと、「それじゃあ俺はもういくからよ。高梨さんと話ができて良かった」といって一方的に席を立つ。「――あ、さっき俺が喋ったこと、他の奴らには内緒にしといてな」

「え、えッ、他の奴らって……ちょ、ちょっと先輩……」

腰を浮かす私を手で制して、先輩は再び目深にキャップを被りなおす。そして呆気に取られる私をテーブル席に残したまま、「じゃあな！」と片手を挙げながら、ひとりそそくさと店を出ていった。取り残された私は、しばし放心状態。そして、ふと気付いた。

「あーッ、あの先輩め、珈琲代、払わずに逃げやがった！」

テーブルにはアイス珈琲二杯分の料金が記載された伝票だけが、残されているのだった。

仕方がないので私は二杯分の珈琲代を支払って、ひとり喫茶店を出た。『ナポリ庵』に戻ると、野次馬の数は随分と減っているが、駐車場に停まったパトカーの数は相変わらずだ。

多少なりと捜査は進んでいるのだろうか。浅村先輩は『他の奴らには内緒に……』といっていたが、やはりそうもいかない気がする。重要な情報を知ってしまったからには、それを警察に伝えるのが善良な市民の務め。仮にそうすることで、善良でない先輩に累《るい》が及んだとしても、それは自業自得。珈琲代をケチった罰として甘受すべきだろう。

――澤崎警部は短絡的なオジサンっぽいから、あんまり話をしたくないけど、女性の山吹刑事になら話してやってもいいかもね。

そんなことを考えながら、私は裏口を通って建物の中へと舞い戻る。すると真っ先に私の姿を見つけて駆け寄ってきたのは、あんまり話をしたくないほうの彼、澤崎警部だ。

「あッ、君ぃ。いったい、どこへいっていたのかね」と中年警部は咎《とが》めるような口調。

私は何食わぬ顔を装いながら、「はあ、近所の喫茶店にいって、ひとりで涼んでいただけですけれど……何かありましたか、警部さん？」

「うむ、何かあったというべきか否か……とにかく君、ちょっとこっちへきなさい」

そういって澤崎警部が私を連れていったのは、例の事務所だ。扉を開けて、真っ先に目がいくのは、やはり血に汚れた社長のデスクと回転椅子だ。その傍らに佇むのは、黒いパンツスーツ姿の山吹刑事。だが彼女のすぐ隣に、もうひとりワイシャツを着た男性の背中があった。

誰かしら――と思った次の瞬間、その男性はくるっと身を翻《ひるがえ》して、こちらを向いた。

その端整な顔を見るなり、私は思わず「あッ」と声をあげそうになった。毎日のように顔を合わせてきた私の上司、辻岡裕次郎社長の活《い》き活《い》きとした二枚目顔が、そこにあった。

もちろんその顔は首の部分で、ちゃんと胴体とくっついている。

啞然とする私に向かって、辻岡社長は「やあ、高梨さん、どうやら大変なことになったようだね」と片手を挙げながら呼びかけた。

「な、なんで……どういうこと？」

そう呟く私は、さらに口をパクパクさせるが言葉にはならない。オドオドと視線をさまよわせる私を見て、山吹刑事が説明した。「見てのとおりよ、高梨さん。あの首を切られた被害者は、辻岡裕次郎氏ではなかったのね。つまり、あなたの早合点だったってわけ」

「そ、そうだったんですか。社長は生きてらっしゃったんですね。良かった」

と胸を撫で下ろしたのも束の間、私の脳裏には新たな混乱が一気に押し寄せた。

「え、えッ……でも、それじゃあセンパ……」先輩が見た光景は何？　先輩が見たのは、辻岡社長が銃撃される場面ではなかったということ？

そんな言葉が口を衝いて飛び出しそうになるのを、私はぐっと堪《こら》える。そして唇を震わせながら別の質問を投げた。「そ、それじゃあ今朝、私が見つけた首なし死体は、誰……？　社長じゃないのなら、あれはいったい……？」

この問いに答えたのは、他ならぬ辻岡社長だった。彼は私へと視線を向けながら、慎重な口ぶりで、ひとつの可能性を語った。

「社員から聞いた話では、どうやら料理長の清川さんと連絡が取れなくなっているらしい。ということは、高梨さんが発見したその首なし死体というのは……ひょっとして、そういうことかもしれない……いや、もちろん、まだ決め付けることはできないけど……」

6

翌日の『ナポリ庵』は当然ながら臨時休業。私はアパートの部屋で自宅待機しながら、事の進展を待つしかない。退屈なので何度か浅村先輩の携帯に電話してみたが、なぜか全然繋がらなかった。どうやら先輩は携帯の電源を切って息を殺しつつ、どこかに潜伏中らしい。捜査の手が先輩まで伸びるのが先か、それとも犯人が捕まるのが先か、いまはまだまったく予断を許さない状況である。

そんな中、昼過ぎになって辻岡社長から直々に電話があった。

『どうやら被害者の身許が判ったそうだよ、高梨さん』

スマートフォン越しに聞こえる社長の声には、どこか沈鬱な響きが感じられた。

『やはり殺されたのは清川誠一さんだったよ。血液型、盲腸の手術の跡、肩にある大きなホクロの位置。何よりＤＮＡ鑑定の結果からして、清川さんであることが間違いないと確認されたらしい。実に残念なことだが仕方がない……』

「そうですか」スマホを片手に頷いた私はそれ以上、続ける言葉がない。心の中で無言の問いを発するばかりだ。――辻岡社長は事件の夜、あの事務所にいたんですよね？　しかも清川さんと一緒に。それはなぜですか。あの場所で、いったい何があったんですか？

だが私はすんでのところで、その質問を我慢した。仮に尋ねたなら、たちまち社長の口から『なぜ高梨さんが、そんなことを知っているんだい？　誰かに聞いたのかい？』と余計な追及を受けてしまうだろう。そこで私が浅村先輩の名前を出したなら、どうなるか。

その情報はたちまち警察に伝わるはず。当然、彼らは血眼《ちまなこ》になって浅村先輩の居場所を捜すだろう。やがて先輩は警察に発見されて、鎌倉《かまくら》署の取調室にて厳しい追及を受けることとなる。先輩は不法侵入の事実は認めつつ、その一方で殺害の容疑を否認するに違いない。だが、そんな主張が通るはずもなく、それどころか澤崎警部の恫喝《どうかつ》に屈して、ついに先輩は清川誠一殺害を《自白》。裁判になって一転、態度を翻して無罪を主張するも、時すでに遅し。先輩に対する裁判員たちの心証は最低レベルで、意外とアッサリ有罪が確定。哀れ浅村弘之は無実の罪によって刑務所もしくは処刑台へ――

というような冤罪《えんざい》の物語が瞬く間に脳裏に浮かぶので、もう私は社長に対して迂闊なことは何もいえなくなる。そこで私はただただ、

「犯人が早く捕まるといいですねえ」

などと、実に当たり障りのない感想を口にして、辻岡社長との通話を切り上げた。

当然、心の中はドンヨリと靄《もや》がかかったようで気が重い。私は深く考え込んだ。

明らかに社長は何かを隠している。いや、それどころか社長が清川さんを殺害した、そんな可能性だって充分に考えられるところだ。むしろ浅村先輩の目撃談を信じるなら、それしか考えられないとさえ思える。なにせ事務所の中で、辻岡社長と清川さんが二人で対峙していたというのだ。その結果、片方が殺されたのなら、当然もう片方が犯人だろう。

　では辻岡社長が犯人なのか。だが仮にそうだとしても、なぜ清川さんの首を切断する必要があるのか、という疑問は残る。そもそも先輩の目撃談によれば、拳銃を構えていたのが清川さんのほうで、撃たれたのが辻岡社長だったはず。それなのに、なぜ――？

　昨日から何度も繰り返してきた疑問が、またしても脳裏でぐるぐると渦を巻く。だが残念ながら私の頭では、いくら考えたところで正しい結論には、たどり着けそうにない。

　――やれやれ、考えても仕方がない。気晴らしに散歩にでもいくか！

　そう思い立った私は服を着替えて部屋を出る。外は今日も晴天で気温三十度オーバーの熱気に包まれている。たちまち私はクーラーの効いた自分の部屋が恋しくなった。だが、いっそのこと引き返そうかしら、と思った矢先、私はふいに背後から呼び止められた。

「あのー、すみません、高梨真由さん、ですよねえ？」

　ハッとなって振り返ると、目の前に若い男性の姿。知らない顔だが知ってる男だ。滅多にお目にかかれない黄緑色のシャツに見覚えがある。下は紺色のチノパンでスニーカーの色はオレンジだ。この人の色彩感覚は、いったいどうなっているのか。そんな心配を覚えずにはいられない配色だが、そもそも黄緑色のシャツを選んだ時点で、合わせる靴もズボンもなかったのだろう。そんなことより何より、私は彼との再会に驚きを隠せなかった。

「あ、あなたは昨日、喫茶店にいた人……ええっと、どちらさまでしょうか」

「やあ、急に声をお掛けして申し訳ありません。けっして怪しい者じゃないんです」

そういって男はチノパンのポケットから名刺入れを取り出す。そして自分の名刺を一枚引き抜くと、それを私へと差し出しながら驚きの正体を明かした。

「私、講談社《こうだんしゃ》の雑誌編集部から参りました。君鳥《きみどり》翔《しょう》太《た》と申します――」

講談社といえば『講談社ノベルス』と『講談社文庫』、そして何より新本格ミステリでお馴染みの出版業界最大手。刊行する雑誌も電子書籍の『メフィスト』から紙の雑誌『週刊現代』まで様々だ。

そんな講談社の雑誌編集部の人間が、わざわざ北鎌倉まで足を運んでレストランの事務員に過ぎない私に、自ら声を掛けてくれるなんて！　しかも彼は週刊誌の記者さんなのだとか。ということは『週刊現代』だ。もう、それしかない（実際は他にもある）。

とにかく私は有頂天になった。そして、さっきまでの浅はかな自分を猛烈に恥じた。黄緑と紺色そしてオレンジという組み合わせの、いったい何が問題だというのか。いまの私にはその配色が超ハイセンスな、まさに上級者のカラーコーディネートであるとハッキリ判る。――ええ、判りますとも！　判らない人は勉強不足ですよ！

そんなふうに私はすっかり興奮状態だったので、

「今回の事件について、高梨さんに詳しくお話を伺いたいのですが……」

と紳士的に取材を申し込んでくる雑誌記者に対して、何も考えることなく二つ返事で、

「ええ、もちろんＯＫですとも。何でも聞いてくださいな！」

とアッサリ同意する。こうして私たち二人は揃って近所の甘味処《かんみどころ》へと場所を移した。

『氷』と書かれたのぼりの立つ古風な店。奥まったテーブル席に向かい合って座った私と君鳥さんは、それぞれ《いちご練乳》と《抹茶《まっちゃ》あずき》を注文。絶妙なバランスで積み上げられた氷のタワーを、銀のスプーンで崩しながら会話を交わした。

「実をいうと昨日の喫茶店で、高梨さんと先輩さんとの会話を、聞くともなく聞かせていただきました。いえ、けっして盗み聞きしようと思ったわけではありません。ただ偶然、私が座っている席の傍で、お二人が会話を始められたので……」

「もちろんです。講談社の記者さんが盗み聞きなんて、するはずありませんもの」

「ええ、そうでしょうね」と、なぜか他人事《ひとごと》のように頷いてから、君鳥さんはさっそく事件の話に移った。「それで、あのとき小耳に挟んだ会話の内容なんですがね、いやあ、実に興味深いものでした。あの先輩さんの目撃談……」

「浅村さんです。浅村弘之さん。『ナポリ庵』で半年ほど前まで働いていた人です」

「そう、その浅村先輩の目撃談。あれが世間に公表されたなら、今回の首切り殺人の様相は一変すること間違いなし。ただでさえ首なし死体の猟奇性が世間の耳目《じもく》を集めている事件ですが、そこに具体的な目撃談が加わるわけですから、これはもう読者の下世話な興奮と想像を掻き立

てるに決まっています。——ええ、そりゃもう絶対ですとも！　だって『週刊未来』の読者なんて、その手の事件モノが大好きな連中ばっかりなんですから！」

「はあ、そうですか。そこまで熱烈にいわれると、お話ししたいような気にもなりますけれど……ん!?」私は彼の言葉の中に、何やら違和感のあるワードを聞いた気がして、思わず問い返した。「ひょっとして、いま『週刊未来』とおっしゃいませんでしたか。『週刊現代』ではなくて『週刊未来』と……？」

「ええ、確かにそういいましたよ」雑誌記者に悪びれる様子はない。《抹茶あずき》の向こう側で、彼は黄緑色のシャツの胸を張りながら、「現代の一歩先ゆく『週刊未来』、編集部の君鳥翔太です。さっきお渡しした名刺にも、そう書いてあったはずですが」

「え、そうでしたっけ!?」慌ててポケットの中を探り、貰った名刺を取り出す。あらためてそこに記された会社名を確認。そして、ようやく自らの勘違いに気付いた私は、「——畜生、『講談社』じゃなくて『放談社《ほうだんしゃ》』じゃないのさッ！」

　遠慮のない叫び声とともに、貰った名刺をメンコのごとくテーブルの上に叩きつける。瞬間、テーブルの上で微《かす》かな風が巻き起こり、目の前の《いちご練乳》の氷のタワーがパサッと哀しい音を立てて崩れた。同時に私の中の大事な何かもパサッと崩れた気がする。

　正面の席に座る君鳥さん——いや、放談社の雑誌記者などに《さん付け》は無用か。ならば君鳥で充分だ。黄緑色のアホみたいなシャツを着た君鳥翔太は、抗議するような視線を私に向けると、「ちょっとちょっと！　そんな扱いはないでしょう。せっかく差し上げたのに……もう！」

といいつつ、テーブルの上の名刺をわざわざ回収。あらためて自分の名刺入れに仕舞い込むと、まるで何事もなかったかのように先ほどの話を続けた。

「いかがですか、高梨真由さん、昨日の話、うちの雑誌に詳しく載《の》せてみま……」

「嫌ですよ。そんなの困ります！」

「へへッ、ギャラなら弾みますよ。——ま、講談社さんほどじゃありませんがね」

「嫌らしい手つき、やめてください！」私は嫌らしい手つきの雑誌記者を一喝《いっかつ》して、プイッと顔を横に向けた。「おカネの問題じゃありません。そんな問題じゃなくて……」

「判ります。浅村先輩のことですね。彼の目撃談がおおっぴらになれば、他ならぬ先輩自身に疑いの目が向く可能性が高い。あなたとしては愛する浅村先輩を危険にさらす気にはなれない。そういうわけですね、高梨さん？」

「まあ、そうです。《愛する浅村先輩》ってところだけが大ハズレですがね。あの人は私にとって、せいぜい《昔、世話になった先輩》くらいの存在ですから」

「そうですか。だったら、むしろ気兼ねせずに浅村先輩のことをバンバン喋って、カネ儲《もう》けのツールにしてしまって良いのでは？　所詮《しょせん》、向こうはコソ泥まがいの男らしいし」

「…………」性根が腐りきっているんじゃないのか、この男！　私は両手を顔の前で振りながら、「そんなわけにはいきませんよ。そもそも先輩の目撃談を世に出したなら、辻岡社長にだって迷惑が掛かるでしょう。それはそれで困ります」

「なるほど。まあ、確かにそうでしょうねえ」

「判っていただけますか」私は溜め息まじりに続けた。「結局、浅村先輩の目撃談は、イマイチ信憑性に欠けるんですよねえ。先輩自身は正直に見たままのことを喋っているつもりなんでしょうけれど、どうも現実と食い違いがあって納まりが悪い。だって先輩の話のとおりならば、昨日あの事務所では辻岡社長のほうが死んでなけりゃ、おかしいんですから」

「ふむ、確かに妙な部分はありますね。読み物としてはそこが面白いわけだが、妙な部分が妙なままでは記事にならないか。――では、高梨さん」雑誌記者はふいに真面目《まじめ》な顔つきになって、私のことを正面から見詰めた。「そういった疑問点が払拭《ふっしょく》されたとしたら、どうです？今回の首切り殺人事件の謎《なぞ》がすべて解明されたとしたなら、あの先輩の目撃談も、うちの雑誌に掲載させてもらって構いませんよね？」

「はあ、謎がすべて解明されたら……って、できるんですか、そんなことが、あなたに？」

「はははッ、僕にできるわけないでしょう。あなた、僕を誰だと思ってるんですか」

「ええっと、あなたは放談社『週刊未来』編集部の雑誌記者……ああ、そうですね。できるわけがありませんでした。では、いったい誰が謎を解いてくださるというのですか」

首を捻って私は尋ねる。すると何を思ったのか彼は、唐突な誘い文句を口にした。

「せっかく鎌倉にきてるんだ。今夜、一杯飲みに付き合っていただけませんか。僕の知っている、ちょっと面白い居酒屋があるんですよ。――いかがです、高梨さん？」

「へえ、居酒屋ですか」

私は迷わず即答した。「絶対、嫌です！」

7

「ああ、結局こんなところまできてしまった……」

夏空に夕刻の訪れを告げる茜色《あかねいろ》が広がるころ、私は北鎌倉から電車で一駅いったところにある鎌倉市雪《ゆき》ノ下《した》あたりを歩いていた。飲みの誘いは断固拒絶したつもりなのだが、それでも放談社の雑誌記者は引き下がることなく、『まあまあ、そういわないで……』と巧みな話術で私を懐柔《かいじゅう》。とうとう私は彼に連れられて、ここまできてしまったのだ。

もっとも、ここが果たしてどこなのか、もはや私には判然としない。鶴岡八幡宮《つるがおかはちまんぐう》の参道や小町《こまち》通りといった観光地化された一帯からは、もう随分と離れてしまった。古びた民家や寂《さび》れたお寺などが渾然一体となった風情ある街並み。いかにも古都鎌倉といった感じの鄙《ひな》びた雰囲気は、歩いているだけで充分に心地よいのだが――「しかし、こんなところに居酒屋なんて、本当にあるんですか？　どう見てもただの住宅地ですよ、ここ」

半信半疑の面持ちで呟くと、前を歩く君鳥翔太はスマートフォンの地図アプリを眺めながら、

「もちろん、あるさ。えーっと、確かこのあたりなんだけどね……」

と、やけに頼りないことをいう。すっかり地金が出たというべきか、彼の口ぶりはいつの間にやらすっかりタメ口だ。――だから放談社って駄目なのよ、まったく！

そうこうするうちに彼は何の変哲もない一軒の民家を指差して、「やあ、ここだここだ」と

新大陸でも発見したような声をあげる。さっそく門を通って、敷地の中へと足を踏み入れていく君島。首を傾げながら彼の背中に続くと、私の目の前で彼は、「ごめんくださーい」と陽気な声をあげて玄関の引き戸を開け放つ。すると開いた戸の向こうには、赤ん坊を抱いたオバサンの姿。たちまち戸の向こう側とこちら側とで、オバサンと雑誌記者の視線が無言のまま激しく交錯した。「…………」

奇妙な間があった後、君島は「失礼しましたーッ」といって頭を下げると、いま開けたばかりの戸を静かに閉める。そして再び敷地を横切り、門から外に出るなり、「ふうーッ」と大きな溜め息。その口からは驚きの発言が飛び出した。「やあ、危ない危ない！　ウッカリ間違えて他人の家に入るところだった……」

「ちょっと、どんな間違いですか、それ！　あなた、居酒屋を捜してるんですよね！」

「そうだよ。もちろんさ」と頷いた君島は再び歩きだすと、それから一分も経たないうちに、「やあ、ここだここだ」といって、また普通の民家の門に足を踏み入れていく。

咄嗟に私は「待ちなさい！」と声を張りあげた。目の前で同じ惨劇が繰り返されるのを、黙って見過ごすわけにはいかない。そう思った私は黄緑色のシャツの背中をむんずと摑む。そして目の前に建つ木造モルタル二階建ての古い家を指差した。「何が『やあ、ここだここだ』ですか。この家のどこが居酒屋なんです？　どう見たって普通の民家でしょ！」

「まあ、見た目は確かに居酒屋っていうより昭和の建売住宅って感じだな。でも、そういう店なんだよ、ここは。——ほら、ちゃんと看板だって出てるだろ」

そういって君鳥が指差したのは古びた門柱。そこに掲げられた小さな板には、なるほど「一《いっ》服亭《ぷくてい》」の文字が見える。看板というよりは表札だが、確かにこれは居酒屋の屋号らしい。が、いずれにしても、「——なんだか、変わった店みたいですね」

「まあね」小さく頷いた君鳥は、門を入って庭を進みながら、「でも変わっているのは店構えだけではないよ。この店の女将《おかみ》っていうのが、また変わった人でね」

「じゃあ、その女将さんというのが、謎を解いてくれる名探偵なんですね」

「いや、ここの女将の場合は名探偵というより、むしろ安楽椅子《あんらくいす》探偵と呼ぶべきだな」

そんな謎めいた言葉を口にしながら、君鳥は玄関の引き戸の前に立つ。これを開けると今度は戸の向こう側に、半ズボンの少年か何か、いるのではあるまいか。そんな懸念を抱く私の前で、彼は無造作《むぞうさ》にその引き戸を開け放った。「やあ、ヨリ子さん、お久しぶり。今日は新しいお客さんを連れてきてあげたよ。ほら、高梨真由さんだ」

いきなり紹介された私は、慌てて中に一歩足を踏み入れる。

すると次の瞬間——「きゃああぁぁぁぁッ」

突然響く若い女性の悲鳴。そしてバタンと人の倒れる音が狭い店内にこだました。

玄関を入ってすぐのところにあるカウンター席。それが居酒屋「一服亭」における客席のすべてらしい。居酒屋というよりは、むしろ小料理屋という呼び方のほうが相応《ふさわ》しいと思えるような、こぢんまりとした店だ。家庭的な雰囲気は悪くはない。だがカウンター席に腰を下ろした私の前に、最初の料理が出されるまでには、結構な時間が掛かった。

店内に足を踏み入れた私の姿を見るなり、着物姿の若い女将は恐れおののき大絶叫。そのままバタンと倒れて失神してしまったからだ。女将を介抱する時間。目覚めた女将が呼吸を整える時間。そして調理に掛かる時間。もろもろ合わせて三十分以上の時間が経過したころ、女将の小刻みに震える手が、お通しの小鉢を隣の君島へと差し出した。それは彼の手から、さらに私へとリレーされる。これが、この店を初めて訪れた客に対するヨリ子さんの精一杯の対応らしい。ヨリ子さんの手から直接、料理の皿を手渡されるようになるまでには、あと五億年ほどかかるだろうと、私にはそう思えた。

「ホホホホヤホヤホヤトホホホタホタホタテノスススノモノモノ——デス」

最後の『です』しか判らない。いったい何だろうか。採れたてホヤホヤのホタテかしら、と思って小鉢を覗き込むが、見た目は何だか怪しい。恐る恐るひと口だけ食べてみて、ようやくそれが《ホヤとホタテの酢の物》だと判った。採れたてホヤホヤか否かは、ちょっとよく判らない。食感は柔らかく、味はまあまあといったところだ。

すると隣でビールのジョッキを傾ける君島が口を開いた。「もう判ったと思うけど、安楽ヨリ子さんは極度の人見知りでね。本来、接客業には全然向かない人なんだよ」

だったら、なぜ居酒屋の女将を？　そんな素朴《そぼく》な疑問がたちまち脳裏に浮かんだが、私の口を衝いて飛び出したのは、それとはまったく別の質問だった。

「安楽ヨリ子さん!?　どういう字を書くのですか。——ねえ、女将さん？」

するとカウンターの向こうの彼女は『私、聞こえてませんから……』といわんばかりに慌てて包丁を手にして、ひとり黙々と調理台に向かう。客の質問に対して女将の取る態度とは到底思えない。結果、放置プレイに遭った私の質問には、隣の君鳥が答えてくれた。

「アームチェアってあるだろ。そう、日本語で安楽椅子だ。その《安楽椅子》と書いて《アンラクヨリコ》と読む。つまり、安楽ヨリ子さんは正真正銘の安楽椅子探偵ってわけさ」

「え、安楽椅子探偵……って、そういう意味？」

「そう、ただし二代目らしいけどね」と凄《すご》いような凄くないような事実を付け加えて、君鳥はニンマリ。そして女将自身に同意を求めるように「ねえ、そうだろ、ヨリ子さん？」

すると女将は「はい」と答えたきり、まさかの沈黙。「…………………」

――ちょっと、ヨリ子さん、本当に居酒屋やる気あるの!?

私は酷《ひど》く不安になるが、君鳥はこの状況に慣れているのか、まったく意に介さない様子。ホヤとホタテを箸《はし》で摘《つま》んで口の中に放り込むと、喉を鳴らしながらビールで流し込む。そして彼は、あらためて私へと顔を向けた。「それじゃあ、そろそろ事件の話を聞かせてもらおうかな。君が昨日の朝、第一発見者として現場で見たこと。そしてその後、喫茶店で浅村先輩の口から聞かされた目撃談。それらを順序だてて、よろしく頼むよ。――ああ、ヨリ子さんも料理しながらでいいから、何となく聞いていてくれないか。ときどき美味《おい》しい水でも飲みながらね」

意味深に響く君鳥の言葉に、ヨリ子さんは「はい」と頷いてから、「…………………」

またしても女将とは思えないような、長すぎる沈黙で答えるのだった。

担当編集者より

「昭和の名作、読み忘れていませんか?」

日本の「ハードボイルド」「アクション」の先駆的作品である本書。昭和36年連載開始ゆえに描かれる社会風俗は当時のものですが、現代に通じるアイデアに溢れています。爽快なスピード感で描かれた主人公と殺し屋たちの攻防や謎解きを、身構えることなく読んでみてください。理屈抜きに楽しい作品だと感じていただけるはず。**ミステリファンに強くおススメしたい名作です。**

【あらすじ】

天才科学者・桔梗信輔が発明した奇抜な殺人方法を闇に葬れ！　息子の信治は父の死後、出羽の山中から東京へと向かった。目指すは父から技術を伝授された10人を超える殺し屋たちの抹殺。奇想天外な武器を操る者たちに、悪事に無縁の青年はどう立ち向かうのか？

【日下三蔵氏ミニ解説】

岡本喜八監督が惚れ込んで「殺人狂時代」(1967年)として映画化したことでも知られる国産アクション小説の金字塔、久しぶりの復刊です。翻訳ミステリの編集者として007シリーズの原作小説を日本に初めて紹介した都筑道夫は、その本質を「大人の紙芝居」と表現しました。日本を舞台にその面白さを再現することをねらって書かれたこの作品には、攻撃と反撃《アタック&カウンターアタック》のアイデアが惜しげもなく投入されていて、まるで読み始めたらやめられない「活字のジェットコースター」のようです。謎解きの面白さと冒険活劇の面白さを一冊で堪能できる贅沢な大人のためのエンターテインメントを、ぜひ手にとってみてください。

令和になっても面白い
昭和ミステリの名作、復刊！

定価：1078円（税込）

講談社文庫

イラスト：Q-TA

8

私は求められるままに、事件について知っていることを語った。自分で見たこと、先輩から聞いたこと、同僚や社長と交わした会話なども、すべて包み隠さずだ。

君鳥翔太はビールを飲みつつ、時折相槌《あいづち》を打ちながら私の話に耳を傾けている。ちなみに、私が飲むのは梅酒のソーダ割り。ヨリ子さんはコップになみなみと注がれた水だ。着物の背中をこちらに向けたままだが、話を聞いてくれているのは判る。調理中の手が、すっかりお留守になっているからだ。この分だと、二皿目の料理には当分ありつけそうにない。

ひと通り事件の話を終えた私は、さっそく安楽椅子探偵の意見を伺いたかったが、たぶん長い沈黙しか返ってきそうにないので、とりあえず君鳥の見解から聞くことにした。

「どう思いますか、いまの話を聞いて？」

「ふむ、仮に浅村先輩が見たままの光景を語っているのだとするならば……」と前置きしてから、彼は自らの考えを語った。「やはり犯人は辻岡裕次郎ってことになるだろうな。彼が清川誠一を殺害して、死体の首を切断。そして生首を持ち去ったんだ。辻岡が犯人だと考えれば、大金庫の中から売上金が盗まれていることにも簡単に説明がつくじゃないか。彼は社長なんだから大金庫の開け方を知っている。鍵も自分で持っている。大金庫を荒らす狙いは、もちろん清川誠一殺害を単なる強盗の仕業に見せかけること……」

「どこがです？」私は彼の話を遮《さえぎ》るように口を挟んだ。「あの凄惨な犯行現場の、どこが《単なる強盗の仕業》なんですか。どう見たって強盗殺人というより猟奇殺人です。そもそも強盗の仕業に見せかけたいなら、なぜ社長は死体の首を切断したんですか」

「うーん、首を切断する目的か。それはやっぱりアレだよ。ミステリでよくあるアレ。そう、死体誤認トリックだ。《一見するとCさんであるかに思われた首なし死体が、実はよく似たCさんの死体だった》みたいなやつ。要するに辻岡は清川の死体を、あたかも自分の死体であるかのように勘違いさせたかったんだ。実際、君はその死体を見て、辻岡裕次郎のものだと早合点したんだろ。それこそが辻岡の狙《ねら》いだったんだよ」

「そうでしょうか。そもそも科学捜査全盛の現代において、いくら死体の首を切ろうが指紋を焼こうが、そんなことで警察は変死体の身許を間違えたりしないでしょう。実際、被害者の身許が清川誠一さんであることは、死体発見の翌日にはアッサリ判明しましたしね」

「まあ、確かにそうだな……」

「それに浅村先輩の目撃談によると、辻岡社長は拳銃を向けられる側だったんですよ。その社長が無傷でピンピンしていて、その一方で社長に拳銃を向けていたはずの清川さんが、なぜ死んでしまったのか。その点も凄く不思議です」

「しかし不思議といったって、現実にそうなっているんだから仕方がないだろう。とにかく清川が撃った拳銃の弾は、正面に立つ辻岡の身体には命中しなかったんだよ。きっと銃の扱いに不慣れなため、引き金を引いた瞬間に衝撃で手許が狂ったんだろう。辻岡が後方に倒れたのは弾が当たったせいではなく、驚きと恐怖のあまり腰が砕けただけ。その光景を見て、浅村は辻岡が撃たれて死んだものと早合点。恐くなって、そのまま現場から逃走した。だが実はその直後、九死に一生を得た辻岡は復活し、奇跡的な大反撃に転じたんだ。彼は清川の手から拳銃を奪い取ると、逆に相手を撃ち殺した。――そういや、清川誠一殺害に使われた凶器は特定されているのかい？　そもそも彼の死因は何なんだ？」

「そういえば死因については、何も聞いていません。死体の胴体に外傷らしきものは見られなかったですから、やはり持ち去られた頭部に致命傷を受けたんでしょうね」

「そうか。それじゃあ死因は判らないよな。だって肝心の頭部がないんだから……」

ん――瞬間、私の脳裏に何やら引っ掛かるものがあった。犯人が被害者の首を切断して、その頭部を持ち去ったのはなぜか。その謎を照らす、ひと筋の光明が差した気がしたのだ。

だが、私がその僅かな光を頼りに推理を深めようとした、そのとき――

「お待たせいたしました」とヨリ子さんの声が突然、カウンター越しに届く。その声はごく自然で震えを帯びることもない。「本日の二皿目、太刀魚《たちうお》の焼き物ですわ。スダチを搾《しぼ》ってお召し上がりくださいな」

まるで別人のような落ち着いた振る舞いを見せるヨリ子さんは、カウンター越しに手を伸ばして、料理の載った皿を直接私に手渡しする。それを受け取りながら、私は「あれッ」と首を傾げた。料理の載った皿が隣の客を経由して私のところまでリレーされるという、あの謎のシステムは、もう廃止されたのだろうか。私は「一服亭」の客人のひとりと認められたような気がして嬉しかったが、お陰で私の脳裏に輝いたはずのひと筋の光明は、焼けた太刀魚の芳醇《ほうじゅん》な香りによって掻き消されるに至った。

――うーん、残念。何か摑めそうな感触があったのに！

だが、いまは頭の中の微かな輝きよりも、こんがり焼き目のついた太刀魚の輝きのほうが、より魅力的だ。さっそく私はスダチを搾って身をほぐすと、ひと切れ箸で摘んで口へと運ぶ。たちまち白身魚特有の淡白な甘みが口の中に広がる。スダチの香りがその甘みを、より引き立たせるようだ。私は思わず感動の声をあげた。「アッサリして美味しーい。太刀魚って、こんなに美味しい魚だったんですね！」

「確かに美味《うま》い。まさに太刀魚の中の太刀魚。この太刀魚には誰も太刀打ちできまい！」

おいおい、駄洒落《だじゃれ》かよ――とゲンナリする私だったが次の瞬間、「ん、太刀魚……？」

そう呟いて私は考え込んだ。太刀魚といえば刀に似た銀色の魚。ゆえに、この名前で呼ばれるわけだが……太刀魚……太刀……刃物……ナイフ……？　さながら連想ゲームのごとく私の脳裏に数々のワードが浮かんでいく。やがて私はひとつの結論に至り、思わず快哉を叫んだ。

「わ、判りましたぁーッ」

「え、なんだって⁉」太刀魚を口に運ぼうとしていた君鳥の箸から、白い身がポトリと落ちる。彼は私を見やりながら、「どうしたんだ、高梨さん？　何が判ったって？」

「死体の首が切られていた理由です。いま、それが判りました」

そう断言して、私は説明をはじめた。「浅村先輩の目撃談を聞いた瞬間から、私はなんとなく今回の事件に用いられた凶器は拳銃だと思い込んでいました。でも実際は、そうとは限りませんよね。仮にあなたがいったように、辻岡社長が奇跡の大反撃に転じたのだとしましょうか。その場合、社長が用いる凶器は、むしろ拳銃ではなくて何か別のもの、例えば刃物などである可能性が高い。事務所にはカッターナイフやペーパーナイフ、あるいはハサミなどといった刃物がいろいろありますからね。社長は刃物を手にして、拳銃を持つ清川さんに対抗した。そして社長のほうが勝ったんですね」

「え、じゃあ刃物で刺したのか、清川の頭部を……」

「違います。刃物で掻っ切ったんですよ、清川さんの首を！」私は自分の頸動脈《けいどうみゃく》あたりを指差していった。「そして、それこそが後に社長が死体の首を切断した理由だったわけです」

「どういうことなんだ？」

「いいですか。扉の隙間から現場を覗く浅村先輩の目には、清川さんの姿は背中しか見えていなかった。しかし辻岡社長の顔は、ほぼ正面に見えていたそうです。ということは、実は辻岡社長からも、浅村先輩の姿は見えていたんじゃないでしょうか。もちろん、僅かな隙間から覗く男の目を見ただけでは、それがかつての部下であるとまでは判らなかったでしょう。それでも扉の外にコソ泥らしき人物がいるぐらいのことは、社長にも見て取れた。そのコソ泥が銃声を聞いて逃げ出したことも、社長にはちゃんと判っていた」

「ふむ、そういうことは充分考えられるが……それが、どうかしたのか」

「仮にそうだとした場合ですよ、翌朝の現場で首を刃物で掻っ切られた死体が見つかるのと、頭を拳銃で撃たれた死体が見つかるのと、どちらがコソ泥にとって自然に映ると思いますか」

「そりゃあ、拳銃で撃たれた死体のほうが自然だろうな。コソ泥は銃声を聞いているんだから。逆に首を掻っ切られた死体が発見されたなら、コソ泥は首を捻るだろう」

「ひとりで首を捻るだけならいいです。けれど、そのコソ泥はいつか警察に捕まって自分の見たことを捜査員たちの前で喋るかもしれません。そうなると社長は困ります。社長にとっては、あくまでこの事件を拳銃強盗か何かに見せかけておくほうがいいわけだから」

「なるほど。だが実際に辻岡は刃物でもって清川の首を掻っ切っている」

「そう、だから死体の首を切断する必要があったんですよ。首ごと切断してしまえば、被害者が刃物で首を掻っ切られたのか拳銃で撃たれたのか、もう見分けが付きませんからね」

「おおッ、凄いぞ、高梨さん！」君島は感嘆の声を狭い店内に響かせた。「実に素晴らしいよ。君の語った推理は、犯人が死体の首を切断する理由を見事に説明している。ということは、やはり清川誠一殺害の犯人は、辻岡裕次郎で間違いないってわけだな」

「ええ、そう思います」確信を持って頷いた私は、カウンターの向こうに佇む女将にも、いちおう意見を求めた。「ねえ、ヨリ子さん、いまの私の推理、どう思いま……」

「どうもこうもございませんわ！」

馬鹿馬鹿しい――といわんばかりの口調で、そう叫んだのは、間違いなく着物姿の女将である。彼女はこちらに背中を向けたまま、コップに残った水をグイッと飲み干す。そして「ぷはーッ」と息を吐いたかと思うと、さらに着物の袖で口許を拭うという妙に荒々しい仕草。

何が起こったのか判らず、私は両目をパチパチさせるばかりだ。

そんな私の目の前で女将はくるりとこちらを振り向く。そして妙に熱っぽい視線を私の顔面へ向けると、《極度の人見知り》という基本設定はどこへやら、いきなり喰らいつくような勢いで、こう捲《まく》し立てた。「ええ、まったく、どうもこうもありませんわ。まさしく見当違いのぐちゃぐちゃなロジック。そう、まるで本日の一皿目としてお出しした《ホヤとホタテの酢の物》のように、まるっきり歯ごたえのない推理ですわ！」

《二代目安楽椅子探偵》安楽椅子《よりこ》——その奔放《ほんぽう》かつ突飛過ぎる言動に、私はしばし唖然となり、そして数秒後にはムカッと腹を立てながらワナワナと唇を震わせた。

「ななな、なんですってえ！　わわわ私の推理には、ははは歯ごたえがないですってえ！　この店で出す《ホヤとホタテの酢の物》のように……」そういって私はあらためて件《くだん》の酢の物を箸で摘んで口に放り込むと、「ええ、確かにこの酢の物はぐちゃぐちゃで見た目は最悪。しかも、さっぱり歯ごたえがありませんね。——でも、私は好きな味ですよ」

「ありがとうございます」

「ありがとうじゃありませんよ、ヨリ子さん！」私はカウンターをバシンと平手で叩いて、僅かに腰を浮かせた。「私の推理に歯ごたえがないとは、どういう意味ですか」

「あら、言葉どおりの意味ですわ。高梨さんの推理はまるで歯ごたえのない、ぐちゃぐちゃのロジック。おそらくは二皿目に出てきた太刀魚の焼き物から刃物を連想して、そこからの思い付きで組み立てた安易な推理なのではありませんこと？　しかし、もしも高梨さんがおっしゃるように、辻岡社長が扉の向こうにいるコソ泥の姿に気付いていたとするならば、なぜそのとき社長は声をあげなかったのですか。『扉の外に誰かいるぞ！』そう叫べば、拳銃を構える相手に対する絶好の牽制《けんせい》になったはず。それなのに、わざわざ沈黙を守って相手の銃撃を許すなんて、あまりに呑気《のんき》過ぎますわ。実際には、辻岡社長は扉の外のコソ泥の存在には一ミリも気付いておりませんでした。したがって、高梨さんの語られた推理は大間違い。ぐちゃぐちゃで歯ごたえのない推理ですわ。――ええ、それはもうまるで、この店で出す《ホヤとホタテの酢の物》のように！」

「だったら、もっと歯ごたえのある料理を出してくださいよッ」

「ええ、喜んで！」そう叫ぶや否や、女将は調理台のほうを向いて、まずは空になったコップに、新たな水を注ぐ。そしてそれを瞬く間に半分ほど飲むと、また「ぷはーッ」と声をあげてから、今度は猛然と包丁を振るいはじめた。「楽しみにしていてくださいな！」

「…………」もはや、まるで別人。私は《人見知りヨリ子さん》の豹変ぶりが不思議で仕方がない。「まあ実際、太刀魚から刃物を連想したってことは事実なんだけど……」

そんな呟きを漏らす私に、君鳥がビール片手に説明を加えた。「ヨリ子さんは確かに人見知り王国の女王様みたいな人だが、《人見知りの人間＝気が弱いけれど根は善人》という僕らの先入観を覆《くつがえ》すタイプの女性でね。彼女は提供する料理によって他人の推理を間違った方向に誘導して、しかる後にその間違った推理を自ら罵倒《ばとう》するという悪い癖があるんだよ」

「最悪な癖じゃないですか。人格に問題があるんじゃないですか」

すると君鳥は「はははッ」と哄笑《こうしょう》を響かせてから「うん、僕もそう思うよ」

「…………」こいつの人格も相当なレベルだな！

私は呆れ果てて、もう何もいえない。いう気がしない。憮然としながら梅酒のソーダ割りをチビチビ飲んでいると、間もなくカウンター越しに「お待たせしました」と女将の声。

見ると、目の前にまた新しい皿が差し出される。手にとって眺めると、薄く切られた半透明の物体が、皿の上に上品かつ綺麗《きれい》に並んでいる。何かしら――と思って目を凝《こ》らす私にヨリ子さんが説明した。「本日のメインディッシュ。自家製コンニャクのお刺身です」

「コンニャク⁉　しかも、それがメインディッシュですって⁉」

「はい。何かご不満でも？」

「…………」普通、不満に思うだろう。お任せ料理のメインが薄く切ったコンニャクだったら、たぶん誰だって――「まあ、いいです。これ食べたら私、もう帰りますから」

そう宣言した私はコンニャクの一切れを味噌に浸して口へと運ぶ。隣で君鳥も同様のアクション。すると次の瞬間、「一服亭」の狭い店内に見えない稲妻が走った。強烈な刺激が私たちの舌を震わせ、身体中を駆け抜ける。示し合わせたように顔を見合わせる私と君鳥。そしてその直後、「一服亭」に吹き荒れたのは、かつてない絶賛の嵐だった。

「う、美味い……」「美味過ぎます……」「この素朴な味わい……」「この新鮮な風味……」「しかも味噌によく合う……」「そして、この食感……」「おお、まるで噛もうとする歯を跳ね返すような弾力……」「ええ、確かに、これぞ歯ごたえ抜群の料理……って、いやいや、ちょっと待ってくださいよ、ヨリ子さん」

ふと私は我に返って、《素晴らしきコンニャク料理の世界》から現実へと舞い戻る。そしてカウンターの向こうの女将へと視線を向けた。ヨリ子さんはコップの水をチビチビ飲みながら、

「まあ、なんですの？　お食べになったら、もうお帰りになるのでは？」

「いえ、やっぱり、もうしばらくいます」私は正面から女将を見据えていった。「歯ごたえのある料理は、なかなか結構でした。では、そろそろ歯ごたえのある推理ってやつを聞かせてもらえませんか。だって、あなた安楽椅子探偵の二代目ですよね」

「ええ、もちろんですとも。しかし歯ごたえのある推理は、もう味わっていただけたのではありませんこと？　先ほど君鳥さんがズバリ正解を口にされましたわよ」

「ん、僕、何かいったかな？　あ、『味噌によく合う』——それが正解ってこと？」

それは違うだろう。だが、それ以上のことが判らない私は、頭を下げてカウンターの向こうの安楽椅子探偵に懇願《こんがん》した。「どうかお願いです、ヨリ子さん。この雑誌記者にも判るように、ちゃんと説明してもらえませんか」

9

ヨリ子さんは説明した。例によって、コップの水で喉を潤《うるお》しながら——

「事件の夜の浅村弘之さんの目撃談を、現場の状況に即して思い描いてみましょう。浅村さんは扉の外にいて、数センチ開いた扉の隙間から暗い室内を覗いています。目の前には作業服を着た人物の背中が見えます。その人物は両手で拳銃らしきものを構えています。その人物の右側には壁があります。書類を納めたキャビネットなどが置かれた壁です。そしてその人物の数メートル先には辻岡社長が立っています。そうですね、高梨さん？」

「ええ、確かに浅村先輩は、そんなふうに語ってくれました」

「しかしながらこの場面において、浅村さんの話からは、とある重要な要素が抜け落ちておりますわ。といっても、けっして彼が嘘をついたとか、わざと隠したとか、そういうことではありません。ただ浅村さんの目からは作業服の背中が邪魔になって、それが見えなかっただけなのでしょうけど……何のことか、お判りになりますか、高梨さん？」

「背中が邪魔で見えなかった？　それ、ひょっとして大金庫ですか。大金庫は扉を入った右側の壁のド真ん中にあって、キャビネットに挟まれています。扉のすぐ前に誰かの背中があったら、角度的に見えなくなるような気がしますけど」

「正解ですわ。浅村さんには見えていないけれど、そこには大金庫があったはず。拳銃を構える人物と、辻岡社長のちょうど中間あたりに。では、このとき大金庫の扉は、どのような状態にあったのでしょう。判りますか、君鳥さん？」

「判りません」

「お尋ねするべきではありませんでした。では高梨さんは、いかがですか」

「え!?　大金庫の扉ですか……」私はその場面を咄嗟にイメージした。拳銃を構える清川さんは、いまにも引き金を引いて、社長を撃ち殺そうという体勢だ。だとするなら、すでに大金庫の扉は開かれていなければ、おかしいのではないか。社長を殺害した後では、清川さんは大金庫を開けることができないのだから。私は確信を持って答えた。「扉はすでに開かれていたと思います。おそらく、その場面の直前に、犯人が拳銃で社長を脅して無理やりそれを開けさせたのでしょう」

「素晴らしいですわ。わたくしも同じ意見です」

「ぼ、僕もだ。僕も同じ意見だぞ」君鳥が慌てて訴えるが、すでに手遅れである。

ヨリ子さんは雑誌記者を無視して、推理を進めた。「これで状況が明確になりました。拳銃を構える者と拳銃で狙われる者。両者の間には開かれた大金庫。おそらくその扉は中途半端な半開きの状態だったのではないでしょうか。そしてついに拳銃の引き金が引かれ、事務所に銃声が轟《とどろ》きます。このとき銃弾は、どこの誰に命中したのでしょう？」

「えーっと、辻岡社長には命中しなかった。それは間違いありませんよね。社長が後方に倒れたのは、さっき彼がいったとおり、驚きと恐怖のあまり腰が砕《くだ》けただけだと思います」

「そうだろうとも。僕にはちゃんと判っていたよ」ここぞとばかりに君鳥は黄緑色のシャツの胸を張ると、「だが、そうだとすると発射された弾丸は、どこに命中したんだ？　辻岡裕次郎の身体ではなく、事務所の壁や天井でもないなら、いったいどこに……？」

「そんなの決まっていますわ」ヨリ子さんは唯一無二の答えを口にした。「弾丸は被害者である清川さんに命中したのですわ。おそらくは清川さんの頭部にズバリと」

「清川さん!?」確かに、そう考えるべきなのだろう。実際、被害者は清川さんなのだから、彼以外に鉛の弾を喰らった人物など存在するはずがない。だが――「え!? それって、どういうことなんでしょうか。清川さんが撃った拳銃の弾が、清川さん自身の頭部に命中するなんて、そんなことあるわけが……」

「いいや、ある。あるぞ、高梨さん!」と拳を握って叫んだのは、隣に座る君鳥だ。「そういえば、何かで聞いたことがある。確か《跳弾《ちょうだん》》っていう現象だ。《跳》ねる《弾》と書いて《跳弾》。その言葉のとおり、拳銃やライフルの弾が何かに当たり跳ね返って、思わぬ方向に飛んでいってしまう現象のことだ。そうか、判ったぞ。つまり清川の撃った拳銃の弾は、手許が狂ったせいで正面に立つ辻岡には当たらず、壁か何かに当たって跳ね返ったんだな。そしてそれは奇跡的な偶然によって、撃った本人である清川の頭部に見事命中したってわけだ。なるほど、そういえば確かに僕は、さっき歯ごたえ充分のコンニャクを口にした際、『歯を〈跳〉ね返すような〈弾〉力』といったはず。まさしく《跳弾》だな。つまりヨリ子さんのいったとおり、僕は無意識のうちにズバリ正解を口にしていたってわけだ。そうだろ、ヨリ子さん? いまの僕の説明で間違いな……」

「クソほど間違ってますわ!」

情け容赦ない罵声《ばせい》が狭い店内に響き渡る。バッサリ切り捨てられた君鳥は椅子からズルリと滑り落ち、唖然とした表情を浮かべた。「そ、そんなぁ、ヨリ子さん……」

「まあ、いちおう跳弾の説明は合っていますわ。ですが、跳ね返った銃弾が撃った本人に命中するなんてこと、本気であるとお思いですか、君島さん？　いいえ、そんなことは現実には起こり得ませんわ。確かに犯行の夜、事務所で跳弾と呼ばれる現象が起きたのでしょう。ですが、それは壁に当たって跳ね返ったものではありません。そもそも壁は銃弾を跳ね返しません。銃弾が壁にめり込むだけです。では何が銃弾の進路を変えたのか。それを跳ね返した物体は、いったい何か。もうお判りですわね、高梨さん？」

「はあ、もしかして大金庫の扉……半開きになった鋼鉄の扉に銃弾が命中して、それをあらぬ方角に跳ね返した。ひょっとして、そういうことでしょうか」

「ひょっとしなくても、そういうことですわ」

「でも判りません。半開きになった金庫の扉に命中した銃弾は、撃った本人に跳ね返ってくることはないでしょう。たぶん、それは少しだけ角度を変えて、斜め前方に向かうはず。だから正面に立つ社長に命中しなかったのは当然としても、なぜそれが清川さんの頭部に？　そもそも清川さんは、そのときどこにいたんですか？　扉に背を向けて銃を構えていた作業服の人物、それが清川さんではないんですか？」

「ええ、違います。作業服の人物を清川さんであると思ったのは、浅村さんの勘違い。暗がりから聞こえてくる清川さんの声だけを聞いて、彼は目の前の背中を清川さんのものだと思い込んだのですわ。では実際の清川さんは、そのときどこにいたのか。それは最初から判りきっているではありませんか。そもそも彼の死体が、どこで発見されたのか。高梨さんは、よくご存じのはずですわ」

「え、清川さんの死体は……社長の椅子の上で……あッ、そういうこと！」

瞬間、私の脳裏に、発射された銃弾のベクトルが明確に浮かんだ。それは扉のすぐ前から発射された後、半開きになった大金庫の扉に命中。分厚い鋼鉄に跳ね返された銃弾は角度を変えて、社長のデスクの真上を通過。そして社長の椅子に座る清川さんの頭部にめり込んだのだ。清川さんも、まさか自分の脳天を目掛けて弾が飛んでくるとは思わなかったのだろう。きっと彼は何が起こったのか判らないまま、一瞬で天に召されたに違いない。

「やっとお判りになったようですわね。ええ、そうですわ。清川さんは社長の椅子に座りながら、辻岡社長の恐怖におののく姿を、傍らから悠然と眺めていたのですわ。もちろん、社長に拳銃を向けていたのは、清川さんではない別の人物。つまり事件の夜、事務所には三人の人物がいたのです。辻岡社長と清川さん、そして拳銃を撃ったもうひとりの人物が」

「ぜ、全然気付きませんでした……」浅村先輩の目撃談を聞いて以来、私の頭の中には、暗がりで二人の男性が向き合う構図しか浮かんでいなかった。三人目の人物の存在など、考えたこともなかったのだ。「じゃあヨリ子さん、その三人目の人物というのは、いったい誰なんでしょうか。状況から見る限りでは、清川さんとグルになって社長を亡き者にしようと企む悪党のようですが」

「作業服姿の三人目は誰か。そのヒントは、浅村さんの目撃談の中にあります。彼の記憶によると、辻岡社長は作業服姿の人物に手を伸ばしながら、拳銃を渡すようにと、穏やかに語りかけたそうですね。そのとき社長は、その人物に対して、『清川さん』と呼び掛けたのだとか――」

「そういえば、そんな話でした。だからこそ先輩は、その人物を清川さんだと信じて疑わなかったんです。――あれ!? だとすると変ですねえ。清川さんは社長の椅子に座っていた。ならば扉の前に立つ作業服の人物は清川さんではないはず。それなのに、社長はその人物に手を伸ばしながら『清川さん』と呼び掛けている。現場に清川さんが二人いたんでしょうか。清川さんの兄弟とか親戚とか……」

「あるいは、よく似た名前の人物かもしれませんわよ。誰か心当たりはございませんか」

「清川さんによく似た名前の人ですか。さあ、うちの店には、いませんけどねえ」

そう答えながらも、いちおう私は口の中で、『清川さん』という言葉を何度か転がしてみる。

清川さん……キヨカワさん……キヨカーさん……キョーカワさん……キョーカヮさん……あれ!? 嘘、嘘!?

戸惑いを隠せない私は、何度もその名を呟いてみる。だが、やはり間違いない。清川さんによく似た名前を持つ人間を、私はひとりだけ知っているのだ。

「あのー、拳銃を構えていた人物が、男性であるとは限らないわけですよねえ」

「ええ、もちろんですわ」

「だったらフロア係に桜木京香ちゃんという娘《こ》がいます。その娘でしょうか」

「さあ、どうでしょうか。『キョウカさん』という名前は『キヨカワさん』とは随分違いますわね。ですが浅村さんは事務所の中に辻岡社長と清川さんの二人しかいないと思い込んでいたわけですから、少し事情が違います。その状況なら辻岡社長が口にした『京香さん』が、彼の耳には『清川さん』に聞こえる。そういうこともあるのかもしれませんわね」

控え目な同意の言葉を口にするヨリ子さん。だが、その表情には自信が満ちている。

その姿を見て、私は確信した。

辻岡社長に拳銃を向けていた謎の人物、その正体は桜木京香ちゃんだったのだ。

「その桜木京香さんには、何か辻岡社長を恨むような理由が、ございますかしら？」

カウンター越しにヨリ子さんが問い掛ける。考えた末、私はひとつの可能性を語った。

「社長と京香ちゃんが密かに交際していた、実は男女の仲だった。そういうことならば、痴《ち》情《じょう》の縺《もつ》れという線は考えられるのかもしれません。なぜなら辻岡社長は近々、取引先の社長令嬢と結婚する運びでしたから。捨てられたと思った京香ちゃんが、自分を捨てた社長に復讐心を抱いたのかも。あくまで想像の話ですけど」

「なるほど。ありそうな話ですわ。では仮に、そういう動機だとして考えてみますわね。桜木京香さんは辻岡社長に恨みを抱いていた。一方、『ナポリ庵』の経営方針を巡って清川誠一さんもまた辻岡社長と激しく対立していた。この二人が手を組んだということになりますわね。いちおうは、可哀想《かわいそう》な京香さんの復讐を、清川さんが手助けするといった恰好でしょうか。拳銃を調達したのは、たぶん清川さん。ですが辻岡社長を深夜の事務所に呼び出したのは京香さんのほうでしょう。彼女が『大事な話がある』とでもいえば、社長はそれを無視することができないはず。彼はいわれたとおり深夜の事務所に向かいます。しかし、そこにいたのは清川さん、そして作業服を着た京香さんでした。二人は拳銃で社長を脅して、まずは大金庫の鍵を開けさせたのでしょう」

「それは強盗の仕業に見せかけるために？」

「清川さんとしてはその考えでしょう。京香さんのほうとしては、実際おカネも欲しかったのかもしれませんわね。いずれにせよ辻岡社長としては、相手の言い成りになるしかない。彼は大金庫の扉を開けて、売上金の入った手提げ金庫を二人に差し出します。問題は、ここから後のシーン。浅村弘之さんが偶然、目撃したのもこの場面でしょう」

「京香ちゃんは社長に対して復讐を遂げようとして拳銃を構えた。社長は彼女の正面に立っていた。そして清川さんは少し離れた社長の椅子に座り、余裕のポーズで社長に語りかけていた。『悪いが、あんたには死んでもらう……』とか何とか、そんな台詞《せりふ》を」

「ええ。そしてとうとう、京香さんは辻岡社長を狙って拳銃の引き金を引きました。しかし彼女の手許は狂った。銃弾は半開きになっていた大金庫の扉に命中。跳ね返った銃弾のせいで、清川さんのほうが命を落とした。ここまでは、すでに説明したとおりですわ」

「ええ。でも、その後が判りません。辻岡社長と京香ちゃんの間で、いったい何が起きたのか。二人の間で、どんなやり取りが交わされたのでしょう？」

「おそらく辻岡社長の銃撃に失敗した京香さんは、呆然自失といったところでしょう。一方、九死に一生を得た辻岡社長は、そんな京香さんを警察に突き出すような真似はしなかった。したくてもできなかったんでしょうね。彼女を警察に突き出せば、社長と京香さんとの秘密の関係が他人に知れ渡ることになる。そうなれば、社長令嬢との結婚もパアですわ。それは彼としても望むところではないでしょう。もちろん京香さんも警察に捕まりたくはない。結果的に、辻岡社長と京香さんとの間で和平条約が結ばれるに至ったのでしょう」

「和平条約、ですか」

「ええ、辻岡社長は京香さんの犯した罪を不問にする。手提げ金庫の売上金も慰謝料代わりに進呈する。その代わり、京香さんも今後いっさい口を噤《つぐ》む。辻岡社長の結婚をこれ以上妨害しない。二人の間でそういう取り決めが成されたのでしょう」

「なるほど。殺そうとした京香ちゃんと殺されそうになった辻岡社長が、今度は共犯関係を結んだというわけですね」

「そういうことですわ。となると、さしあたって問題となるのは、社長の椅子の上で死んでいる清川さんをどうするか。特に気になるのは死体の頭部に命中した銃弾のことです。跳弾が起こった場合、その銃弾は歪《いびつ》に変形した状態で発見されます。警察がその銃弾を調べたなら、清川さんの死が跳弾による偶然の死であることに気付くでしょう。できれば、それは避けたい。では警察をこの真実から遠ざけるためには、何をどうするべきか。そう考えた結果――」

「死体の首を切断する。そういう考えに至ったんですね。切断した頭部を持ち去れば、変形した銃弾を見られずに済む。そもそも凶器が拳銃であること自体を隠すことができる。二人はそう考えて、それを実行した。その結果、社長の椅子の上に首なし死体が座っているという、あの光景が生まれたんですね」

「ええ、まさしく、そういうことですわ。ちなみに死体の指を焼いて指紋を消したのは、単なる目くらまし。被害者の身許を誤魔化《ごまか》すことに、犯人はこだわっている。そう思わせることによって、捜査を攪乱《かくらん》しようとしたのですわ」

こうして、ついに首なし死体の謎を解き明かしたヨリ子さんは、カウンターの向こうで満足そうな表情。手にしたコップは、いつの間にかカラッポのようだ。彼女はそのコップをカタンと音を立てて調理台に置く。次の瞬間、なぜかヨリ子さんの身体が大きく左右に揺れ動く。その開いた口からは、急に呂律《ろれつ》の怪しくなった言葉が牛のよだれのごとくこぼれ落ちた。

「……ただし、いまの、わらくしの話は、あくまれも、推理にすぎまへんわ……ですけど、たかにゃしさんの話に出てきた、かまくりゃ署の山吹刑事は、わらくしの友達……この店の常連れすわ……わらくしの推理を伝えてあげれば、彼女はきっと耳を傾けてくれりゅはずです……ふぁ」

「はあ!?」私、《たかにゃし》じゃなくて《高梨》ですよ。それに山吹刑事が所属するのは《かまくりゃ署》じゃなくて《鎌倉署》——「どうしちゃったんですか、ヨリ子さん?」

「わわッ、ヤバイぞ。そろそろ限界か!」

いままで私とヨリ子さんの会話を黙って聞いていた君鳥が、いきなり声をあげて席を立つ。そして回り込むようにしてカウンターの中に飛び込んでいくと、ちょうどのタイミングでヨリ子さんの身体がガクリと傾く。そのままバタンと倒れて今宵二度目の失神に至ろうかという寸前、君鳥の両腕が彼女の身体を床上寸前で抱き留めた。

「ど、どーしちゃったんですか、ヨリ子さん！」私は目を丸くしながら、カウンターの向こう側を覗き込む。「急に電池切れを起こしたようになって……大丈夫ですか」

「ああ、大丈夫だ。電池切れじゃない。ただのお酒の飲みすぎだから」

「お酒!? えッ、じゃあ、あのコップの中の《水》って……」

「ああ、あれ、日本酒だよ」君鳥はヨリ子さんの身体を、厨房の片隅に置かれた椅子の上にゆっくり座らせる。そして弱りきったような顔を私へと向けた。「ヨリ子さんは謎を肴《さかな》にしながら酒を飲むのが大好き。——それは、まあ、べつにいいんだけれど、どうやら謎を解き終わった途端、一気に酔いが回るらしいんだな」

「なんですって……じゃあ、彼女はお酒を飲みながら、いまの推理を……？」

《二代目安楽椅子探偵》安楽椅子、その特異なパーソナリティと推理力に、私は啞然とするしかない。君鳥翔太は「やれやれ」と溜め息をつきながら腰に手を当てるポーズだ。

そんな私たちに見守られながら、安楽椅子ではない普通の椅子に腰を下ろしたヨリ子さんは、いつしかスースーと平和な寝息を立てはじめるのだった。

第三話

鯨岩の片脚死体

1

外の気配が妙に騒がしくて目が覚めた。シュラフから這《は》い出した私は、乱れた頭髪もそのままに出入口の扉を——いや、違う。テントに扉はないか。ならば、これはいったい何と呼ぶべき代物なのか。キャンプ初心者である私には適切な表現が見つからないのだが——まあいい。要するにファスナーで開け閉めできる布製の出入口だ。そこを半分ほど開けて顔だけを突き出すと、あたりは眩《まばゆ》いばかりの陽射しにあふれている。私は目を細めながら、眼前に佇《たたず》む黄色いパーカーの背中に声を掛けた。

「どうしたんだ？　何かあったのか」

振り向いたのは、まだ学生と偽っても充分に通用しそうな童顔の女性、鷹山《たかやま》美穂《みほ》だ。彼女は驚いた様子でペコリと頭を下げながら、「あ、課長、おはようございますぅ」

「こら、課長はよせって、何度もいってるだろ。三田園《みたぞの》でいいって」

——なんなら《晃《あきら》さん》って下の名前で呼んでくれたっていいんだよ、お嬢ちゃん！

と、セクハラになりかねない台詞《せりふ》を、心の中でそっと呟《つぶや》いてから、私はもう一度、彼女に対して同じ質問。「何かあったのか。やけに騒々しいみたいだけど」

「ええ、実は有原《ありはら》さんがぁ……」

と鷹山美穂が説明しようとするのを遮《さえぎ》るように、今度はいきなり男性の声。

「有原健介《けんすけ》の奴が、いないんスよ。彼のテントは、もぬけの殻《から》っス」

声のするほうに顔を向けると、そこに立つのは迷彩柄のトレーナーを着た長身の男性。南《みなみ》浩次《こうじ》だ。軽薄そうな顔と声で、彼は私に問い掛けた。「ねえ、ゾノさん、どう思います？」

「はあ、どう思いますって、いきなり聞かれても、そうだな……」とりあえず、その《ゾノさん》って呼び方をやめてくれないか。せっかくの二枚目ネームが台無しになるから！

と、これまた心の中で呟いてから、ようやく私は真顔になった。

「有原君って確か、ひとりで夜釣りに出掛けたんだよな。だったら釣れて釣れて楽しすぎるあまり、朝になっても、まだ釣りを続けている。――なんてことは、ないのかな？」

「はあ、仮にそうなら嬉しい誤算って話になるっスけどねえ……」

「でも、そんなに釣れまくるなんてこと、あるのかしら」と揶揄《やゆ》するようにいったのは、赤いウインドブレーカーを羽織《はお》った、もうひとりの若い女子、綾瀬《あやせ》葵《あおい》だ。クールな一面を持つ彼女は、同僚男子の釣りの腕前には懐疑的らしく、辛口の感想を口にした。「むしろ一匹も釣れないんで、釣れるまで粘り続けているんじゃないの。――ねえ、美穂ちゃん」

「うん、それ、ありそうだねぇ、葵ちゃん」と鷹山美穂は親しげな笑顔で頷《うなず》いた。「有原さん、見栄っ張りなところあるから、ボウズじゃ戻ってこられないのかもねぇ」

すると楽観的な女性陣に対して、真《ま》っ向《こう》から反論する声。若いながらに貫禄のある男性、鶴《つる》

巻圭太《まきけいた》だ。彼は関取並みに出っ張った腹部を揺らして、こちらに歩み寄ると、

「いや、しかしです、三田園さん、有原は昨夜の九時ごろには、もう釣りに出掛けていたんですよ。その直後から現在まで、ずっと釣りを続けているとしたら、もう半日近くもぶっ続けって話になります。そんなの、いくらなんでも疲れちゃいますよ」

「うむ、そうだな」私は外していた腕時計を手に取り、左の手首に巻きつける。時刻は午前八時半だった。「さすがに十二時間ほども釣りする馬鹿《ばか》はいないか……」

「じゃあ、疲れすぎて居眠りしちゃったとかぁ」鷹山美穂がひとつの考えを示す。

「真夏なら、それもあり得るがな」冷ややかな笑い声を漏《も》らしたのは、南浩次だ。

「この季節じゃ、そうそう居眠りできないでしょ」綾瀬葵は寒そうに肩を抱くポーズ。

「ああ、きっと寒さで目が覚めるはずだ」鶴巻圭太は突き出た腹を揺らして頷く。

部下たちの意見を耳だけで聞きながら、私はテントの中で素早く身支度を整えた。トレッキングシューズを履《は》いて外に出ると、空はこれぞ秋晴れと呼びたくなるほどの快晴。だが、まだ早い時間帯ということもあってか、空気はヒンヤリと冷たい。確かに居眠りするには寒すぎる時季だろう。海沿いに位置するこの場所ならば、なおさらである。

ここは三浦《みうら》半島の先端に近い某所。海岸沿いの森の中に切り開かれたテントサイトだ。といっても、いわゆるキャンプ場ではない。何を隠そう、ここは私の部下である鶴巻圭太の実家の所有地。鶴巻家はこの地で水産加工の会社を経営する名門であり、かなりの資産家であ

るらしい。その鶴巻家が先祖代々所有してきた山林のひとつが、いま我々がいるこの場所。通称『鶴《つる》ヶ森《もり》』だ。正式にはもっと平凡な地名があるはずだが、いまはもう地元の人間でさえ、この名で呼んでいるらしいから、随分と定着した通称である。もちろん『鶴ヶ森』とは《鶴巻家の森》の意味。きっと鶴巻圭太には自己顕示欲《じこけんじよく》の強いご先祖様がいらっしゃったのだろう。だが、そんな素敵な場所の存在を、私の裕福な部下は、つい最近まで隠してやがった。いや、隠しておられた。その事実を彼自身の口から聞かされたのは、つい三ヵ月ほど前。部員同士の飲み会の席だった。――「実はうちの実家、山、持ってるんですよ」

　まるで軽自動車でも所有しているかのような軽い口調でサラリと語るあたり、さすがカネ持ちのボンボンは感性が違うと唸《うな》るしかない。その発言に被《かぶ》せるかのごとく、即座に質問を投げたのが、有原健介だった。根っから釣り好きの彼は、確かこう尋ねたのだ。

「おい鶴巻、そこって川とか流れてないのかよ？　釣りができるような清流とか……」

　すると鶴巻は太い首を左右に振りながら、「いや、川は流れてないな。でも海は近いぞ。ちょっと斜面を降りていけば、すぐ海岸に出られる。大きな岩がゴロゴロ転がる岩場があるから、釣りは楽しめるはずだ。何が釣れるかは、知らないけどな」

「へえ、面白そうじゃないか。そこ、連れてってくれよ」と無理やり要求したのは、むしろ南浩次のほうだった。彼は釣りには興味がないが、その代わり《山》と聞けば《キャンプ》と答えるアウトドア人間だ。彼は飲み会に同席していた鷹山、綾瀬の女子二名を指差しながら、私へと顔を向けた。

「ねえ、ゾノさん、彼女たちも連れて、みんなでいきませんか。きっと楽しいっスよ」

「キャンプか？　うーん、興味はあるけど、テントで雑魚寝《ざこね》は嫌だなあ」

「大勢で雑魚寝なんかしません。ソロキャンプですよ、いま話題のソロキャンプ。テントはひとりにひとつ。それなら快適に過ごせるでしょ。道具は僕が調達しますよ」

すると話を聞いていた綾瀬葵が「だけどさ」といって心配そうな顔を鶴巻へと向けた。「その場所って、整備されたキャンプ場じゃないんでしょ。トイレとか、どうするの？」

「確かにトイレのことは気になるな」私も唯一現場を知る鶴巻に顔を向けながら、「その点、どうなんだ？　ひょっとして地面に穴を掘って野グ○とか？」

遠慮のなさすぎる発言に、女性陣二人が揃《そろ》って顔をしかめる。「あ、いや、失礼」と私は自らの失言を詫《わ》びた。すると鶴巻家のお坊ちゃまは、しばし腕組みして黙考。やがて良案を思いついたとばかりポンと手を打って顔を上げた。

「大丈夫《だいじょうぶ》です。実はうちの実家、キャンピングカーも持っていますから」

やはり軽自動車でも所有しているような言い方である。唖然《あぜん》とする我々を前に、鶴巻はさらに続けた。「その車にはトイレもシャワーも完備されています。それを森の外《はず》れにでも停めておけば、みんなで利用できるでしょう。これで野○ソする心配はなくなりますよね」

「もぉ、二人とも『○グソ』『○グソ』って何度もいわないでくださいよぉ！」

「こら、美穂ちゃん！　あんたが誰よりもいちばんハッキリいってるっての！」

酔った綾瀬葵が酔った鷹山美穂を叱責《しっせき》する。私は苦笑いしながら一同を見回した。

「キャンピングカーがあるなら、そもそも女の子たちはテント泊をする必要もないな。だったらテントの数も最小限で済む。よーし、いってみるか、『鶴巻キャンプ場（仮）』へ」

私の言葉に仲間たちは揃って笑顔で頷いた。こうして今回のキャンプ計画が本格的に動きはじめたのだった。

だが計画は、そう順調には進まなかった。誤算は大きく二つ。ひとつはメンバーのスケジュール調整が難航した結果、夏休みのキャンプのはずが秋にずれ込んだこと。もうひとつは、この秋の組織改編によって、一介の主任に過ぎなかった私が課長に昇進してしまった、ということだ。これは会社員同士の人間関係にとって由々《ゆゆ》しき事態である。

「上司と一緒にキャンプしたって楽しくないだろう。君たちだけでいきなさい……」

ガックリと肩を落としながらキャンプへの参加を遠慮する私。だがメンバー一同、特に女性陣から「そんなことありませんよ、課長」「一緒にいきましょう、課長」という嬉しい声が上がった結果、当初の予定どおり、私も参加する流れになった。

ただし「キャンプ中はけっして《課長》の肩書きで呼ばないこと」という約束を付すことを、私は忘れなかった。部下たちに気を使わせたくなかったし、私だってキャンプ中くらいは上司という立場を忘れて楽しみたいのだ。

そんなこんなで迎えたキャンプ初日。我々は鶴巻圭太の運転するキャンピングカーともう一台の車に分散して乗り込み、地元である神奈川県鎌倉《かまくら》市大船《おおふな》を出発。やがてたどり着いた『鶴ヶ森』は、なるほど鶴巻のいったとおり、太平洋を眼下に望む山林地帯だった。手付かずの自然が残る一方、一部は樹木が伐採《ばっさい》されて恰好《かっこう》のキャンプ地となっている。

さっそく我々は車から道具一式を下ろして設営に掛かった。タープやテントを張ったり、テーブルやチェアを並べたりと、各々《おのおの》が額《ひたい》に汗して動き回る。結果、森の一角にはまさしく『鶴巻キャンプ場』といった風景が立ち現れるに至った。もはや（仮）ではなくて、本物のキャンプ場っぽい。

ちなみに今回のキャンプはソロキャンプなので、テントは私の分も含めて四つ。鷹山美穂と綾瀬葵の二人はキャンプ経験ゼロということを考慮して、キャンピングカーでの車中泊だ。その車はテントサイトから歩いて数分のところに停めてある。

その車内のベッドで二人は今日の朝を迎えたのだ。そして揃ってこのテントサイトを訪れ、そこで気付いたらしい。有原健介の姿がどこにも見当たらないことに——


「私と綾瀬さんが、ここへやってきたときぃ、すでに鶴巻さんと南さんは、自分のテントから出ていて、朝食の準備に取り掛かるところでしたぁ」

鷹山美穂の言葉に、鶴巻圭太と南浩次の二人は揃って頷いた。ソロキャンプでは自分の食事は自分で作る。大鍋で大量のカレーを作った挙句《あげく》、水の分量を間違えてシャバシャバの《スープカレーもどき》ができあがったり、あるいは羽釜《はがま》で六人分の米を炊いた結果、約一名分のおこげが生じたり、そして、その失敗料理を全員で我慢して食べたり——などという悲劇は絶対に起こらない。自分の食べたいときに、自分の食べたいキャンプ飯を、自分の味付けで作って食す。これこそがソロキャンプの醍醐味《だいごみ》だ。したがって、そこに有原健介の姿が見えなくても——そして、もちろん私の姿が見えなくても——べつに不自然には思われない。きっとまだテントの中で爆睡中なのだろう、と彼女たちはそう高をくくっていたわけだ。

「ところが、ふと気付いたんですよぉ、私、有原さんのテントの出入口のファスナーが半分ほど開いていることにぃ。これじゃあ中で寝ていても寒いんじゃないかしら、って思って私、開いている隙間《すきま》から中を覗いてみたんですぅ。そしたら——」

「ふむ、テントはもぬけの殻。有原君の姿はどこにもなかった、というわけか」私は顎《あご》に手を当てながら、あり得る可能性を考えた。「まさか、トイレとかじゃないよな？」

「ええ、違います」と綾瀬葵が即答した。「仮にトイレなら、私たちがここへくる途中の道で、車へ向かう有原さんとすれ違っていたはず。でも私たち誰とも会っていませんから」

「そうか。じゃあ鶴巻君と南君はどうだ？　今朝、有原君の姿を一瞬でも見たか？」

「いいえ。まったく」と鶴巻圭太は頬の肉が揺れるほど激しく首を振る。

「僕もっス」といって南が付け加えた。「それに有原のテントの中、そもそも寝袋が広げられた形跡がまったくないっス。てことは、やっぱりあいつ夜釣りに出掛けていったきり、ここには一度も戻っていないんスよ」

「じゃあ、寝ないで釣りを続けている？」

「疲れちゃいますよぅ！」

「じゃあ、疲れて居眠りしているのかな？」

「この季節じゃあ寝てらんないっスよ！」

と我々の議論は、同じ地平を無駄に一周。そこで私は上司として当然の決断を下した。

「どうやら、ここで議論していても始まらないようだ。とにかく、みんなで有原君のことを捜してみようじゃないか」

2

こうして我々は有原健介の捜索を開始した。捜すべき場所は当然、海岸ということになる。それは『鶴ヶ森』から、やや急峻《きゅうしゅん》な斜面を下ったところに広がっている。海岸といっても白い砂浜が広がるビーチではない。砂や小石で覆われた地面に、巨大な岩石がゴロゴロと転がる岩場だ。泳ぐには適さないが、釣りを楽しむには絶好のポイントだろう。

問題は昨夜の有原が、どの場所で釣り糸を垂らしていたかだ。しかし、それを知る者は、もちろんいない。夜釣りに出掛けていく有原自身、前もって決めていたポイントがあったか否か、まったく不明である。

「とりあえず二手に分かれよう」海岸にたどり着いた私は、いまここにいるメンバーを二人と三人に分けることにした。「私と南君は、ここから右側の海岸を捜索する。鷹山さんと綾瀬さんは鶴巻君と一緒に左側を頼む。何かあったら携帯に連絡するように。では――」

こうして我々は海岸の右と左に分かれた。私と南浩次の二人は互いに距離を取りつつ、周囲に目を配りながら進んだ。ゴツゴツとした岩の上は歩くだけでも、ひと苦労。厚底のトレッキングシューズでなければ、私とて簡単に音《ね》を上げていたに違いない。

　しばらく歩くうち、海岸に転がる岩石がさらに巨大化していくのが判った。私の身長を余裕で超えるような馬鹿でかい巨岩も散見される。そんな岩のひとつによじ登った私は、手かざしで周囲を見渡しながら嘆息《たんそく》した。

「やれやれ、こうも背の高い岩が並んでいるんじゃ、見通しが悪くて仕方がない。これだと、仮に有原君が岩陰《いわかげ》で居眠りしていたとしても、発見できないかもだぞ」

「まったくっスね」と応えながら、長身の南は長いコンパスを利して、岩から岩へと身軽に渡り歩く。そうするうちにピタリと足を止めた彼の口から「あれッ」と素《す》っ頓狂《とんきょう》な声があがった。

「ねえ、ゾノさん、見てくださいよ。あの大きな岩、傍《そば》に黒っぽい棒みたいなものが落ちている……ひょっとして釣竿《つりざお》じゃないっスか」

「あん、なんだって!?」私は岩の上で背伸びしながら、彼の指差す方角を見やった。

　数メートルほど離れた海辺に、ひと際大きく黒々とした岩の塊が見える。それはまるで海に向かって顔を突き出す大きな鯨《くじら》のよう。鯨の顔の部分は海に面して、いまも白い波が打ち付けている。一方、鯨の尾の部分は陸地に伸びている。その傍の岩場に、なるほど彼のいうとおり、釣竿らしき物体が転がっている。そう思って、あらためて問題の巨岩を眺めれば、確かにそこは海に向かって釣り糸を垂れるには、実におあつらえ向きのポイントだ。鯨の頭付近に立ちながら釣竿を振るう部下の姿を、私は容易に思い描くことができた。

「よし、いってみよう！」

叫ぶや否や、私は岩から飛び降りる。そして前方の鯨のごとき巨岩——仮に《鯨岩《くじらいわ》》と呼ぶことにするが——それを目指して一目散に走る。南も私の後に続く。やがて鯨岩の近くまで到達した私は、問題の黒っぽい棒を拾い上げる。そして南と顔を見合わせた。

「確かに釣竿だな。——だけど、これって本当に有原君のものか」

「ええ、間違いないっスよ。ほら、この釣竿、間近でみると黒じゃなくてダークグリーンでしょ。有原は昨日の昼間、こんな色の釣竿を手入れしていましたから」

「そうか。じゃあ、なんでその釣竿がこんな場所に放置されているんだ？」

「判りませんが、とにかく有原はこの付近にいるはずっスよ。捜しましょう」

「そうだな」と頷いた私は目の前に聳《そび》える巨岩を見上げながら、「ところで、この鯨岩、どうやって上に登ればいいんだ。高すぎて簡単には登れそうもないが」

「ははあ、《鯨岩》っスか。確かに鯨みたいな岩っスね。だったら、尾っぽのほうから鯨の背中によじ登れるんじゃないっスかねえ」そういって、南は踵《きびす》を返して歩きはじめる。だが数歩ほど進んだところで、また彼の口から「んッ」という声が漏れた。「ねえ、見てくださいよ、ゾノさん。なんだか、ここ人が入っていけそうじゃないっスか」

そういって南が指差したのは、岩にできた僅《わず》かな隙間だ。どうやら私が鯨岩と名付けた巨岩は、一枚岩というわけではなくて、いくつかの岩が折り重なったり積みあがったりしてできたものらしい。したがって岩と岩の間には若干《じゃっかん》の隙間があるのだ。覗《のぞ》き込んで見ると、それは狭いトンネル状になって奥へと続いている。「でもまさか、こんなところで有原君が居眠りしている、なんてことはないよな。――ん⁉」

「どうしたんですか、ゾノさん⁉」

「何か奥のほうに落ちてる。何やら青い色をしたものが……」

そういいながら私は身を屈《かが》め、トンネル状の隙間に自ら足を踏み入れていく。

「だ、大丈夫なんですか⁉　途中で引っ掛かって、出られなくなったりしたら……」

「はは、そんな、まさか」

私は部下の心配を一蹴《いっしゅう》すると、ヒヨコのようなヨチヨチ歩きで奥へと進んだ。足許《あしもと》は砂と小石の乾いた地面。両サイドと頭上には、黒々とした岩肌が迫っている。圧迫感を覚えながら数メートルほど進むと、そこはもうトンネルのいちばん奥だ。いくつかの岩石と薄汚れた空き缶やペットボトル、S字形に曲がった五十センチほどの流木などが転がる中、違和感のある真っ青な物体が落ちている。

拾い上げてみると、それは青いスポーツタオルだった。まだ新しいし、水に濡《ぬ》れてもいない。空き缶や流木などと一緒に海を漂流してきたものだとは考えにくい。首を捻《ひね》っていると、いきなり背後から南の声が響いた。「あッ、そのタオルも有原のものですよ！」

驚いて首を回すと、そこには身を屈めてヒヨコ歩きで接近してくる南の姿。長身の彼は、それこそ頭部を天井《てんじょう》に擦《こす》りそうな塩梅《あんばい》だ。思わず私は目を見開きながら、

「おいおい、べつに、君まで入ってこなくて良かったんだぞ。それこそ途中で引っ掛かって身

動き取れなくなったら、どうするつもりだ？」

「いいじゃないっスか。辛《かろ》うじて通れましたしね。それより、そのタオル、間違いなく有原のものですよ。彼はそれを首に巻いたり、ショルダーバッグに引っ掛けたりして、常に持ち歩いていましたからね。たぶん夜釣りに出掛けるときも、そうしていたはずです」

「そうか。じゃあ、そのタオルがここに落ちているってことは……？」

私はしゃがんだままの恰好で、トンネル奥の狭い空間を見回した。あたりは思ったほど暗くはない。頭上を見やると、岩と岩の重なり合う隙間から、太陽の光が斜めに差し込んでいる。

私は斜め上に伸びたその隙間を指で示していった。

「おい南君、どうやら、ここから鯨の背中あたりに出られそうだぞ」

「へえ、てことは、さしずめこの隙間は鯨が潮を噴く穴みたいなもんっスかね」

「ああ、実際そんな感じの穴だな」

私は曲げていた腰を僅かながら伸ばすと、斜めに伸びた穴に自ら頭を突っ込んだ。そのまま岩肌を腹這《はらば》うようにして隙間をくぐり抜ける。いちばん狭い部分を通り過ぎれば、その先は充分なスペースがあった。だが喜んだのも束《つか》の間《ま》、私は岩肌を掴《つか》んだ自分の右手に、ふとした違和感を覚えて動きを止めた。

「ん、何だ!?」呟きながら右手を顔の前にやった瞬間、私はギョッとなった。薄《うっす》ら汗ばんだ右の掌《てのひら》に、赤い色素がこびりついている。「……こ、これって、まさか！」

私は真実を確かめたい一心で斜面を這い上がり、ようやく巨岩の上に到達した。まさしく、ここは鯨の背中。そこに捜し求めていた部下の姿が確かにあった。だが——

「あ、有原君！」私はそう叫んだきり、言葉を失った。「……………」

「えッ、有原の奴、いたんスか!?」

何も知らない南浩次が、私以上に苦戦しながら斜面を這い上がってくる。そうして私と同様、鯨の背中に立った彼は、次の瞬間には、やはり私と同様に絶句。その両目は信じがたい光景を打ち消そうとするように、何度も瞬《まばた》きを繰り返している。

だが見間違いでも何でもない。有原健介は巨岩の上で仰向けになって死んでいた。大きく両手を広げた恰好で《大》の字を描きながら。——いやいや、違う違う！　この表現はまったく正しくない！

実際のところ、彼の亡骸《なきがら》は全然《大》の字を描けていなかった。なぜなら、その死体には右脚がなかったから。有原健介は右脚を切断された状態で絶命しているのだった。

3

「ほほう、なるほどなるほど。そーいうことでしたかぁ！　こりゃ面白いなぁ……」

手帳片手にメモを取りながら、若い男は私の前でしきりに頷いた。

「ふんふん、片脚が切断された死体ね。確かに、それだと《大》の字を描いてって話にはなりませんよね。そりゃそうだ。だって斜めの棒が一本足りないんだから。敢《あ》えていうなら《大》

じゃなくて片仮名の《ナ》の字を描く死体ってとこですかね。いや、待てよ。切断されたのは被害者の右脚か。てことは《ナ》の字でもないな。有原健介さんは《ナ》の字をひっくり返したような、《七》の字を描いて死んでいたってわけだ。――ねえ、三田園さん？」

　そういいながら、男は珈琲《コーヒー》カップが二つ並ぶテーブル上に、指先で《七》の字を描いた。ちなみに彼はその文字を《ナ》と《ニャ》の中間といった曖昧《あいまい》な発音で表現したが、そもそもこの世に存在しない文字なので、正確な発音などない。私はカップを手に取ると、苦い顔で苦い珈琲をひと口啜《すす》る。その胸の内では、若干の疑念が湧《わ》き上がりつつあった。

　――本当に、この男、大手出版社の雑誌記者なのだろうか？


　そもそも彼と出会ったのは、いまから小一時間ほど前のこと。場所は葬儀会場を出た門前だった。同じ葬儀に参列した同僚たちに別れを告げて、ひとり駅への道を歩き出す私。その背中に向かって突然、呼び掛けてくる男性の声があった。

「あのー、三田園晃さん、ですよね？」

　ん――と眉をひそめつつ後ろを振り返ると、あたりは私と同様、葬儀会場に出入りする喪服の参列者ばかり。そんな中、ひと際異彩を放つ装いの男が、ひとり歩道に佇みながら、こちらを見やっていた。いや、正直いって《異彩を放つ》などという生易《なまやさ》しい表現では、まったく足りないだろう。なにしろ、その若い男が身に纏《まと》っていたのは、まるで新鮮なレタスを縫い合わせたかのような黄緑色のシャツ。――そう、昭和から平成の初期にかけて、『五月《さつき》みどりのシヤツ、黄緑！』という駄洒落《だじゃれ》の中でのみお馴染《なじ》みだった、あの黄緑色のシャツだ！

街中でそうそう見かけるファッションではない。葬儀会場の門前なら、なおさらである。

警戒度を最大レベルに引き上げる私に対して、彼は歩み寄りながら再度尋ねた。

「あなた、『大船《おおふな》商事』営業部の三田園課長ですよね？」

「はぁ、そうですが。――そういう、あなたは？」

「いきなり、お声掛けして失礼。ですが、けっして怪しい者ではありません。私、講談社《こうだんしゃ》の雑誌編集部に所属する者でして……」そういいながら若い男は黄緑色のシャツのポケットから名刺入れを取り出す。そして中の一枚――端《はし》がヨレて妙にくたびれた感じがするやつ――を私の前へと差し出した。「君鳥翔太《きみどりしょうた》と申します。どうぞよろしく」

面食らった私は、受け取った名刺と相手の顔を交互に見返して、目をパチクリさせた。

「えッ、こ、講談社さんですって⁉　しかも雑誌編集部⁉　す、凄《すご》いじゃありませんか」

「い、いやぁ、そんなんじゃありませんよ」彼は謙虚な態度でポリポリと頭を掻《か》いた。少なくとも私の目には謙虚な態度であるように映った。「そんなんじゃないですって……」

「いやいや、凄いですよ。そうですか、君鳥さんね。――ああ、なるほど、それで敢えて黄緑色のシャツを着てらっしゃるんですね」

「いいえ、べつに。これはお気に入りのデザインだから着ているだけです」

「そ、そーでしたか」さすが大手出版社の人間であると、唸るしかない。彼のセンスは凡庸《ぼんよう》極まる私の想像の遥《はる》か頭上をいくものだった。「しかし、有名雑誌の記者さんが、この私に何の用です？　私はしがない商事会社の単なる営業課長に過ぎませんよ」

「ええ、知ってます」

「……え？」いやいや、そこは『知ってます』じゃなくて『いえいえ、立派な会社のエリート課長さんじゃありませんか』なのでは？

私は目をパチパチさせながら、相手を見やる。君鳥は悪びれる様子も見せずに続けた。

「実は、あなたに取材を申し込みたいんですよ。先日の猟奇殺人について、詳しい話を伺えればと思いましてね」

「ああ、やはり、その件ですか」このタイミングなのだから、だいたいの予想は付いていた。私は悲しげに目を伏せながら、「正直そっとしておいてほしいんですが……」

「いえ、ご心配なく。ギャラは、たんと弾みますから」

「…………」誰がギャラの心配なんかしてんだよ！　こら、やらしい手つきはやめろ！

雑誌記者は指で丸を作って、ゼニの形を表現する。私は心底蔑《さげす》むような視線を《やらしい手つき》の彼へと浴びせながら、「お金の問題じゃなくて、亡くなった有原君に悪いと思うんですよ。だって雑誌の記事になるってことは、彼の死が一般大衆の好奇の視線に晒《さら》されるってことですよね？」

「ええ、そうですよ」

「…………」いや、だから『そうですよ』じゃなくて、そこは『いえいえ、けっして興味本位の記事にはしませんから』だろ！　私は呆《あき》れた表情を浮かべながら、「申し訳ありませんが、お話しすることは何もありません。――では、これで失礼」

冷たく言い放って、くるりと背を向ける。その背中を君鳥が即座に呼び止めた。

「待ってください。犯人はまだ捕まっていないんですよね。犯人が誰なのか、知りたくありませんか。ひょっとすると僕に話すことが、事件解決に繋《つな》がるかもしれませんよ」

妙に強気に響く彼の言葉に、私はピタリと足を止めた。

「――どういうことです？」

振り向きざま尋ねると、君鳥は意味深な笑みを向けながらいった。

「実は名探偵を知ってるんですよ。この手の猟奇殺人を得意とする名探偵をね」


結局、私は君鳥翔太記者の誘いを断りきれず、彼と一緒に近所の喫茶店へと入った。

べつに彼がいうような名探偵の存在を頭から信じるわけではない。それでも彼の自信ありげな態度は大いに気になった。なにしろ向こうは、新本格ムーブメントと雑誌『メフィスト』で長年ミステリ界をリードしてきた講談社なのだ。付き合いのあるミステリ作家は数多いだろうし、その中には、作中人物さながらに優れた推理力を誇る賢者だって存在するかもしれないではないか。――これって期待しすぎだろうか？

とにかくテーブル席に腰を落ち着けた私は、自らが変死体発見に至った経緯について、その詳細を雑誌記者に語って聞かせたのだった。

「まあ、《大》の字か《ナ》の字か、それをひっくり返した形か、それはどうでも良くってですね……」私は若干の苛立《いらだ》ちを滲《にじ》ませながら、話を元に戻した。「要するに鯨岩の上で有原健介君は殺害されていたわけです。しかも片脚を切断された無残な姿でね。もちろん、すぐさま私は部下たちと連絡を取りました。警察に通報したのも私です」

「なるほど、死体発見に至る顚末《てんまつ》は、おおよそ判《わか》りました」君島はメモを取る手を休めると、私の顔を覗き込むようにしながら、「ところで、その無残な死体の状況について、もう少し詳しくお聞かせ願いたいんですがね。その右脚というのは、どのあたりで切断されていたんですか。例えば膝上《ひざうえ》？　それとも太腿《ふともも》？　あるいはお尻の下のあたり？」

　何やらミニスカートの丈の話でもしているかのようだ。私は彼の示した奇妙な三択の中から迷うことなく三番目の答えをチョイスした。「お尻の下あたりですね。要するに、脚の付け根の部分。有原君の右脚はそこから先が綺麗《きれい》になくなっていました」

「では切り取られた右脚は、どこに？　死体の傍《そば》に転がっていたのですか」

「いいえ、切断された右脚は、まだ発見されていません。少なくとも現場付近からは見つからなかったようです。警察の話によれば、おそらく岩の上から海に放り捨てられたのではないか、とのことでした。引き潮に乗って遥か沖まで流されてしまえば、あとはもう魚の餌《えさ》になるばかりですからね。もはや右脚の発見は難しいんじゃないでしょうか」

「なるほど。ところで三田園さん、いまあなた、《現場付近》とおっしゃいましたが、死体が発見された鯨岩の上が実際の犯行現場であると、そう考えてよろしいんですね？」

「ええ、その点は疑いようがありません。鯨岩の上は、まさに血の海でした。有原君はその場所で殺害され、その場所で右脚を切断されたんです」

「そうですか。ちなみに被害者の死因は？　まさか生きた状態で、いきなり片脚を切られて亡くなったわけではありませんよね。それでは、あまりにグロい……」

「やめてくださいね。マジでそんな想像は……」私はゲンナリした気分になりながら、彼の問いに答えた。「私の見る限りでは、有原君は後頭部からも出血しているようでした。切断された右脚を別にすれば、それ以外に外傷はなかったと思います。おそらく何か硬いもので、後頭部をぶん殴られたんじゃないんでしょうか。それが致命傷だと思います。海岸の岩場だから、凶器には事欠きませんしね」

「なるほど。石ころが凶器なら、犯行後はやはり海に放り込んでしまえば、もう捜し出すことさえ不可能というわけだ。――では、もう一方の凶器については、どうでしょうか」

「はぁ、もう一方の凶器!?」

「死体の右脚を切断するために用いられた凶器ですよ。こっちは何らかの刃物が必要だったはずですよね。例えば斧《おの》とかノコギリとか」

「ああ、そういう意味ですか。だったらノコギリです。刃の部分が折り畳める小型のノコギリ。それは血にまみれた状態で、死体の傍に転がっていました」

「へえ、ノコギリのほうは海に放り込まれてはいなかったんですね。なぜでしょうか」

「べつに隠す必要がなかったからじゃないですか。だって、そのノコギリは有原君自身の持ち物なんですから。――え、なぜ釣りにノコギリが必要なのかって？　それについては、彼が夜釣りに出掛けていく直前に、私自身が何気なく尋ねる場面がありました。有原君が折り畳み式のノコギリを腰にぶら提《さ》げているのを見て、私も不思議に思ったんです。『釣りにノコギリは必要ないんじゃないのか？』ってね」

「誰だって、そう思うでしょうね。で、彼は何と答えたんですか」

「どうやら有原君は、海岸の流木を拾い集めて、焚《た》き火《び》をする考えだったようです。その際、大きすぎる流木は適当な長さに切る必要が出てくるかもしれない。『そのためのノコギリですよ』って彼は答えました。実際この季節、夜も深まると海辺は特に寒いですからね」

「そういうことですか。では犯人は偶然そこにあった被害者の道具を利用したわけだ。なるほど、それなら使用後のノコギリをわざわざ処分する必要はない。――ん、しかし逆に考えると、犯人は被害者を殴打《おうだ》した凶器については処分しているわけだから、そうする必要があったってことになりませんかね？　だとすれば、その凶器は単なる石ころなんかじゃなくて、何か犯人を特定できるような特殊な鈍器だったとか、そういうことでは？」

「ほう……」この男、不謹慎《ふきんしん》で軽薄なだけの雑誌記者かと思っていたが、そうでもないらしい。彼の鋭い指摘に、私は興味を惹《ひ》かれた。「面白い考えですね。さすが講談社さんだ」

「いや、そんなんじゃありませんよ……ええ、そんなんじゃないですから……」

雑誌記者は顔の前で手を振って謙遜《けんそん》した。少なくとも私の目には、謙遜するポーズに見えた。テーブルを挟んで微妙な空気が流れる中、君鳥はカップの珈琲をひと口啜ると、いきなり話題を転じた。「ところで、犯人の目的は何だったのでしょうね」

動機の問題だ。当然これは考えるべきポイントである。

「そうですねえ、物盗りの仕業という可能性は、いちおう考えられます。有原君は夜釣りに出掛けていく際、道具類をショルダーバッグに詰めて、それを肩に提げていました。ところが、そのバッグが死体の傍にはなかった。犯人が持ち去ったのかもしれません」

「なるほど。しかし、それは物盗りの犯行に見せかけるための偽装工作。実際には、やはりそのショルダーバッグも海に放り捨てられた。そういうことかもしれませんよね」

「まあ、そういうことです。本当のところ、殺害動機はよく判っていません。上司の口からいうのもナンですが、有原健介君は真面目な性格で仕事も優秀。仲間たちからの信頼も厚く、爽《さわ》やかなルックスで女性社員からも大人気。それでいて、けっして驕《おご》ったところはなく、謙虚で控えめ。なおかつリーダー的な資質もあって、まさに将来を嘱望《しょくぼう》される……」

「あー、はいはい、そーですか」

君鳥はウンザリした顔で、こちらの長話を遮る。私は端的《たんてき》に結論を語った。

「要するに、有原君は他人から恨みを買うような人物ではなかったということです」

「いやいや、恨み買うでしょ！　そんなデキる男が同じ部署にいたら！」

「そうですか？」私はキョトンだ。

「そうですよ。――むしろ誰もが殺したくなるタイプでは？」

と恐ろしいような本音を漏らしてから、君鳥は「でも、そんなことより……」と一方的に続けた。「僕が知りたいのは、殺害の動機ではなくて、もうひとつの動機のほうなんですよ。なぜ犯人は被害者の右脚を切断したのか？　そっちの動機のほうが何倍も興味を惹かれます。警察はその点について、どう考えているのでしょうか」

「実際それは謎ですね。刑事さんたちも首を捻っている様子でした。キャンプに参加した部下たちも同様です。なぜ片脚を切断する必要があったのか、サッパリ意味が判りません」

「そうですか。うーん、いっそのこと、両手両脚おまけに首まで切断された、いわゆるバラバラ死体って話だったなら、良かったんですけどねえ」

「よ、良くないですッ」私の声が思わず裏返った。「何いってんですか、あなた！」

「あ、いえ、《良かった》は、さすがに語弊《ごへい》がありました。要するに僕がいいたいのは、いっそバラバラ死体なら、それなりに考えようもあるって話ですよ。実際、僕自身も過去に遭遇した経験がありますしね、バラバラ死体……それと首なし死体って話も最近あったな……でも片脚切断死体っていうのは、さすがに僕も初めてですよ。実に不気味だ……」

「そ、そうですか……」よく判らないが、この雑誌記者の周辺では、たびたびこのような猟奇的事件が起こっているらしい。いやはや、さすが講談社——というべきなのだろうか？　だけど最近の『週刊現代』に猟奇殺人ネタなんて載っていたっけか？

漠然とした違和感を覚える私に、君島はさらに聞いてきた。

「ところで被害者は何時ごろ殺害されたんでしょうね」

今度は死亡推定時刻の話だ。これまた動機と同じく重要なポイントに違いない。

「我々が有原君の死体を発見したのは、朝の九時ごろ。ですが彼が殺害されたのは、それより遥か前。どうやら前の晩の九時から十時頃には、有原君はもう凶行に遭《あ》って命を落としていたようですね。我々も刑事さんから、その時間帯のことを繰り返し聞かれました」

「被害者が夜釣りのためにテントサイトを出発したのは、九時ごろという話でしたね」

「ええ、午後九時になるちょっと前です。ソロキャンプといいつつも、初日の夕食はみんなでバーベキューでした。だから夕方から八時半ごろまでは、みんなで一緒にワイワイやっていたんです。そして後片付けが一段落ついた九時前に、有原君は釣竿とショルダーバッグを持って、ひとり海岸へと出掛けていった、というわけです。釣り好きの彼が夜釣りに出掛けることは、全員知っていましたから、特に不自然なことではありません。それがソロキャンプってものですからね」

「なるほど、出掛けていったのが午後九時ちょっと前。で亡くなったのは、午後九時から十時ごろ。てことは、被害者は海岸の岩場にたどり着いた、その直後かせいぜい一時間後ぐらいには、もう鯨岩の上で冷たくなっていたわけですね。で、それから半日ほど経過した翌朝九時になって、ようやく三田園さんと南さんが、その死体を発見した」

「ええ、そういう流れですね」

どうやらこれで事件の概要はすべて話し終えた気がする。私は小さく息を吐くと、冷め切った珈琲を、またひと口啜る。と、そのとき雑誌記者が、

「ひょっとして犯人はあなたの部下なのでは？」

と唐突《とうとつ》過ぎる質問を投げるものだから、私はビックリ仰天《ぎょうてん》。思わず口に含んだ茶色い液体を、

目の前の彼に目掛けて「ブーッ」と盛大に噴いた。

4

「な、何をいうんですか、君島さん！　わ、私の部下が有原君を殺したなんて、そんなことあるわけないでしょう！」

「そうですかねえ」君島は顔面と黄緑色のシャツ、その両方に付着した茶色い液体を自分のハンカチで拭《ふ》き拭き。そして責めるような視線で私を見やった。「状況から考えて、むしろキャンプに参加していた他のメンバー、すなわち南浩次、鶴巻圭太、鷹山美穂、そして綾瀬葵、この四人の中に有原健介殺害の犯人がいる。そう考えるべきなんじゃありませんか。だって、事件の夜に被害者が海岸に釣りに出掛けていた、その事実を知っていたのは、あなたがた『大船商事』の関係者のみだったはず。――違いますか、三田園さん？」

「ええ、それは確かに。ですが、犯人は我々の中にはいません。警察だって、その点は認めてくれています。実際、誰も逮捕されていないでしょう？」

「そう、そこが判らない。どう見たって怪しむべきは、あなたがたキャンプメンバーのはず。それなのに、いったいなぜ？　刑事さんに何かカネ目のものでも渡したんですか？」

「何も渡してませんよ！」私は気色《けしき》ばんだ顔で声を荒らげた。「そうじゃなくて理論的に不可能なんですよ」

「理論的に……というと？」

「まず私と南君と鶴巻君、この三人はテント泊をしたわけですけど、犯行があったとされる夜の九時台から十時台は、我々三人揃ってテントの傍で焚き火を囲んでいたんです」

「ほう、では仲良くマシュマロを焼いていたわけですね」

「やりませんよ、そんなベタな真似《まね》は！　ただ三人で火を囲んで、くだらない話をしていただけです。珈琲やらビールやらを飲みながらね」

「ふむ、その間、席を外す人はいなかったのですか。ひとりも？　そうですか。――てことは、その三人には確かなアリバイがあるってことですね」

「ええ、間違いありません」

　キッパリ断言した私は、残る女性陣のアリバイへと話を移した。「一方、鷹山美穂さんと綾瀬葵さんの二人はバーベキューが終わった後、離れた場所に停めてあるキャンピングカーへと戻っていきました。そこが彼女たちの寝床ですからね」

「で、女性二人は車の中でずっと一緒だったというのですね。――いや、しかし待ってくださいよ。それはアリバイとして弱いんじゃないですか。だって、その二人は職場の仲良しコンビなんでしょう。互いに口裏を合わせているという可能性だって充分に考えられる」

「まさか。そんな娘《こ》たちじゃありませんよ」私は大袈裟《おおげさ》に肩をすくめながら、「それにね、彼女たちの場合、問題なのはアリバイの有無ではないんです」

「というと？」

「鷹山さんと綾瀬さん、二人は女性の中でも特に華奢《きゃしゃ》なほうでしてね。腕は細くて力もない。一方の有原君は立派な体格の男性で、脚なんか丸太のように太い。それでいて、切断に使われたノコギリは小振りな折り畳み式のものです。——お判りでしょう、この意味？」

「ふむふむ」とテーブルの向こうで君鳥は頷いた。「つまり体力的に無理ってことですね。小さなノコギリで男性の太い脚を切断することが、非力な彼女たちにはできない」

「それと、もうひとつ付け加えるならば、精神的にも無理だと思いますよ。あんな大量の血を見ながら死体の脚を切断するなんて絶対無理。きっとあの二人なら、僅かな血を見ただけでも卒倒してしまうでしょうね」

「さあ、それは何ともいえない気がしますがね。女性の中にも血を見るのが平気な娘は、いるはずですし……うーん、しかし体力的な部分は、確かにネックですねえ。となると疑うべきは男性陣ってことになるが、こちらは完璧なアリバイがある。なるほど、そう考えると、確かにキャンプ関係者の中に有原健介殺害の犯人は、いないってことになる……」

「判っていただけたようですね」

「しかし、そうだとすると今回の事件は、どういうことになるんです？　あなたがたとは全然関係のない何者かが、あの日あの時、たまたま海岸沿いをウロついていて、そこで釣りをしていた有原さんと遭遇《そうぐう》して凶行に及んだ、という話になってしまいますよ。それはそれで不自然では？　有原さんは海辺で通り魔にでも出くわしたんですか？」

「そう……そうなんですよねえ……」私は口ごもるしかなかった。

確かに状況から見れば変なのだ。あの人里離れた辺鄙《へんぴ》な海岸に無差別殺人鬼が突如として現れ、見ず知らずの有原健介を石ころか鈍器でもって殺害。さらに彼の右脚をノコギリで切断して、またどこかへと立ち去っていった。そのような犯行は、さすがに考えにくい。

もう少し現実的な犯人像を思い描くとするならば、やはりそれは被害者の身近にいた人物。かねてより有原健介に密かな憎悪の感情を抱いており、それがキャンプの夜に爆発した。——と、そのようなストーリーにならざるを得ないだろう。仮にそうだとするならば、やはり疑うべきは私の部下、という結論に落ち着くわけだが。

結局、思考に行き詰《づま》った私は、ふと不安を覚えて目の前の雑誌記者に確認した。

「あのー、君鳥さん、まさかとは思いますが、〈容疑者は『大船商事』の誰それ〉、なんて憶測《おくそく》記事が世に出るようなことはないですよね。万が一にも『週刊現代』に、うちの社名や部下たちの実名が載《の》るなんてこと、あり得ないですよね？」

「え、『週刊現代』に、ですか!?」君鳥は、なぜそんなことを聞くのか、といわんばかりの表情を浮かべながら、「ええ、それはないと思いますよ。だって、『週刊現代』は大手出版社が出す一流の週刊誌ですからね」

「ホッ、良かった。それを聞いて安心しま……」

「ですが、当然うちは違います！」

彼はバシンと自らの胸を叩《たた》いていった。「こっちは弱小出版社が出す二流、いや、三流、いやいや、むしろ超一流の週刊誌。『現代』の一歩先行く『週刊未来』ですからね。どんな記事が掲載されるかは、紫ネクタイの編集長のご機嫌《きげん》次第ってところですか。――へへッ」

「へへッ……って、えッ、弱小出版社!? 超一流の週刊誌!? 『現代』の一歩先行く……って!?」

訳の判らない言葉の羅列《られつ》に、私の頭は激しく混乱。慌《あわ》てて名刺入れを取り出すと、先ほど受け取ったばかりの名刺をチェックする。そこに書かれた社名と雑誌名をあらためて確認した私は、衝撃のあまり席を立って絶句。そして手にした名刺をメンコのごとく思いっきりテーブルに叩きつけた。

「――畜生、放談社《ほうだんしゃ》かよ！」

ペシッ――と薄っぺらな音を立てて、薄っぺらな名刺がテーブルの表面を滑る。立ち上がったまま私は拳《こぶし》をワナワナと震わせ、目の前の男に抗議した。「だ、騙《だま》したな、君！」

「えー、騙してませんよ」と君鳥はこの期《ご》に及んで開き直った態度だ。「あなたが勝手に勘違いしたんでしょ、三田園さん。僕のことを講談社の人間だっていうふうに。だから僕は『そんなんじゃないです』って何度も否定したじゃないですか。実際、そんなんじゃないんですよ。だって僕は放談社の人間ですからね。――いらないんですか、この名刺？」

「ええ、いりません」いるわけない。貰っても仕方がない。

「ですよねえ」とプライドの欠片もないような言葉を口にしながら、君鳥翔太は薄ら笑い。放置された名刺を摘《つま》み上げると、それを自分の名刺入れに平然と仕舞《しま》いなおした。どこかで再利用する気らしい。――どうりで私が貰った時点で、名刺の端がヨレていたわけだ！

「もういい。私は帰ります」

「まあまあ、そういわないでくださいよ、三田園さん」君鳥は怒り心頭の私をなだめようと、両手を前に突き出しながら、「そんなに慌てなくたっていいじゃありませんか。いまさら取材拒否したところで、『未来』が『現代』になるわけじゃなし……」

「んなこと関係ないです。では、これにて失礼！」

「そうですかぁ、残念だなぁ。せっかく名探偵のいる居酒屋に、あなたをお連れしようかと思っていたのに。そうですか、お帰りですか。じゃあ仕方がない……」

「うッ」私は踏み出しかけた足を戻し、あらためて君鳥を見やった。「も、もう騙されませんよ。名探偵だなんていって、どうせ名探偵気取りの売れないミステリ作家とかでしょう？」

「ミステリ作家!?　はははッ、そんな馬鹿な。ミステリ作家にロクな推理力なんて、ありゃしませんよ。だって彼らは推理して書くんじゃない。最初に物語の後半の結末を考えて、そうした後で必要な手掛かりやら伏線やらを前半にちりばめるんだから。いったい、どこに推理する必要があるっていうんです？　どこにもないですよね？」

「そりゃそうでしょうけどッ」なに身も蓋《ふた》もないこと、ぶっちゃけてるんだ、この男！　私は啞然とした思いで、彼の黄緑色のシャツを見詰めるばかりだ。「…………」

「とにかくね、僕のいう名探偵というのは、ミステリ作家じゃありません。そもそも放談社はマトモなミステリ作家と付き合いないし……」と哀しい現実を吐露《とろ》してから、君鳥は私を見やった。「そうじゃなくて、僕がいってるのは正真正銘の名探偵。安楽椅子《あんらくいす》探偵の二代目です。

本職は居酒屋の女将《おかみ》なんですがね」

「つまり素人《しろうと》探偵ってわけですか。《二代目》ってのが、よく判りませんが……」

結局、私は自分の好奇心に抗《あらが》いきれず、席に座りなおした。「じゃあ、その店の場所を教えてくださいよ。今度、私がひとりでいってみますから」

「そうですかぁ。僕と一緒のほうがいいと思いますけどねえ」君島はニヤニヤとした笑みを浮かべながら、「鎌倉にある隠れ家的な店ですよ。駅から結構、歩きますがね」

「なんだ、ホントに教えてくれるんですか？」

「ええ、べつに構いませんよ。どうせ同じことです。あなたが僕と一緒にその店にいって女将の推理を聞く。あるいは、あなたがひとりでその店にいって女将の推理を聞き、その後で僕が女将を取材する。どちらにせよ結果は同じですからね。いいですよ。どうぞ、いってみてください。屋号は『一服亭《いっぷくてい》』っていいます。女将の名前はちょっと変わっていて、安楽《あんらく》ヨリ子《こ》さん。正しくは漢字で『安楽椅子』と書いて『アンラクヨリコ』と読みます……いや、しかし、だけどねえ……ふふッ」

「ん、何がおかしいんです!?」

ムッと眉根《まゆね》を寄せる私の前で、とうとう彼は愉快そうな笑い声をあげた。

「あなたが？　ひとりで？　あの店に？　はははッ……たどり着けるかなぁ！」

5

「ふふッ……どうだ、どうだッ……ははははッ！」

先日の喫茶店にて雑誌記者が放った、あの嘲《あざけ》るような笑い声。それをコピーするがごとく、私はすでに暗くなった住宅街に高らかな哄笑《こうしょう》を響かせた。「なーにが『たどり着けるかなぁ』だ、黄緑野郎め！　どーだ、ついに、たどり着いてやったぞ、畜生！」

普段は滅多《めった》に使わない汚い言葉が、口を衝《つ》いてポンポン飛び出す。だが確かに黄緑シャツの彼が予言したとおり、「一服亭」への道のりが困難を極めたことは、事実だった。

夕暮れ時のＪＲ鎌倉駅に降り立った私は、まずはその足で渡された地図どおりに進んだ。そうして、たどり着いたのは何の変哲もない住宅街。あたりには民家が立ち並ぶばかりで、居酒屋らしい建物や看板など、どこにも見当たらない。道行く子供に尋ねても「知らなぁーい」と馬鹿にするような声が返ってくるばかり。焦った私は片っ端から通行人を捕まえては、「『一服亭』を知りませんか」「安楽ヨリ子を知りませんか」と同じ質問を繰り返す。すると、ひとりの老婆が「ああ、あの店ね」と心当たりのある態度。スラスラと澱《よど》みなく道順を教えてくれるので、さっそく喜び勇んで足を運んでみると、そこは隠れ家的な居酒屋どころか、超有名な焼肉チェーンの店だった。私が悔しさのあまり地団太《じだんだ》を踏んだのは、いうまでもない。

そんなこんなで貴重な一時間を空費した挙句、私はヘトヘトになりながらも、なんとか目指す場所に自力で到達したのだった。「ま、間違いない……これこそ『安楽亭《あんらくてい》』……じゃなかった『一服亭』だ……安楽ヨリ子の店だ」

　私は目の前にある「一服亭」の文字を何度も確認した。いままで目に留まらなかったのも無理はない。それは店舗用の大きな看板ではなく、家庭用の小さな表札だった。建物自体も到底、居酒屋とは思えない外観を呈《てい》している。敢えていうなら昭和の建売住宅。隠れ家的な居酒屋というよりは、どう見ても古びた民家である。

　私は見知らぬ他人の家にお邪魔するような気分で、小さな門を通り抜けた。狭い庭を横切ると、そこにあるのは、これまた民家の玄関としか思えない引き戸。思わず呼び鈴のボタンを探しそうになるが、これが居酒屋の入口ならば当然、呼び鈴など鳴らす必要はないはず。そう決め付けて、私はその引き戸に手を掛けた。「ごめんください……」

　間抜けな挨拶《あいさつ》を口にしながら、ガラガラと音を立てて引き戸を開け放つ。

《驚くべきことに》というべきか、あるいは《当然のように》というべきか、玄関の向こうに広がるのは、まさに居酒屋の光景だった。狭い店内には小さなカウンターがある。奥に見える棚には日本酒や洋酒の瓶《びん》が整然と並んでいる。カウンター席には先客らしい女性の白いワンピース姿が見える。そしてカウンターの向こう側には、想像したより遥かに若い女将の姿があった。

　黒い髪をアップに纏め、凛々《りり》しく和服を着こなした様は、居酒屋というより洒落《しゃれ》た小料理屋の若女将といった風情《ふぜい》だ。そんな女将は、ちょうどそのとき大きめの皿を五、六枚ほど重ねて両手に抱えた恰好。だが私の姿を玄関先に認めた直後、彼女の美貌に微《かす》かな緊張と恐怖の色が滲んだ。少なくとも私の目には、そう映った。

「……」一瞬、時が止まったかのような静寂が、狭い店内に舞い降りる。

「……」その静寂に耐え切れず、「あのー」と私が口を開きかけた、次の瞬間——

「あッ、駄目《だめ》ッ！　ヨリ子さん、しっかりして！」

唐突に叫び声を発したのは、カウンター席に座るワンピースの女性客だ。椅子から腰を浮かせる彼女と、訳が判らず身を硬くする私。その目の前で「一服亭」の女将、安楽ヨリ子の口から、なぜか「う～ん」という呻き声。その直後、「あッ」と声をあげる私の目の前で、彼女は実に判りやすく白目を剝《む》きながら、パッタリとその場に倒れたのだった。

もちろん大皿の五、六枚が砕《くだ》け散る大音響とともに——である。


「ふぅん、では三田園さんは放談社の君鳥さんから、この店の評判をお聞きになったんですね。てことは、あのときの私と似たような感じかしら……」

カウンター席に座る若い女性客は、ビールのジョッキを片手に納得した表情で頷く。彼女の名前は高梨《たかなし》さん。北鎌倉にある『ナポリ庵《あん》』という名のイタリアン・レストランの従業員だという。そのナポリタン的な店名に、なぜか私は馴染みがあった。そういえば、いつだったか、北鎌倉で首なし死体が発見されるという凶悪事件が発生。神奈川県全域に衝撃が走ったことがあった。確か『ナポリ庵』とは、その事件の舞台となった店だ。

——さては、この娘も猟奇殺人がらみで「一服亭」を訪れた口か？

そんな想像を巡らせながら、私は自分のグラスからハイボールをひと口。そして隣に座る高梨さんに確認した。「君島記者からは、この店に安楽ヨリ子さんという、安楽椅子探偵がいると聞いたんですが……」

「ええ、その情報は嘘ではありません」高梨さんはキッパリと頷きつつ、「ですが——」と続けた。「それは、この店を訪れるのに充分な情報とはいえません。確かに安楽ヨリ子さんは『一服亭』の女将であり、その名のとおりの安楽椅子探偵。しかし、その一方で彼女は初対面の人間に対しては異常な恐怖心を抱き、ときに気を失うほどの精神的動揺を見せるのです。——ほら、あのように」

そういって高梨さんはカウンターの向こう側を指で示す。そこでは、失神状態から辛うじて回復を遂げたヨリ子さんが、まるで心ここにあらずの態《てい》で、ひと品目の調理に勤《いそ》しんでいる。その顔はけっしてこちらに向けられることはなく、かといって自分の手許を見るでもなく、呆《ぼう》然《ぜん》と中空を見詰めている。いまだショックの色が消えぬ、といった按配《あんばい》である。

そんな女将を指差したまま、高梨さんは囁《ささや》くようにいった。

「要するにヨリ子さんは極度の人見知り。接客業にはまるで不向きな質《たち》なんです」

「駄目じゃないですか！　それでは女将の仕事は務まらないでしょう」

「そうなんですよねえ。なんでヨリ子さん、居酒屋なんかやってんですかねえ」

ケラケラと愉快そうに笑って、高梨さんはジョッキのビールをグビリと飲んだ。

まったく笑い事ではないような気がするが、私は人見知りの女将がなぜ居酒屋をやっているかを詮索《せんさく》するために、ここを訪れたわけではない。猟奇殺人の謎《なぞ》を解いてもらうためにきたのだ。そんな私に、高梨さんは先回りするがごとく聞いてきた。

「どうやら、三田園さんも何か抱《かか》えている事件がおありのようですね。だからこそ、この店を訪れたのでしょう。だったらその話、とりあえず私に詳しく話してみてくださいよ」

それは、こちらとしても渡りに舟の提案だった。少なくとも人見知りの女将の背中に向かって話すよりは、隣に座るこの女性のほうが、話し相手として遥かに相応《ふさわ》しい。私がＯＫの意を込めて頷くと、高梨さんはカウンターの向こうの女将に、こう呼び掛けた。

「ヨリ子さんも聞いていてくださいね。――いつものように美味《おい》しい水でも飲みながら」

「わか、わか、判りました……」頼りなく頷いたヨリ子さんは、その直後、顔をそむけるようにしながら無理やりカウンターのほうに向きなおる。そして、ひと品目の料理を高梨さんに対して差し出した。「オオオ、オトオトオトー、オトーシ、デス」

どうやら、《お通し》らしい。小鉢に盛られたのは、この季節《嫁に食わすな》でお馴染み、ナスビの糠漬《ぬかづ》けを初めとするお新香の盛り合わせだ。ちなみに、私の分の小鉢はいったん高梨さんに手渡された後、そのまま隣に座る私へとリレーされた。一見、無駄なアクションに思えるが、この店にはどうしても必要なシステムなのだろう。

私は溜め息をつきながら、秋ナスの味を噛《か》み締めるばかりだった。

6

こうして私は偶然、店に居合わせた女性、高梨さんを相手に事件の詳細を語ることになった。内容的には先日の葬儀の帰りに、喫茶店で君島翔太に語った話と、まったく同様のものだ。彼女は小気味良い相槌《あいづち》を打ちながら、真剣に耳を傾けている。安楽ヨリ子さんはカウンター越しのスペースで、和服の背中をこちらに向けている。先ほどからコップの水をときおり口に運ぶばかりで、彼女の手はすっかり休めの状態だ。お陰で、いまのところ出てきた料理といえばお通しのみ。二品目が提供される気配は全然ない。だが、とりあえずこれでいい。私の目的は料理を味わうことではなく、安楽椅子探偵に話を聞いてもらうことにあるのだから。

やがて、ひと通りの出来事を語り終えた私は、まずは高梨さんに意見を求めた。

「どう思われますか、いまの話を聞いて？」

「そうですねえ」彼女は小首を傾げながら率直な印象を語った。「やはり気になるのは、なぜ犯人が有原健介さんの右脚を切断したのか。その謎ですよね。首切り殺人やバラバラ殺人は、ときどき起こる事件ですけど、《片脚切り殺人》っていうのは逆に珍しいと思います」

「そうなのです。それが、いくら考えてもサッパリ判らない。あの雑誌記者は『いっそバラバラ死体なら、それなりに考えようもある』などと乱暴なことをいってましたがね」

「ああ、あの不謹慎な記者さんの、いいそうなことですねえ。なるほど、『いっそバラバラ死体なら……』ですか。でも案外、君鳥さんのいうとおりなのかも……」

「えッ、あなたまで、そんなことを？」

唖然とする私の隣で、高梨さんは悠然とビールをひと飲み。「プファーッ」と盛大に息を吐くと、あらためて私を見やった。「私、話を聞いていて思ったんです。本当のところ、犯人は有原さんの亡骸をバラバラ死体にしたかったのではないでしょうか」

「ん、どういうことです？　バラバラ死体にしたかった、とは……？」

「途中でやめたということです。犯人は有原さんを石か何かで殴って殺害した後、その死体をバラバラに解体しようと考えた。そこで、まずは死体の右脚を小さなノコギリで切断してみた。ところが実際にやってみると、それは思った以上の重労働だった。それで、すっかり音をあげた犯人は、右脚一本を切断しただけで、その考えを断念した。結果的に、鯨岩の上には右脚のみ切断された死体が残された。——というわけです」

「な、なるほど！」それは実に興味深い推理のように思われた。だが疑問な点もないではない。私はそれを彼女に尋ねた。「しかし高梨さん、そもそも犯人は、なぜ有原君の死体をバラバラにしようなどと考えたのですか。わざわざそうする目的は何です？」

「ひょっとして、死体を海に放り捨てようと思ったのでは？」高梨さんは自らに問い掛けるような調子で答えた。「きっと、そうです。犯人は死体を目の前の海に放り込んで、魚の餌にしてしまおうと考えたんですよ。死体の損傷を激しくすることで、犯行の痕跡を判りにくくするために。あるいは単に死体の発見を遅らせるために。しかし死体というものは大変に重いものだと聞きますからね。犯人には、有原さんの死体を目の前の海に放り込むという、ただそれだけのことができなかった。あまりに死体が重過ぎたからです。そこで犯人は――」

「あッ、そうか。犯人は死体を切断しようと考えたわけだ」私は思わず手を叩いた。「重たい死体もバラバラに解体すれば、簡単に海に放り捨てることが可能になる。てことは……ひょっとして犯人は非力な女性ってこと……まさか鷹山美穂さんや綾瀬葵さんが？」

声を潜《ひそ》めて尋ねる私に対して、高梨さんはキッパリと首を横に振った。

「いいえ、三田園さんの話によれば、華奢な女性の力では、小さなノコギリで脚一本を切断することさえ不可能。確か、そういうことでしたよね？」

「そ、そうでした……」私は恐縮するように肩をすくめた。「では、いったい誰が？」

「実は、お話を伺う中で、ひとり気になる人物が」そういって高梨さんは指を一本、顔の前で立てた。「かなりの長身でありながら、その一方で岩と岩の狭い隙間にも入っていける男性。――三田園さんのお話に出てきた南浩次さんという方は、成人男性にしては相当に細身の身体《からだ》つきなのではありませんか？」

「ええ、よく判りましたね。実際そのとおりですよ。南君は長身痩軀《ちょうしんそうく》というか、まあ、判りやすくいうならガリガリに痩せたモヤシみたいな男ですけど……えッ、ま、まさか！」

「ええ、その《まさか》ですよ」高梨さんは自らが名探偵にでもなったかのごとく、重々しく頷く仕草《しぐさ》。そして悪党に《さん付け》は無用とばかり、自らが犯人と信じる男の名前を堂々と呼び捨てにした。「そう、南浩次！　三田園さんと一緒に死体の第一発見者となった彼こそが、実は有原さん殺しの犯人だったのです！」

「なんですって！　南君が……」あまりの衝撃的展開に、私はしばし絶句。だが、やがて我に返ると、唇を震わせながら問い掛けた。「で、では、ア、アリバイは……？」

「え!?　アリバイって……え!?」まるで初めてその単語を耳にしたごとく、高梨さんは目をパチクリさせると、「え、ああ、南浩次のアリバイですね。はいはい、有原さんが殺害されたとされる時間帯に、三田園さんや鶴巻圭太さんと一緒に焚き火を囲んでいたっていう、例のアレのことですね。ああ、はいはい……」

　自分の言葉に自分で頷く高梨さんは、懸命に何かを誤魔化《ごまか》そうとする態度。慌てた仕草でジョッキのビールをひと飲みすると、次の瞬間には、まるで敗残兵のごとくガックリと肩を落とす。そしてアッサリと白旗を揚《あ》げた。「ご、ごめんなさぁーい。そうでした、南浩次には……いえ、南浩次さんには完璧なアリバイがあるんでした。だったら、やっぱり南さんは犯人ではないのかも……」

　こうして、いったん呼び捨てにされた南浩次は、再び《さん付け》で呼ばれる立場を回復した。高梨さんは調子に乗って披露《ひろう》した自分の推理を、すっかり引っ込めたのだ。

「あぁ～ん、残念！　自分じゃあ、結構いい線いってると思ったんですけどねえ」

　面目《めんもく》ない、とばかりに自分の頭を指先でポリポリと掻く高梨さん。そんな彼女を慰めるように、私は口を開いた。「ええ、実際、悪くない推理だったと思いますよ。だが南君が犯人ということは絶対あり得ない。それだけは、この私が保証します」

「そうですかー」無念そうに頷いた高梨さんは、逆に聞いてきた。「そういう三田園さんは、いったい誰のことを怪しいと睨《にら》んでいるんですか」

「え⁉　いやいや、私にはこれといって考えなんて、べつに……」

謙遜でも何でもなく、まったく考えのない私は、顔の前で両手を振るしかない。

だが、そのとき――「お待たせいたしました。本日の二品目ですわ」

突然、響くヨリ子さんの声。それと同時に目の前に差し出されたのは、ジュウジュウと美味しそうな音を立てる熱々の鉄板だ。

「あ、ああ、これは、どうも……」慌てて両手を伸ばしながら、私はそれを女将の手から直接受け取った。――ん、直接受け取った⁉　人見知りのヨリ子さんから⁉　手渡しで⁉

あり得ないほどの違和感を覚えて、私は首を傾げた。料理の皿が高梨さんの手を経て私へとリレーされるという例のシステムは、いつの間に廃止されたのだろうか。そういえば、先ほどまで私の前で露骨に緊張感を漂《ただよ》わせていたヨリ子さんの顔も声も態度も、いまは平静を保っているように映る。ということは、私は彼女から受け入れられたのだろうか。正直、彼女と打ち解けるには、あともう五億年ほど必要だろうと覚悟していたのだが。

腑に落ちない点は数々あったが、とにかくここは女将との距離を一気に縮めるチャンス。そう思った私は、彼女の料理を絶賛する気マンマンで黒い鉄板を覗き込んだ。

「おお、美味しそうですねえ！　凄くいい香りがします。それに、このジュウジュウという音！　はははッ……えーっと……あのー、ヨリ子さん……これ、何ですか？」

「あら、お判りになりませんか。見てのとおり、『ソーセージの盛り合わせ』ですわ」

「で、ですよねえ……」確かに、そうとしか見えない。――でも二品目にソーセージ!? ドイツのビアホールじゃあるまいに！

少なくとも和装でビシッと決めた女将が、二品目に提供するメニューではないように思える。

私は手許の鉄板とカウンターの向こうのヨリ子さんの顔を交互に見やった。先ほどまでの人見知りキャラはどこへやら、ヨリ子さんは『どうぞ、召し上がれ』と、いわんばかりの得意げな表情だ。その眸《ひとみ》は爛々《らんらん》と輝き、こちらを見詰めている。

ならば、と思った私は熱々のやつを一本、箸《はし》で摘んでかぶりつく。噛もうとする歯を押し返すような優れた弾力。それを強引に噛み締めると、パキンという感触とともに熱々の肉汁が口の中へとあふれ出す。続いて鼻腔《びくう》を刺激するのは、微かなスパイスの風味だ。私は思わず驚嘆の声を発した。

「う、美味《うま》い。美味すぎる！　これって何か有名なソーセージなんですか」

「ええ、大変に有名ですとも」ヨリ子さんは和服の胸を張りながら、「みんな大好き、『日本ハ○』の『シャウ○ッセン』ですわ」

――『シャ○エッセン』かよ！　どうりで、べらぼうに美味いわけだな！

深く納得する一方で、謎はより深まった。なぜ、この女将は唐突に『ソーセージの盛り合わせ』を出してきたのか。そこには何か特別な理由が隠されているような気がする。そう思った次の瞬間、私の脳裏に何やら閃《ひらめ》くものがあった。ソーセージ、そーせーじ、そうせいじ、そうせい児、ん、双生児《そうせいじ》――「そ、そうか、判った！」

私は口の中に残った双生児、いや、ソーセージをゴクリと飲み込む。そして、せっかくの閃きを逃すことのないようにと、早口で捲《ま》くし立てた。

「アリバイの謎が解けましたよ。トリックの肝は双生児、つまり双子です。いや、厳密にいうなら双子とは限りませんが、とにかく南浩次には見た目そっくりな別人、つまり替え玉が存在したんですよ。事件の夜、私や鶴巻君と一緒に焚き火を囲んでいた男は、その替え玉のほうだった。本物の南浩次は同じころ、ひとりで海岸へと向かい、鯨岩で夜釣りに興じる有原君と密かに接触。何らかの硬い凶器でもって彼を殴打して殺害した。死体の右脚のみを切断した理由については、先ほど高梨さんが語った推理が、実は正しい。――そういうことですよね、ヨリ子さん？」

自らの推理に酔いしれる私は、身を乗り出して女将の反応を待つ。

するとヨリ子さんは、こちらを見やりながらニッコリ。それは、見ているこちらまで幸せになるような優しい笑顔だった。だが喜んだのも束の間、いきなり彼女は魅惑の笑顔を秒速で引っ込めると、今度は打って変わって、熱々の鉄板さえ凍《こお》りつくような冷たい表情。その口からは吹雪のごとく冷酷な言葉が発せられた。

「単純過ぎます！　実に単純極まる、とんだ手抜き推理ですわ。まったく何の捻りもございませんのね。まるでこの店でお出しする『ソーセージの盛り合わせ』のように！」

7

瞬間、呼吸音さえ憚《はばか》られるような深い静寂が、狭い店内に舞い降りた。

私は黙ったまま熱々のソーセージをもう一本、箸で摘んで自分の口に運ぶ。そして嚙み締めたソーセージをハイボールで胃の中へ流し込んでから、あらためて女将を見やった。

「なるほど、確かにこの店で出される『ソーセージの盛り合わせ』は何の捻りもない単純極まる料理に違いない。なにしろ有名メーカーの人気商品を鉄板の上で焼いただけ。付け合わせの野菜もマスタードソースも、いっさい添えられていないし……」

「それは素材の味そのものをご賞味いただきたいという、こちら側の配慮ですわ」

「んな、アホな！」普段はけっして使わない罵《ののし》りの言葉が、私の口から驚くほどナチュラルに飛び出した。「どう見たって、単なる手抜き料理でしょーが！」

「まあ、失礼なッ」ヨリ子さんは血相を変えて、こちらを睨んだ。「わたくし、料理は確かに苦手ですけど、手を抜いたことなど一度もございませんわ」

「そうですよ、三田園さん」と高梨さんが女将の肩を持つようにいった。「手抜きだなんていっちゃ可哀想ですよ。ヨリ子さんの作る料理は、どれも真心込めて創意工夫を凝らしながら、やっとこのレベルなんですから」

「駄目じゃん、それ！」開いた口が塞《ふさ》がらないとは、このことである。だが私は女将の料理の腕前を腐《くさ》したいわけではなかった。「ええっと、そもそも何の話でしたっけ？」

「ソーセージの話ですわ。この店のメニューの話です」

「違いますよ、ヨリ子さん。メニューにはない双生児の話です」高梨さんが逸《そ》れかけた話を元へと戻した。「双子の兄弟を共犯者にした替え玉トリックの話だったはずです」

「そう、それだ」私は高梨さんの言葉に頷き、そして女将に尋ねた。「その推理の何がおかしいんです？　どこが手抜き推理だというんです、ヨリ子さん？」

「それはもう、まるっきりおかしいですとも。そもそも南浩次さんに双子の兄弟など、本当にいらっしゃるのですか。仮に、そういう共犯者がいたとして、その方が南浩次さんの替え玉となって、三田園さんや鶴巻さんと仲良く語らうなんてことが可能だと思われますか。ほんの短い時間ならともかく、まあまあ長い時間にわたってですよ。しかも『大船商事』の社員でも何でもない、単なるそっくりさんが？　ふん、あり得ませんわ！」

「そ、そう理詰めにいわれると、確かに無理っぽいけど……いや、しかし、待て待て！」私は首をブンと真横に振ると、抗議するような視線を女将へと向けた。「そもそも、こっちが頼んでもいない『ソーセージの盛り合わせ』を勝手に出してきたのは、ヨリ子さん、あなたのほうだったじゃありませんか。だから私は、てっきり……」

「てっきり、何ですの？　どこの居酒屋だって『ソーセージの盛り合わせ』ぐらい出しますわ。付け合わせの野菜とマスタードソースのなかったことが、そんなにご不満ですか」

「うッ、いや、そういうことではなくって……」

思わず口ごもる私の隣で、高梨さんはすべてを理解したような表情。気の毒そうに私の顔を覗き込むと、簡潔な解説を加えた。「あのー、三田園さん、あなたは初めてこの店にいらっしゃったから知らないでしょうけど、実はヨリ子さんには、ちょっとした癖があるんです。彼女自身が提供する料理によって、他人の推理を間違った方向に誘導して、しかる後にその間違った推理を思いっきり罵倒《ばとう》して悦《えつ》に入る——というような癖が」

「タチの悪い癖ですね！」私は啞然として女将のほうを向いた。「てことは、今回の事件に双生児は関係ないんですね、ヨリ子さん？」

「ええ、もちろん。ソーセージだろうがベーコンだろうが、双子だろうが三つ子だろうが、いっさい関係ありませんわ。だから先ほどから申し上げているのです。——三田園さん、あなたの推理は単純過ぎます。まるで、この店の『ソーセージの盛り合わせ』のように！」

「……」くそッ、何度も何度も単純単純とコケにしやがって！

腹の虫が治まらない私はムッと唇を歪《ゆが》める。そしてカウンターの向こうに佇む女将に対して、挑発的な視線を向けた。

「判りました。そこまでいうのなら、ぜひとも聞かせてもらおうじゃありませんか。安楽椅子探偵として名高い安楽ヨリ子さんの《単純じゃない推理》ってやつを！」

「ええ、望むところですわ」

敢然《かんぜん》と受けて立つ姿勢を見せる女将は、景気付けのようにコップの水をぐいっと飲み干す。

だが、さっそく推理を語りだすかと思いきや、意外とそうではない。何を思ったか、彼女は調理台に向かうと、やおら食材を取り出して包丁を振るいだした。

どうやらヨリ子さんは、推理を始める前に、調理を始めたらしい——


それから、しばらくの後。カウンターの上ではカセットコンロに載せられた土鍋が、白い湯《ゆ》気《げ》を放っていた。グツグツという美味しそうな音が、こちらの食欲を刺激する。

「——さあ、そろそろ、よろしいですわよ」

ヨリ子さんの言葉を試合開始のゴングとして、私と高梨さんは取り皿を手にする。そして煮えたぎる鍋の中に猛然と箸を突っ込んでいった。一心不乱の形相で目の前の鍋料理に立ち向かう酔客二名。その我を忘れたような姿を満足そうに眺めながら、ヨリ子さんはコップの水で喉《のど》を潤《うるお》す。そして、ようやく料理ではなく推理の話へと移行した。

「わたくしが注目しましたポイントはタオル。三田園さんが岩と岩の隙間のトンネルを進んでいった際、そのいちばん奥の空間で発見したという青いスポーツタオルですわ」

「…………」

「………………」

「そのタオルは有原健介さんのタオルでした。有原さんはそのタオルを首に巻いたり、ショルダーバッグに引っ掛けるなどして、常に持ち歩いていたとのこと。では、そのタオルはなぜ、どういった経緯でもって、そんな狭い場所に入り込んでしまったのでしょうか」

「……………………」

「…………」

「まあ、これは考えるまでもなく簡単な話。有原さんが死んでいた鯨岩の上と、タオルが落ちていた空間とは、斜めになった穴で繋がっている。ちょうど鯨の背中に潮を噴き出す穴が開いているように。つまり問題のタオルは何らかの弾みで、その穴の中に入り込み、そして穴の底に広がる狭い空間に落ちたのです。ここまでは、お判りですわね？」

「…………」

「…………」

「ああッ、もう！　いい加減にしてくださいな！」ついに堪忍袋《かんにんぶくろ》の緒が切れた、とばかりにヨリ子さんが叫ぶ。そして非難めいた視線を、私たち二人に浴びせた。

「いったい、いつまで黙々とカニをお食べになるおつもりですの？　カニの殻から身をほじくってばかりいないで、たまには『なるほど』とか『そうだったのか』とか、何でもいいからリアクションを示してくださいな。これ以上、あなたがたが黙ってカニを食べ続けるのでしたら、わたくし、もうこの先の推理を語ることは、やめさせていただきますわよ！」

癇癪《かんしゃく》を起こすヨリ子さんを前に、私と高梨さんは揃ってカニスプーンの動きを止めた。

ちなみにカニスプーンとは、カニの殻から身を効率良くほじくり出すために用いる、先端の曲がった棒状のアレのこと。カニ料理には絶対欠かせない便利アイテムである。

私はいったんカニスプーンを置くと、不機嫌な安楽椅子探偵を懸命になだめた。

「まあまあ、そう怒らないでくださいよ、ヨリ子さん。仕方ないじゃありませんか。誰だってカニ料理を食するときは無口になるものです」――ていうか、あなたが大事な推理を披露する場面で、よりによってカニ鍋なんかを出すから、こうなったんでしょう？

私は心の中で女将の選択ミスを指摘する。だが実際、なぜカニ鍋なのだろうか。私は彼女に《単純じゃない推理》を要求しただけで、《単純じゃない料理》を求めたつもりは、全然なかったのだが。そもそも鍋料理は、まあまあ《単純な料理》だと思うのだが。

疑問な点は多々あったが、とにかく彼女の推理の先が気になる。私はヨリ子さんに話の続きを促した。「――で、穴底で見つかったタオルが、どうかしたんですか」

「どうもこうも、ございませんわ。三田園さんはそのタオルが、どのようにしてその穴底に落ちたものと、お思いですか。何者かに殴打された有原さんが鯨岩の上でバッタリと倒れる。そのとき彼の首に巻いていたタオルが弾みで飛んでいって、穴の中に自然と吸い込まれていった。――と、そのようにお考えですか」

「え!?　いやいや、それは考えにくいでしょう……」首に巻いたタオルは、有原が倒れた後も、やはり彼の首に巻きついたままだろう。仮に、倒れた弾みで首から落ちたとしても、あの穴は斜めに続いているのだ。落ちたタオルは穴底にたどり着くことなく、途中で岩肌に引っ掛かる気がする。「ふーむ、確かに、有原君のタオルが穴底に落ちていたことは、ちょっとした不思議ですね。いったい、どういうことなんだろ？」

首を傾げる私の隣で、高梨さんが小さく挙手した。

「あのー、ひょっとして潮の満ち引きと関係があるのでは？」

「ん、どういうことです？」

「タオルは斜めの穴に落ちたのではなく、風に吹かれるなどして、いったん海に落ちたのです。その後で潮が満ちた。鯨岩の周辺に海水が押し寄せる。すると鯨岩の横穴——三田園さんが最初に入っていったトンネル状の穴ですね——そこにも大量の海水が流れ込む。その際、海上を漂っていたタオルが海水と一緒に横穴から中へと流れ込んだ。やがて潮が引くと、タオルは横穴のいちばん奥、つまり三田園さんがそれを発見した場所に留まった。そういうことって、考えられないでしょうか」

「なるほど、面白い考え方ですね」私は頷き、そして首を横に振った。「でも残念ながら、その可能性はないと思います。なぜなら、私が見つけたタオルは水に濡れてはいなかった。つまり潮が満ちても、あの横穴から海水は流れ込んだりしていない。満ち潮でも海水は横穴の入口の手前までしか、到達しないのでしょう」

「ああ、そうなんですか」悔しげに呟いた高梨さんは、助けを求めるように女将のほうを見やった。「じゃあ私はもう降参です。ヨリ子さんは、どのように考えるんですか」

「有原さんはそのタオルを首に巻くか、ショルダーバッグに引っ掛けていることが多かったとのこと。ならばタオルは、そのバッグと一緒になって穴の中に落ちたのでしょう。有原さんが岩の上で転倒する。肩に掛けていたバッグが弾みで飛んで穴へと落ちる。穴の斜面を転がるように、あるいは滑るようにして、バッグは穴底まで落ちていった。結果、バッグに引っ掛けてあったタオルも一緒になって穴底へと到達した。——というわけです」

「なるほど。バッグと一緒にね」私は呟きつつ頷いた。「確かにタオル一枚だけで穴底に落ちていくよりも、そっちのほうがイメージしやすいですね。――でも仮にそうだとするなら、なぜタオルが見つかった穴底にバッグが転がっていなかったんでしょう？」

「犯人が回収したのですわ。おそらく有原さんのバッグの中には、犯人にとって大事な何かが仕舞ってあったのでしょう。わたくしの想像では、スマートフォンかタブレット、あるいはノートパソコン、そういった情報端末だと思うのですが、正確なところは判りません。手書きのメモ帳ということも、当然ありますものね」

「要するに、犯人にとって都合の悪い情報が、そこに記録されているってわけですね。だから犯人は穴に落っこちたバッグを見過ごすことができなかった。そこで犯人は自ら狭い穴に潜《もぐ》り込んでいって、穴底のバッグを拾い上げた。その際、バッグに掛けてあったスポーツタオルだけが穴底に残された。だが、犯人はタオルには関心がない。バッグだけを持って、犯人はまた斜めの穴をくぐり抜け、鯨岩の上に這い戻った。そうして犯人はお目当ての情報端末だかメモ帳だかをゲット。用済みになったバッグを海に放り捨てた……と、そんなところですかね……ん、ちょっと待ってくださいよ……」

妙な引っ掛かりを覚えた私は、自らの語った推理を頭の中でトレース。やがて確信を得ると、顔を上げてカウンター越しに女将を見やった。

「ねえ、ヨリ子さん、いまの一連の推理が事実だとするならば、容疑者の中から一名除外できそうですよ。そう、鶴巻圭太君です。なぜって、彼はかなりの肥満体形ですからね。鶴巻君の巨体では、あの斜めの穴に潜り込むことができない。かといって横穴から狭いトンネルを進むことだって不可能だ。てことは穴底に落ちたバッグを、彼は回収することができない。すなわち鶴巻圭太君は犯人ではない。その一方で、体力的な面から鷹山美穂さんと綾瀬葵さんもまた犯人ではあり得ない。となると、残るは――南浩次だ！　やっぱり南浩次が犯人なんじゃありませんか。ねえ、ヨリ子さん、この推理は間違ってま……」

「クソほど間違ってますわ！」

わあッ――と、声にならない悲鳴を胸の奥で発して、私は椅子の上で派手に仰《の》け反《ぞ》った。

そんなに間違っていただろうか。そんなに箸にも棒にも掛からない推理だったろうか。自分では結構いい線いってるつもりだったのだが。ドキドキする胸を押さえながら、私は恐る恐る問い掛けた。「あ、あのー、ヨリ子さん、いったい何がそんなにいけなかったんでしょうか。やっぱり南君のアリバイがネックとか、そういうこと……？」

「いいえ、それ以前の問題ですわ。穴底に落ちたバッグを回収することが、鶴巻さんには不可能だった。そう、あなたは決め付けましたが、本当にそうですかしら？　大きな身体では狭い穴に入っていけないから、穴底にあるバッグが取り出せない？　では三田園さん、あなたは、自分の太い指がカニ脚の殻の中に入らないからといって、殻の奥にあるカニの身が取り出せないと、そうおっしゃるのですか。――んな、馬鹿な！」

「いや、『んな馬鹿な』って、いわれても！」――この女将、清楚《せいそ》な見た目とは裏腹に、興奮するとちょいちょい雑な言葉遣いになるな！

　ムッとして黙り込む私をよそに、隣に座る高梨さんは平然とした表情。土鍋の中からカニの脚をまた一本、箸で摘み上げる。そして、あらためてカニスプーンを手に取ると、その先端の曲がった部分で中の身をほじくり返して、自らの口へと放り込む。そんな高梨さんは淡々とした口調でいった。

「確かにヨリ子さんのいうとおりですね。狭い穴の底に大事な何かが落ちている。でも身体が大きすぎて穴の中には入っていけない。その場合、最初にやるのは穴の中に思いっきり腕を伸ばすこと。それでも駄目なら、何か相応しい道具を使うでしょうね。カニ脚から身を取り出したいならばカニスプーン。穴底からバッグを取り出したいなら……いったい何かしら……流木か何かですかねえ」

「ちょうどいい流木があればの話ですわね。ある程度の長さがあり、なおかつ先端が鉤形《かぎがた》に曲がっていて物を引っ掛けるのに相応しい、そんな流木が鯨岩の近くにあれば……」

「あったんですか」私は勢い込んで尋ねた。「そんな都合のいい流木が？」

「いいえ。たぶん、なかったのですわ。それで犯人は、あまり長くない流木を無理して使ったのでしょう。S字形に曲がった五十センチほどの流木を」

「S字形の流木⁉」その言葉に、私はピンときた。「あ、それって、例の穴底にタオルと一緒に落ちていた、あの流木のことですか。じゃあ、あれは犯人がバッグを引き上げようとした際に使った道具ってこと……そ、そうか、そうだったのか！」

犯人はあのS字に曲がった流木の端を握って、岩の上から穴底へと腕を伸ばしたのだ。しかし流木の先端は、ほんの僅かバッグには届かない。それでも何とかしようと懸命に腕を伸ばす犯人。やがて無理がたたって、犯人の手から流木がポトリと落下。それはバッグやタオルの傍に無造作《むぞうさ》に転がった。——そんな光景がアリアリと脳裏に浮かぶ。

　想像を巡らせる私の前で、ヨリ子さんは深々と頷いた。

「ええ、お察しのとおりですわ。もっとも犯人だって手袋——キャンプ地ですから、たぶん軍手だろうと思いますが——それぐらいは嵌《は》めていたはず。ですから、残された流木をいくら調べたところで、犯人の指紋などは検出されないことでしょうね。いずれにせよ、犯人が流木を使ってバッグを引き上げようとしたことは、おそらく間違いない。ですが、それは上手《うま》くいかなかった。そこで犯人は、あらためて選択を迫られたのですわ。さらに岩場を探し回って、あるかないか判らない理想的な道具を見つけるか。それともテントサイトまで引き返し、都合のいい道具を調達してから、また岩場まで戻ってくるか」

「なるほど。確かにその二択しかなさそうですね」興味津々の私は、身を乗り出すようにして尋ねた。「で、犯人はどっちを選んだんですか、ヨリ子さん？」

「いいえ」と意外にも女将は首を左右に振った。「結局、どちらも選びませんでした。犯人はふと気付いたんですわ。目の前におあつらえ向きの《道具》があることに。それは充分な長さがある棒状の物体で、なおかつ先端は物を引っ掛けるのに都合よく曲がっている。ただしカニスプーンではございませんわよ。——もう、お判りですわね？」

「え⁉　え……嘘《うそ》でしょ……それって、もしや……」

戸惑う私を悠然と見下ろしつつ、女将は犯人の用いた《道具》の名を口にした。

「はい、それは脚。死体から切り取った人間の脚ですわ」

8

安楽ヨリ子さんが口にした衝撃の推理。そのあまりに突飛すぎる内容に、私と高梨さんは、べつにカニを食しているわけでもないのに、しばし沈黙した。その様子を愉快そうに眺めながら、またヨリ子さんはコップの水で喉を潤す。そして自らの推理の続きを語った。

「もう、とっくにお判りでしょうけれど、犯人は肥満体形である鶴巻圭太のほうですわ。鶴巻はその巨体が邪魔になるため、穴底に落ちた有原さんのバッグを回収することが困難だった。そこで有原さんの死体の片脚――べつに右脚でも左脚でも構わなかったのですが――それを利用したのですわ。それこそが、死体の片脚のみが切断されていた理由に他なりません。鶴巻は小さなノコギリで死体の右脚を切断。それを岩の上から斜めに開いた穴へと差し入れ、爪先の部分をショルダーバッグの肩紐《かたひも》に引っ掛けた。そうすることで穴底のバッグを鯨岩の上へと引き上げたのです。そうして、お目当ての情報端末もしくはメモ帳をゲットした鶴巻は、用済みになったバッグ、それと用済みになった右脚を目の前の海へと放り捨てた。そして海水でもって身体に付いた血液を洗い落とすと、何食わぬ顔でテントサイトへ戻っていった。結果、鯨岩の上には片脚を切断された有原さんの死体のみが残された、というわけですわ。――お判りいただけましたか、三田園さん」

「…………」私はしばらくの間、言葉が出なかった。この和服姿の安楽椅子探偵は、確かに私の口から伝えられた情報のみを手掛かりにして、独自の推理を組み立て、驚きの結論を導き出したのだ。「す、凄い。素晴らしいですよ、ヨリ子さん。実に見事な推理です。確かに犯人は鶴巻圭太らしい。もはや、そうとしか考えられません。――あれ!?　でも待ってくださいよ、ヨリ子さん」

私はあらためて重大な疑問に突き当たり、また首を傾げた。

「鶴巻が犯人ってことは、彼のアリバイはどうなるんです？　有原君が殺害されたとされる時間帯、鶴巻は私や南君と一緒に焚き火を囲んでいたんですよ。それなのに鶴巻は、どうやって……あ、そうか！　てことは、やっぱり替え玉ですね。南君ではなくて、鶴巻圭太のほうに双子の兄弟か何かが存在しており、その二人が密かに入れ替わっていた。そういうことで、今度こそ間違いな……」

「いいえッ、ぶちクソ間違ってますわッ」

「…………」畜生、チクショウ！　いったい何がそんなに間違ってるってんだ！

再びショックを受ける私の隣では、高梨さんが穏やかな声で女将をたしなめた。

「まあまあ、ヨリ子さん、そう何度も排泄物《はいせつぶつ》の名称を叫ばないでくださいよ。いちおう『一服亭』だって飲食店なんですからね。せっかくの料理が不味《まず》くなるじゃありませんか」

「ああ、これは申し訳ありませんでした、高梨さん。でも仕方がありませんの。なにせ、この芸風は先代から受け継いだものですから」

よく判らないが、先代『安楽ヨリ子』も排泄物の名を連呼するタイプだったらしい。興味を惹かれたものの、いまは先代の人格を探っている場合ではない。ショックから立ち直った私は、あらためてカウンター越しに女将を見やった。「どういうことなんですか、ヨリ子さん。犯人は鶴巻圭太で間違いないんでしょう？　だったら犯行の夜、鶴巻は替え玉か何かを用意してアリバイを捏造《ねつぞう》した。――そう考えるしかないじゃありませんか」

ごく当然のことを主張したつもりの私。だが女将に何ら動じる素振《そぶ》りはなかった。

「勘違いなさらないでくださいね、三田園さん。確かにわたくし、鶴巻圭太のことを《犯人》と申しました。ですが、ひと言も《殺人犯》とは申しておりませんわよ」

「うッ、いわれてみれば確かに……」

「仮に鶴巻圭太が有原さんを殺害し、その直後に死体の右脚を切断。それを持って穴底のバッグの引き上げを試みたとしましょう。果たして、そのようなやり方が上手くいくものでしょうか。――いいえ、無理ですわ。殺害直後の死体というものは、ぐにゃぐにゃした柔らかい物体であるはず。けっして一本の棒のように用いることはできませんのよ」

「な、なるほど！」私は虚を衝かれた気分だった。「ということは、つまり……？」

「鶴巻圭太が死体の右脚を切断したとき、それは一本の硬い棒のような状態にあった。早い話、彼が右脚を切断した時点で、その死体は死後硬直がかなり進んでいたのですわ」

「な、なんですって⁉　じゃあ鶴巻が死体を切断したのは、有原君が絶命してから、かなりの時間が経過したタイミングってことですか」

「ええ、おそらくそれは、お三方が焚き火を囲んだ夜ではなくて、ひと晩が経った翌朝のこと。まだ皆さんが、それぞれのテント内で眠っている早い時刻に、鶴巻圭太は自分のテントを出た。そして、ひとり散歩にでも出掛けたのでしょう。向かった先は海岸です。そして彼は鯨岩にたどり着き、そこで頭から血を流して死んでいる有原さんの姿を、誰よりも早く発見した。そのとき彼は驚くと同時に、それを好機と捉《とら》えたのですわ。有原さんは鶴巻にとって都合の悪い情報を握っている。その情報が収められた情報端末だかメモ帳だかを奪って持ち去るチャンス。鶴巻はそう考えたのでしょう。そこで彼は有原さんのバッグを捜した。ところが、それは死体の傍には見つからず、なんと岩と岩の隙間の穴に落っこちている。そのことに気付いた鶴巻は……ああ、これ以後のことは、もうすでにご説明いたしましたわね」

「ええ、いったんは拾った流木でもってバッグを引き上げようとしたが失敗。そこで鶴巻は目の前にある死体の右脚を切断した。確かに、死後ひと晩も経てば、有原の死体は硬直が進んで、脚だって棒のようになっていたに違いない。――しかし、ヨリ子さん」

　私は最も肝心な質問を彼女へとぶつけた。「仮に、そうだとするなら、あのキャンプの夜に有原君を殺害した真犯人は誰なんですか。鶴巻圭太でないなら、いったい誰？」

「誰って……ああ、三田園さん、あなたはまだ考え違いをなさっていますわ」

「…………」

「ひとりで夜釣りに出掛けていった男が、翌朝、大きな岩の上で——鯨の背中のように盛り上がった岩の上で——頭から血を流して息絶えている。この状況を見て、あなたは率直にどう思われますか。『有原健介が何者かに殺されている！』『これは殺人事件だ！』と、そのようにお考えになりますか？　いいえ、おそらく違うでしょう。普通はこう思うはずですわ。『有原健介は岩の上で滑って転んで、頭を打って死んだのだ』と。——そうではありませんか、三田園さん？」

「あ……」私は目を開かれる思いだった。

　確かにヨリ子さんのいうとおりだ。死体の第一発見者である私は——そして警察も同様だが——片脚を切断された変死体のみを目にしている。だから当然それを殺人であると考えた。実際、鯨岩の上は殺人現場としか思えない凄惨な光景を呈していたのだ。だが、それは鶴巻圭太によって死体に手が加えられた後の現場だった。彼が死体を見つけた時点では、鯨岩の上はそこまで異常な状況ではなかったのだ。ということは——

「要するに、有原君の死は猟奇殺人なんかじゃなくて……」

「はい。単なる事故死ですわ」

　こうして安楽ヨリ子さんは、見事に猟奇殺人の謎を解き明かした。——いやいや、違う違う！　そもそも猟奇殺人などというものは存在しなかった。それどころか殺人さえ起きていなかった。

敢えていうなら《一見すると猟奇殺人っぽく見える死体損壊事件》の真相を彼女は解き明かしたのだ。

その推理力に深い感動さえ覚える私。その一方で、隣に座る高梨さんの口から、

「あのー、こんなことをいうと、せっかくの推理に水を差すかもしれませんが……」

と、ひとつの疑問が提示された。「鶴巻圭太は死体の右脚を切断して、それを長い棒のように使ったという話ですが、そもそも彼はそんなことをする必要はないのでは？　要するにある程度の長さがあって、なおかつ先端に物を引っ掛けられる、そんな棒があればいいんですよね。だったら、そのものズバリの道具が現場付近にあったじゃないですか。――そう、有原さん愛用の釣竿が！」

高梨さんの鋭い指摘に、私はドキリとした。確かに有原健介の釣竿は、鯨岩のすぐ傍の岩場に転がっていた。当然その釣竿には釣り針が備わっていたはず。ならば、その釣竿を狭い穴の中に差し入れて、底に転がったバッグを引き上げることは、実に簡単なことではないか。むしろ、これに勝る道具はないといっても過言ではない。――ひょっとすると、これはヨリ子さんのいままで積み上げてきた推理を、根底から覆《くつがえ》すものではないのか？

そう思って女将を見やると、意外や意外、彼女は「あら、良い目の付け所ですわね」と、むしろ嬉しそうな表情。そして即座に「ですが――」と続けた。「その疑問に対する答えは、先ほど高梨さん自身が口にされたではありませんか」

「え、そうかしら!?　私はナスの糠漬けとカニぐらいしか口にしていませんが……」

「いえ、そうではなくて、先ほど口にされました潮の満ち引きの話ですわ」

「ああ、そっちですか」

「ええ、そっちですわ」

微笑みながら、女将は説明した。「有原さんが鯨岩の上で転倒した際、肩に提げていたバッグは弾みで穴の中へと落下。その一方で彼の手にしていた釣竿は、岩の上から海へと転がり落ちてしまったのでしょう。そのまま釣竿は海の中をひと晩ほど漂った。だから、早朝に死体を発見した鶴巻圭太は、現場周辺で釣竿を見つけることができなかった。しかし、それからまた数時間が経過。海は満潮を過ぎて、潮が引きはじめる。そのとき海岸の岩場に釣竿が引っ掛かって取り残されたのでしょう。それを偶然、後からやってきた三田園さんと南さんが発見。直後に鯨岩の上で有原さんの変死体を見つけた。――とまあ、そういった流れだったのではないでしょうか。確かに高梨さんのおっしゃるとおり、もしも手の届くところに釣竿があったなら、鶴巻圭太は当然それを使ったはず。死体から片脚を切り取るなんてグロい真似は、しなくて済んだことでしょうね」

　こうして最後に残った疑問も、すっかり解かれた。鶴巻圭太は今後、おそらく罪に問われることになるだろう。死体損壊の罪だ。見逃すわけにはいかない犯罪だが、とはいえ殺人罪に比べれば、そう大したものではない。となれば――

　あとはもう煮えに煮えて、いささか煮詰まり気味になっているカニ鍋の残りを頂くまでだ。私と高梨さんはカニスプーンを手に取ると、あらためて目の前の鍋と対峙《たいじ》した。カニの身をほじくっては食べ、食べては身をほじくり、ほじくってはまた食べる。その工程を延々と、そして黙々と繰り返す二人。こうして再び「一服亭」に深い静寂が舞い降りた。

「……」

「………」

「…………ぐう」

――おやッ、何だ、いまの声は⁉　誰か、腹の虫でも鳴ったのか⁉

不思議に思って顔を上げると、カウンターの向こうにいたはずの女将の姿が、いつの間にか見当たらない。驚きながら中腰になって見回したところ、なんと女将はカウンター内の片隅に置かれた椅子に腰を下ろし、あろうことかコックリコックリと舟を漕いでいる。

「見てください。居眠りしちゃってますよ、ヨリ子さん。客のこと、ほったらかして……」

呆れ返って女将を指差す私。だが高梨さんは慣れっこなのか、平然とした様子だ。

「きっと酔いが回ったんですね。ヨリ子さんは事件の謎を解いている間は、いくら飲んでもビクともしませんが、謎を解き終わった途端に酔いが全身に回る。そういうタイプらしいんですよね」

そういって彼女は、調理台の上に放置されたガラスのコップを指差す。そしてニヤリとした笑みを私へと向けた。「お気付きになりましたか、三田園さん？　ヨリ子さんが飲んでいたアレ、お水じゃなくてお酒なんですよ」

「え⁉　えぇーッ」

では、私がいままで聞かされてきた推理、あれは酔っ払いの推理だったのか！
だとするなら逆に凄いぞ、安楽ヨリ子！
その明晰《めいせき》な頭脳と特異なキャラクターに、私は驚嘆と賞賛の声をあげるのだった。

第四話

座っていたのは誰？

1

「――えッ、講談社《こうだんしゃ》ですって!?」

木の温《ぬく》もりを活《い》かした椅子《いす》やテーブルが並ぶ宿のロビーにて。男の口からその社名が飛び出した瞬間、私は思わず耳を疑った。その耳を自らの指先で軽くつねってみる。

痛い――ということは、これは夢ではない。目の前に座る、この黄緑色のシャツを着た若い男は、確かに講談社の人間なのだろう。いうまでもなく、講談社といえば出版業界の最大手。雑誌『メフィスト』と『講談社ノベルス』、何より新本格ムーブメントの震源地としてミステリ史に名を残す、あの一流出版社である。私は興奮を隠すことができなかった。

「凄《すご》いじゃないですか。うわぁ、実在するんですねえ、講談社の人って！」

「ええ、実在しますとも」黄緑色のシャツの男は軽く頷《うなず》き、それから薄らと笑みを浮かべて左右に首を振った。「でも、そんなに凄いですか？　普通ですよ、普通」

「いやいや、ご謙遜《けんそん》を！」私は叫ぶようにいった。いずれにせよ業界最大手に属しながら、けっして偉ぶることのない態度は、実に好感が持てる。あるいは尊敬に値するといってもいいだろう。私は受け取った名刺と彼の顔とを交互に見やりつつ、あらためてそこに記された名前を読み上げた。「キミジマ……君島《きみじま》翔《しょう》太《た》さん……」

「あ、違います。よく間違われるんですがね、『君島』ではなくて『君鳥《きみどり》』なんです」

「君鳥さんですか。なるほど。それで敢《あ》えて黄緑色のシャツを着ているんですね」

「いえ、関係ありません。このシャツは着心地サイコーだから着ているだけです」

「あ、そーなんですか……」

色に対するこだわりはゼロらしい。だが、単に着心地だけで黄緑色のシャツをチョイスするという独特のセンス、その強烈な個性には才気と狂気の両方を感じざるを得ない。凡庸《ぼんよう》な個性しか持ち合わせない私などは、この色のシャツを着てしっくりくる人物といえば昭和の大女優、シャツ黄緑――いや、五月《さつき》みどりだけであろうと、いまのいままで固く信じ込んでいたのだ。自分の不明を恥じるしかない。目の前の君鳥翔太は、自分の名字と同じ色のシャツを、五月みどり以上に素晴《すば》らしく着こなしている。少なくとも私の目にはそう映る。

が、それはともかく――相手が大手出版社の人間であると判《わか》ったいま、この好機を逃すべきではない。私は自分の名刺を取り出して、遅ればせながら彼の前に差し出した。

「実は私、恥ずかしながら売れない小説家をやっておりまして……東原《ひがしはら》と申します」

「ん、東原さん!?」彼は受け取った名刺を凝視しながら、「え、小説家の!?」

「ええッ、ご存じなんですか」――私が強い感激を覚えた次の瞬間、

「いえ、ご存じではないです」――私の感激は一瞬で迷子になった。

激しく脱力する私の前で、彼は再び名刺に視線を向けながら、

「へえ、東原実篤《さねあつ》さん……これってペンネームですか。なんか武者小路《むしゃのこうじ》っぽいですねー」

武者小路っぽくはない。今度は私が彼の勘違いを訂正する番だった。

「あ、違います。よく間違われるんですがね、『実篤』じゃなくて『篤実《あつみ》』なんです。東原篤実と申します。——え、『実篤』のほうが文豪っぽい？　でも、これは本名ですから」

こうして名乗り終えた私は、あらためて君鳥に対して感激の思いを伝えた。

「とにかく、お会いできて光栄です。しかも、こんなところで……」

そういって私はロビーのガラス窓へと視線をやる。彼も同じ窓に顔を向けながら、

「まあ、確かに奇遇というべきかもしれませんね、『こんなところ』で出会うなんて……」

透明なガラスの向こうは夜の闇。僅《わず》かな照明に照らし出されているのは、一面の雪に覆《おお》われた庭園。その向こうには屋根に雪を載《の》せた離れが見える。私と君鳥が口を揃《そろ》えて『こんなところ』と呼ぶ現在地は、何を隠そう、雪に閉ざされた山荘なのだった。

山荘の正式名称は『奥山山荘《おくやまさんそう》』というらしい。箱根《はこね》の温泉街からポツンと離れた山奥に、ひっそりと建つ隠れ家的な宿である。私こと東原篤実が、この山荘に客として宿泊することになったのは、まったくの偶然。正確にはアクシデントによるものだった。

そもそも事の発端《ほったん》は、『あー、自分も雪の山荘を舞台にした本格ミステリを書きたいなー。ていってもアイデアとか、べつにないけどー』という、いかにも売れない作家らしい漠然とした呟《つぶや》きだった。アイデアのない私は、とりあえず舞台設定から考えはじめた。

雪の山荘なら箱根がピッタリだ。あそこなら雪も降るし、温泉もある。それっぽい山荘だって捜せばあるに違いない。そのように考えた私が、さっそく愛車を走らせて現地に乗り込んだのが、今日の昼間のこと。その時点で箱根の山間部は、すでに白いものがチラホラ舞いはじめる雪模様。だが、『雪の山荘モノを書くための取材旅行としては、むしろ好都合……』と前向きに解釈した私は、『まあ、それほど降らないだろう。所詮《しょせん》は箱根だし……』と高を括《くく》って、車をさらなる山奥へと走らせた。

そんな私の前に忽然《こつぜん》と姿を現したのが、『奥山山荘』だった。そのいかにも山荘っぽい無骨な建物。森の中にひっそりと建つ佇《たたず》まい。そして、どこか間抜けな字面のネーミング。一見して私は『ここだ、ここしかない！』と揺るぎない確信を抱いた。『まさに殺人事件の舞台となるために建てられたような宿じゃないか！』

宿の主人が聞いたなら、あまりいい顔はしなかったかもしれない。が、それはともかく、絶好の舞台を見つけて歓喜する私は、さっそく車を降りる。そして山荘の外観や周囲の風景を見て回った。本当なら実際に宿泊して、中の様子をこの目で確かめたいところだが、残念ながらそこには悲しい現実が横たわる。のんびりと一泊して温泉に浸《つ》かるなどといった余裕は、いまの私にはないのだ。正確にいうと、時間的な余裕は百時間ほどもあるが、金銭面での余裕が百円ほどもないのだ。

仕方がないので、あちこち自分の足で歩き回っては、小説の場面に使えそうな風景を、ひとつひとつ写真に収めていく。だが、どうやら私は少し夢中になりすぎたらしい。いざ車に戻って帰宅の途に就こうとするころ、降り続けていた雪が突然その強さを増した。たちまち、あたりは猛吹雪《もうふぶき》だ。まるで視界が利かず、とても車を出せる状況ではない。運転席に座る私は、ただ呆然《ぼうぜん》と成り行きを見守るばかり。そうするうちにも事態は刻々と悪化の一途をたどり、冬枯れの山の風景は白一色へと塗り替えられていく。瞬《また》く間《ま》に、周囲はすっかり銀世界だ。

　身動きの取れなくなった私は、車での下山を諦《あきら》めるしかなかった。かといって、徒歩での下山はなおさら無理。残された策といえば、いまこの瞬間に文字どおり《雪に閉ざされた山荘》と化したこの素敵な宿に、一夜限りの寝床を請《こ》うことしかない。確かに『金銭面での余裕が百円ほどもない』のは事実だが、車中での凍死のリスクと引き換えならば、宿代ぐらいは安いもの。こうして私は迷うことなく山荘の門をくぐったのだった。

「――というわけで、宿の主人と女将《おかみ》さんに『布団《ふとん》部屋でもいいから泊めてください』って頭を下げて、それで辛《かろ》うじて一夜の宿を得たというわけなんですよ。でも、お陰《かげ》で講談社の編集者さんとお会いできたんだから、まさに災《わざわ》い転じて――ってやつです」

　心底そう思う私は、ロビーのソファに腰を下ろす二人の美女を手で示しながら尋《たず》ねた。

「ちなみに、こちらのお二人は同じ会社のお仲間とか？」

「違います、違います！」

「んなわけないでしょ！」

　タイプの異なる二人の女性は異口同音《いくどうおん》にいって、首を激しく左右に振った。だが、なぜそこまで強硬に否定する必要があるのか。微《かす》かな疑問を覚えて首を傾《かし》げる私に、君鳥が説明した。

まずはベージュのスカートに茶色いセーターというフェミニンな装いの女性を指差しながら、

「こちらは高梨《たかなし》真由《まゆ》さん。北鎌倉《きたかまくら》にある『ナポリ庵《あん》』というレストランで働く女性です。――で、こちらが山吹《やまぶき》薫《かおる》さん」

そういって君鳥は黒いパンツルックの女性へと指を向けた。「えーっと、彼女は何を隠そう、神奈川《かながわ》県けぇー……」

「県の職員よ」山吹さんと紹介された女性が、君鳥の言葉を遮《さえぎ》るように口を開く。クールな眼《まな》差《ざ》しが彼へと向けられると、君鳥は石のように口を噤《つぐ》んだ。それから彼女は一転して穏《おだ》やかな笑みを、こちらへと向けた。「私、神奈川県の地方公務員なの」

どうやら役場にお勤めの人らしい。つまり、女性二人は講談社の人間ではなく、出版関係の仕事でもないということだ。となると、また新たな疑問が私の中に湧《わ》き上《あ》がった。

「てことは、三人はどういったご関係なんですか」

「えーっと、正確には三人じゃなくて四人なんですー」そう答えたのは高梨さんだ。「本当は、もうひとり三田園《みたぞの》晃《あきら》さんっていう某企業の営業課長さんが参加する予定だったんです。ところが急な用事でこられなくなったそうでして……今回の旅行を計画したのも、この宿を予約してくれたのも、その三田園さんだったんですけどねー」

「そうですか。しかし職業も性別もバラバラな、その四人がなぜ……？」

私の素朴《そぼく》な問い掛けに、高梨さんもまた素朴な笑顔で答えた。

「私たちが知り合ったキッカケですかぁ。——実は私たち、猟奇殺人仲間なんですー」

「ずごーッ！」昭和の喜劇役者のような声をあげながら、私は自分の椅子から滑《すべ》り落《お》ちた。気付けばドスンと大きな音をたてながら、床の上で尻餅《しりもち》だ。「ちょっと、『猟奇殺人仲間』って何ですか、それ!? あ、そういうミステリ小説が好きなマニア同士ってこと!?」

椅子に座りなおして私は目をパチクリ。だが隣に座る君鳥は首を左右に振りながら、

「違いますよ、東原さん。小説ではありません。実際に起こった猟奇殺人です。ちなみに僕が遭遇《そうぐう》した事件は、『美人画家バラバラ殺人事件』で……」

「私が巻き込まれたのが、『レストラン首なし殺人事件』で……」

「三田園課長が遭遇したのが、『会社員片脚切断変死事件』ってわけね」

欠席した三田園晃さんに成り代わって、山吹さんが説明する。——あれ!? じゃあ山吹さんと猟奇殺人との関係は、いったいどういうものなんだ!?

よく判らない部分はあるものの、とりあえず私は「そうなんですかぁ」と唸《うな》った。

それらの事件ならば、私も職業柄よく知っている。神奈川県内を舞台にして起こった三件の猟奇殺人だ。いや、違う。三つの事件の中には、殺人とは呼べないものもあったと聞く。ならば『三件の猟奇殺人』という呼び方は不正確か。だが少なくとも事件発生当初は、それぞれ猟奇殺人としてメディアを賑《にぎ》わせた事件だったことは事実だ。したがって、高梨さんのいう『猟奇殺人仲間』という表現も、あながち間違いとはいえない。——にしても、あの三つの事件の関係者に、揃って箱根旅行へ出掛けるような深い絆《きずな》があろうとは！

信じられない思いの私は、率直に尋ねてみた。

「なぜ猟奇的事件の関係者に、そんな横の繋《つな》がりが生まれたんです？　そういうサークルか何かあるんですか。『猟奇殺人被害者の会』みたいな……？」

だが、そのとき宿の玄関扉が音を立てて開かれ、私の質問はうやむやになった。

現れたのはタートルネックの黒いセーターに濃紺のジーンズを穿《は》いた男性だ。年のころなら五十代か。小柄《こがら》で痩《や》せた身体《からだ》に短い手脚。髪の薄くなった頭部には、僅かながら白い雪が載っている。男性はセーターに付着した雪を手で払いながら、

「やれやれ、まったく凄い雪だな。ちょっと外を歩いただけで、この有様《ありさま》だ」

誰にともなくそういって、私たちのほうを一瞥《いちべつ》。黄緑色のシャツを着た編集者に対しては冷ややかな視線を浴びせる一方、女性陣に対しては好意的な——というより、かなり好色そうな——視線を浴びせる。だが高梨さんと山吹さんは、男性の視線を意図的に無視。ひとり君鳥だけが、にこやかな作り笑いを中年男性へと向けた。

「おや、まだ雪は止《や》みませんか。いったい、いつまで降るんでしょうね」

「さあね。知らんよ。明日の朝まで降り続けるんじゃないのか」

君鳥翔太との会話にはいっさい興味がないらしい。中年男性は素《そ》っ気《け》ない口調で応《こた》えると、ずんずんと廊下を奥へと進んでいった。「おい、女将、これから露天風呂《ろてんぶろ》に入る。晩飯は部屋で食べるから、きっちり一時間後に離れに用意してくれ。——いいな？」

女将に対して一方的に命じる声が、廊下越しにここまで聞こえてくる。私は苦笑いを浮かべ

ながら、他の三人に尋ねた。「随分と横柄な客みたいですね。何者ですか？」

「さあね。知らんよ」と君鳥が先ほどの男性の口調をそっくり真似《まね》していった。「どうやら、離れに泊まっている常連客らしいですよ。宿の人は『近藤《こんどう》さん』と呼んでいました」

「私たち以外の宿泊客は、あの方だけみたいですよ。――ねえ、山吹さん？」

「そうみたいね。――にしても、あの人、私たちのこと、なんだか嫌らしい目で見ていたわ。ひょっとして高梨さんのこと、狙《ねら》ってるのかもよ」

「まさかー、だったら、きっと山吹さん狙いですよー」

「そうかしら。まあ、私にちょっかい出すようなら、そのときは腕をヘシ折ってやるけど」

と山吹さんは綺麗《きれい》な顔に似合わず、随分と物騒《ぶっそう》なことをいう。――この人って、ホントに単なる公務員なのかしらん？

私の胸には、またまた新たな疑念が浮上するのだった。

こうして三名の猟奇殺人関係者たちと、私こと東原篤実は、奇妙な出会いを果たした。

四人は宿の食堂に場所を移すと、同じテーブルで夕餉《ゆうげ》を味わい、その後は君鳥翔太の部屋である『桔梗《ききょう》の間』へと場所を移して賑やかに酒を酌《く》み交《か》わした。すっかり打ち解けた私たちの酒宴は大いに盛り上がった。そして時計の針が深夜零時を示すころ、ようやく宴会はお開きとなり、私たちは各々の部屋へと戻っていった。

『奥山山荘』の客室は、すべて二階にある。高梨真由さんと山吹薫さんの部屋は『椿木《つばき》の間』

だという。そんな二人は私に対して不思議そうに質問してきた。

「ところで、東原さんは……？」「どの部屋なんですかー……？」

「え、私⁉　もちろん布団部屋ですよ。さっき、そういいませんでしたっけ⁉」

「あ、ああ、そーなんですね……」「そ、それじゃあ、おやすみなさーい……」

戸惑いの色を露《あらわ》にしながら、女性陣二人は揃って自室へと向かう。だが何やら言い忘れたことがあったらしい。二人は廊下の途中で揃って踵《きびす》を返すと、再び私のもとへと舞い戻る。そして私の両側から囁《ささや》くような口調で忠告した。

「あの、東原さん……君島さんからもらった名刺ですけどー」

「そう、その名刺……後でジックリと見たほうがいいわよ！」

「はあ⁉」訳が判らない私は、当然キョトンだ。そんな私を廊下に置き去りにして、二人は逃げるように『椿木の間』へと姿を消した。「何なんだ、いったい……⁉」

首を傾げながらも、気になった私は問題の名刺をその場で確認。そして次の瞬間、

「チックショー、『講談社』じゃなくて『放談社《ほうだんしゃ》』じゃんか！」

叫ぶと同時に、もらった名刺を駄菓子屋で買ったメンコのごとく、廊下にペシッと叩《たた》きつける。『放談社』といえば『講談社』と名前がよく似ているだけで、実態は似ても似つかない三流出版社である。――どうりであの男、変な色の服、着てると思った！

怒り心頭の私は、廊下にへばりついた名刺をそのままに、ひとり布団部屋へと戻った。

それは二階の廊下を真《ま》っ直《す》ぐいった突き当たり。建物のいちばん端《はし》の部屋である。広さは四

畳半程度。その半分ほどの空間を畳まれた布団やシーツの類が占拠している。

そんな布団部屋には、換気のためだろうか、小さいながらも窓というものがある。アルコールで火照《ほて》った顔を冷まそうと、私はその小さな窓を開けてみた。

二階の端から見下ろす景色は、もちろん一面の銀世界。目の前に見える離れの三角屋根にも、雪が分厚く積もっている。例の横柄な中年男性、近藤氏はすでに寝てしまったのだろうか、離れの窓に明かりはいっさい見えなかった。

「ま、どうだっていいか」そう呟いて窓を閉めようとする寸前――「おや!?」

私は思わず手を止めて、眉根《まゆね》を寄せた。いま初めて気付いたのだが、山小屋風の離れにはウッドデッキがあるらしい。そこに小さなテーブルと二脚の椅子が配置されている。その様子はこの布団部屋の窓からだと、よく見渡せるのだ。

その椅子のひとつに誰かが座っているように見えた。二階の窓から見下ろす恰好《かっこう》なので、角度的にその人物の顔を窺《うかが》うことはできない。離れのウッドデッキにいるのだから、やはり、あの中年男性と考えるべきだろうか。だが、そもそも雪明りだけが頼りという状況の中では、それが何者であれ、正体を見極めることは不可能だった。

「しっかし、こんな雪の中で、何してるんだ……？」

事情が判らない私の目に、その人物は椅子に座りながら何か考え事でもしているかのように映った。だが、このような雪の舞う屋外で頭を捻《ひね》ったところで、頭に浮かぶのは《火の灯《とも》る暖《だん》炉《ろ》》や《温かな食事》ばかりだろう。あの人物がマッチ売りの少女ならば、きっとそうだ。もっとも私の見る限り、椅子に座る謎《なぞ》の人物は少なくとも少女とは思えない。

「……にしても、あのままだと凍死しちゃうんじゃないのか、あの人？」

最悪の想像を呟く私。だが、その直後には「ま、そんなわけないか……」と楽観的な言葉を口にして、それ以上の思考を放棄する。深く考え込むには、私は酔いすぎていたのだ。と、そのとき私の口から「へーっくしょん！」と、やはり昭和の喜劇俳優を思わせるような大きなくしゃみ。慌てて窓を閉めた私は、いま見た奇妙な光景を頭の隅《すみ》っこへと追いやる。そして目の前に積まれた布団の山に向かって、思いっきり頭からダイビング！

摂取しすぎたアルコールの力も手伝ってか、睡魔はたちまち訪れた。そのまま私は深い眠りの淵《ふち》へと、真《ま》っ逆《さか》さまに落ちていったのだった。

2

翌朝は昨夜の深酒の影響もあってか、けっして気分爽快《そうかい》とはいえない目覚め。だが天候のほうは確かに回復したらしい。布団部屋の小窓から外を覗《のぞ》くと、雪はすっかり止んでいて、雲の切れ間から陽射《ひざ》しも覗いている。雪の降り積もった庭には、ちょうど宿の主人が姿を現したところだ。大きなスコップを手にしているところを見ると、どうやら彼はこれから雪掻《ゆきか》きでひと汗流すつもりらしい。「ご苦労なことだなぁ……」

呟きながら私は、離れのウッドデッキへと視線を向けた。すると、そこにはカチンコチンに凍《こお》りついた哀《あわ》れな男の変死体――などという悲惨な光景は、もちろんなくて、ただ一個のテーブルと二脚の椅子が置かれているばかり。昨夜、そこに座っていたはずの人物は、もう影も形も見当たらなくなっていた。

「まあ、ひと晩、あんなところに座り続けているわけもないか……」

そんな真似したら、それこそ凍死すること確実である。少しホッとして小窓を閉めると、外出の支度《したく》を整えて、私は布団部屋を出た。ぼんやりとした頭をシャキッとさせるため、雪の庭を散歩してみようと考えたのだ。

靴を履《は》いて宿の玄関を出る。一歩踏み出すごとに、ふくらはぎまでズッポリ埋まるほどの積雪だ。『奥山山荘』は、いまや正真正銘の《雪に閉ざされた山荘》と化していた。天然のクローズドサークルだ。そう思った瞬間、私はいまさらながら思い出した。自分がこの箱根の山奥を訪れた、当初の目的を。――そうそう、そうだった！

ウッカリ忘れるところだったが、私は『雪の山荘』を舞台にしたミステリを構想するために、この地を訪れたのだ。あの黄緑色のシャツ男が、講談社の敏腕編集者だろうが、放談社のグータラ社員だろうが、そんなことはいっさい関係ないのだ。「そうだ。ある意味、これは願ってもない天の配剤。傑作誕生の予感をビンビン感じる。――は、ははッ、わーッははッはッ」

「おはようございまーす、東原さん」

「わあッ」雪の上で確実に二十センチ以上ジャンプして、私は後ろを振り向いた。

茶色いセーターに白いダウンコートを羽織《はお》った若い女性が、にこやかな笑顔で佇んでいる。

高梨真由さんだ。私は妙な高笑いを聞かれてしまった気恥ずかしさに顔面を朱に染めながら、精一杯平静を装った。「や、やあ、高梨さん、おはようございます。はは、寒いですねえ。でも天候が回復したのは何よりです」

「本当にそうですねー。昨日の大雪が嘘《うそ》みたい。——で、東原さん、いったい何を大笑いしてらっしゃったんですか。まるで漫画に出てくる悪党の高笑いのようでしたけど？」

「………」うーん、この娘、ちっとも聞き流してくれないなぁ！

小さく溜《た》め息《いき》を漏《も》らす私は、咄嗟《とっさ》に周囲をキョロキョロ。そのとき目に留まったのが、例の離れだった。それは山小屋をイメージしたような木造の平屋建て。建物の周囲は、目隠し代わりに灌木《かんぼく》がぐるりと取り囲んでいる。私はその建物のほうへと歩み寄りながら、

「ああ、そうそう、悪党といえば、昨日会ったあの悪党面の中年男性——近藤氏でしたっけ。彼って、この離れに泊まってるんですよね？」

と、かなり無理やりに話を逸《そ》らす。『悪党面』とは、こちらの勝手な印象に過ぎない。

だが、この作戦は図に当たったようで、高梨さんは興味ありげな視線を離れへと向けた。

「いったい、どんなお部屋なんでしょうねえ、この離れの中って……？」

そういいながら彼女は灌木に沿って建物の背後へと足を向ける。そちら側には例のウッドデッキが広がっているはずだ。私は彼女の背中を追うように歩く。すると次の瞬間、「あッ」と小さく声をあげて高梨さんが身をかがめた。

私も彼女同様、頭を低くして灌木の陰に身を隠しながら、「ど、どうしました？」

「窓の傍《そば》にいるみたいです。あの中年男性……」

「ん、そう!?」わざわざ危険を冒す必要はないのだが、これが恐いもの見たさというものか。私は恐る恐る背筋を伸ばして、灌木の向こう側に視線を向けた。「ふむふむ……」

ウッドデッキに向いた大きなサッシ窓。その透明なガラス越しに、話題の近藤氏の姿が確かに見えた。背もたれのある大きなソファに背中を預けて、両脚を投げ出した恰好。両手は腹の前で重ねられている。黒いセーター姿は昨夜と同じだ。テレビでも眺《なが》めているのだろうか、その顔は真っ直ぐ前方に向けられている。お陰で、私たちの存在には、まったく気付いていないらしい。

しかし万が一にも、このような無作法を見咎《みとが》められたりしたなら、あの悪党――いや、悪党と決め付ける根拠は正直、顔と態度だけなのだが――とにかく彼の怒りを買うことは必至だ。

「もう、いきましょう、高梨さん。見つかったら事ですよ」

「そうですね。戻って朝食にしましょう」

こうして私たち二人は何食わぬ顔で離れの前を立ち去ったのだった。


それから私と高梨真由さんは宿の母屋《おもや》に戻り、その足で真っ直ぐ食堂へと向かった。そこにはすでに山吹薫さんの姿があった。私と高梨さんは彼女のテーブルに歩み寄り、当然のように同席する。それから小一時間ほどかけて、私たち三人は一緒に朝食をとり、食後の珈琲《コーヒー》を楽しんだ。雑談の中で、私はこの『奥山山荘』で働く人々のことを話題にした。

「見たところ、この宿って、たった三人で切り盛りしているみたいですね」

「ええ、そうよ」と頷いたのは、山吹さんだ。「ご主人が奥山剛《おくやまつよし》さん、女将さんが奥山静江《しずえ》さん。ご夫婦で始めた宿らしいわ。いまは二人の他に料理人の方がひとり——」

そういいながら、山吹さんは厨房《ちゅうぼう》のほうにチラリと視線を送る。厨房の入口越しにエプロン姿の女将さんが見える。その傍には白い調理服を着た若い男性の姿も垣間見《かいまみ》えている。先ほどから私たちのテーブルに朝食を運んだり、珈琲を注いで回ったりと、かいがいしく世話を焼いてくれているのが、彼だ。私はふと気になって山吹さんに尋ねた。

「あの若い料理人は、奥山夫妻の息子さんか何かですかね？」

「違うらしいわよ。親戚《しんせき》とかでもなくて、ただ普通に雇われて働いているみたい。名前は村上《むらかみ》拓也《たくや》さん。料理の腕前には定評があるんですって」

「へえ、そうなんですか。——にしても、なぜ山吹さんは『奥山山荘』のことについて、そんなに詳しいんですか。ひょっとして、この宿の常連さんですか」

「いいえ。全部、三田園さんから聞いた話よ。私は今回、初めて利用したんだから」

「なるほど」

では、その三田園さんが、この宿の常連客なのだろう。しかし某企業で課長を務めているとかいう彼は、こんな辺鄙《へんぴ》な場所にある隠れ宿と、どうして馴染《なじ》みになったのだろうか。私と同様、悪天候に見舞われたところを救われでもしたのだろうか。なんとなく気になったが、その点を深く詮索《せんさく》することは叶《かな》わなかった。食堂に新たな客が訪れたからだ。

それは朝採れレタスを思わせる変な色のシャツを着た彼だった。君鳥翔太はセルフサービスの珈琲を自らカップに注ぐと、私たちのテーブルへとやってくる。そして私の正面の席に腰を下しながら、「やあ、東原さん、捜していたんですよ」

「ん!?　どうかしましたか」

「いや、なに、落し物ですよ。——ほら、これ」

といって彼がシャツの胸ポケットから取り出したのは、くたびれた名刺だ。それを私へと差し出しながら、「今朝、廊下に落ちていました。たまたま僕が拾ったんです」

「そ、そーですか」だが、正確には『今朝』ではない。それは昨夜からずっと廊下に放置されていたのだ。私は両手を前に突き出しながら、「いえ、結構です。必要ありませんから」

「え!?」と一瞬、目を丸くした放談社の男は、その直後には「ああ、そうですか……」とすべてを理解した様子で頷いた。「じゃあ、この名刺は返してもらいますね」

拾った名刺を再び自分の名刺入れに仕舞《しま》いなおして、君鳥は何食わぬ顔だ。

——ほら、そういうとこだぞ、放談社って！　やることが、しみったれてるんだよ！

やれやれ、というように首を左右に振る私。山吹さんと高梨さんは揃って苦笑いだ。その一方で平然と朝の珈琲を口に運ぶ君鳥翔太。すると、そのとき——

ジリリリリ！

突然、建物中に鳴り響く警報音。驚きのあまり高梨さんは「きゃッ」と悲鳴をあげ、山吹さんは「むッ」と眉をひそめる。君鳥は口に含んでいた珈琲を「ぶぅーッ」と盛大に噴《ふ》き、私は広げたナプキンで完璧《かんぺき》にそれをブロックした。「セーフ！　しかし、いったい何でしょうね？　火災報知器みたいですけど……」

　呟く傍から、にわかに宿の中が慌《あわただ》しくなった。厨房にいた女将さんと料理人が、揃って食堂に飛び出してくる。女将である奥山静江は、「おおお、落ち着いてくださいませ、お客様ッ。ししし、心配には及びませんのでッ」と誰よりも落ち着きのない様子で、私たち宿泊客を心配の淵へと誘った。「――ねね、ねえ、村上さん、だだ、大丈夫よねッ？」

「女将さん、落ち着いて！」と村上拓也は私たちの思いを自ら代弁。そして緊張感のある声で続けた。「ええ、厨房は何も問題ありません。でも、どこか別の場所で火の手が上がっているのかも……」

　そのとき廊下をドタドタと駆けてくる足音が響く。その直後、食堂に姿を現したのはゴマ塩頭の中年男性。この宿の主人、奥山剛だ。彼は宿泊客の姿を目にするなり、「おおお、お騒がせして申し訳ありませんッ。たたた、たぶん問題ありませんのでッ」と女将に酷似したリアクションでもって、私たち全員をさらに不安にさせた。

　――おいおい、本当に大丈夫なのか、この宿！

「大将も落ち着いてくださいよ！　それより客室の様子は、どうでしたか」

　唯一冷静さを保つ村上が、ゴマ塩頭の主人に確認する。奥山剛はぶるぶると首を左右に振って答えた。「いや、私は庭にいたんだ。てっきり火元は食堂かと思ったんだが……村上君、脂の乗ったサンマとか焼かなかったか？」

「焼いてませんよ。ていうかサンマ焼いたって、火災報知器は鳴りませんから！」

「じじじ、じゃあ、どどど、どこで火の手が上がってるっていうのよ？」

激しく声を震わせるのは奥山静江だ。――いい加減、落ち着きなよ、女将さん！

心の中でそう呟いて、私は首を傾げた。「他に火元となる場所といえば……」

そのとき突然、君鳥の口から「わあーッ！」と素《す》っ頓狂《とんきょう》な声。食堂に居合わせた者たちが、いっせいに注目する中、彼は窓の外を真っ直ぐ指差して叫んだ。

「見てくださいよ、ほら！　離れから煙が……」

3

それから数十秒が経過したころ。さっきまで食堂にいた全員が、いっせいに宿の玄関から飛び出して、問題の離れへと駆けつけた。もちろん私こと東原篤実もその中のひとりだ。

山小屋風の離れは密閉度が低いのだろう。木製の壁の隙間《すきま》などから、白い煙がスーッと立ち昇っているのが、ハッキリと見て取れる。確かに火元はここのようだ。

離れの玄関前は、ちょっとしたパニック状態となった。奥山剛と静江の夫妻が「近藤様！」「お客様！」と呼び掛けながら、木製の玄関扉を拳《こぶし》でドンドンと叩く。だが中から返事はない。

料理人の村上拓也は、どこからか持ち出したらしい消火器を手にしながら、

「近藤様は中で身動きが取れなくなっているのかも……」

と悪い想像を口にする。確かにこの大騒ぎの中で、近藤氏がどこにも姿を見せないということは、彼はまだ自室にいる公算が高い。と思った、そのとき――

「ご主人、構わないから、その扉、開けてください！」

凛《りん》とした声で指示を飛ばしたのは、なぜか山吹薫さんだった。

「え、ええ……」彼女の言葉に後押しされるように、奥山剛は扉のノブに手を掛けた。「近藤さん、緊急事態ですので中に入らせていただきますよ。――では、失礼！」

形ばかり断りを入れてから、主人がドアノブを回す。扉はいっさい中から施錠《せじょう》されていなかったらしい。ノブはくるりと回り、扉は難なく開いた。たちまちモウモウとした白煙が、開かれた扉から外へとあふれ出す。その直後、室内へと勇躍、飛び込んでいったのは、なんと山吹さんだ。それを見た奥山剛は「村上君、それを貸しなさい！」といって村上の持つ消火器を奪い取ると、彼女の後に続いた。直後に村上も白煙の中に身を投じる。咄嗟に私は君鳥翔太のほうを見やったが、彼は目の前の白煙に恐れをなしたのか、玄関先で傍観の構えだ。

そのとき私はふと気付いた。白煙の向こうから、なぜか雨音にも似たザーザーという音が響いてくることに。「――ん、何だろ、この水音みたいなの？」

首を傾げる私の横で、奥山静江が耳を澄ませながら口を開いた。

「きっとスプリンクラーが作動したのでしょう」

「ああ、そっか」と私は納得した。いくら小規模とはいえ、仮にも『奥山山荘』は立派な宿泊施設なのだ。「客室にスプリンクラーぐらいあって当然ですよね」

「良かった。それなら火はすぐに消えますね」高梨さんがホッとした声をあげる。

「ああ、消えてもらわなきゃ困る」君島は開いた玄関扉の向こうを覗き込みながら、「やあ、だんだん煙が薄くなってきたぞ。きっと窓を開けたんだな。これなら大丈夫そうだ」

「本当に大丈夫ですかねえ」私は不安な声をあげた。「山吹さんは女性なのに、あんなに先頭切って中へ飛び込んでいきましたけど……」

「なーに、心配ないさ。だって彼女は……」

と君島が続けようとするのを、無理やり遮るかのように、そのとき扉の向こう側から、

「ぎゃあああぁぁぁ――ッ」

「わぁああああぁぁぁ――ッ」

と、この世の終わりを告げるかのごとき男性二名の悲鳴が響く。当然ながら奥山剛と村上拓也の声だろう。そのあまりの音量に、私と君島、高梨さんと女将の四人は扉の前で一瞬、雪像のように凍りつく。だがその直後には、我先にといわんばかりの勢いで四人とも室内へと飛び込んでいった。

玄関を入ってすぐのスペースには、トイレや風呂場《ふろば》、洗面所などが纏《まと》めて配置されている。短い廊下を抜けた先がリビングだった。フローリングの床の上にソファやローテーブル、テレビやライティング・デスクなどが配置されている。ベッドはない。おそらく隣の部屋が寝室なのだろう。つまり、この離れは『奥山山荘』で最も豪華なスイートルームというわけだ。

そのリビングが、いまは悲惨な状況を呈《てい》していた。大きなサッシ窓が全開にされたお陰で、

白煙はもう視界の妨げにならない程度に薄まってきている。その代わり、延々と続くスプリンクラーの放水によって、室内はどこも水浸しだ。おまけに消火器が使われたらしい。壁際のライティング・デスクを中心にして、白い消火剤が盛大に撒《ま》き散らされている。なおも続くスプリンクラーの放水が、その白い泡《あわ》を洗い流すと、露になったデスクの天板は黒こげだった。どうやら、ここが火元らしい。それで消火器がデスクを目掛けて噴射されたのだ。それにしてもなぜ木製の家具から火が出たのかと、私は訝《いぶか》しく思った。

そんな中、山吹さんは開け放たれた窓辺に佇み、室内を見渡している。村上はスプリンクラーの放水を避けるように、部屋の壁際に立ち尽くしている。そして奥山剛は消火器本体を左手で持ち、ホースの噴射口を右手で持つという体勢を維持したまま、窓辺に置かれたひとり掛けソファの傍で硬直していた。

「まあ、どうしたのよ、あなた！　それに村上さんも！」

リビングに飛び込んだ直後、真っ先に問い掛けたのは女将だ。

「そ、それ……」奥山剛が震える指で示したのは、ソファから少し離れた床の上だ。

そこにずぶ濡《ぬ》れの歪《いびつ》な球体があった。ギョロリとした目。団子のような鼻。そして、いまにも不平不満を口にしそうな唇《くちびる》。それは生首だった。フローリングの床の上に、男性の生首がゴロンと転がっているのだ。それを見るなり、私はギョッとなって言葉を失う。その一方、高梨さんが意外にも平然とした声でいった。

「あらあら、また首が切られているわ」

まるで『髪が切られているわ』というような、すこぶる低いテンション。そういえば彼女にとって、首を切られた変死体との遭遇は、これが二度目の体験なのだ。

しかし今回、切断されているのは首ばかりではなかった。泡の浮いた水浸しの床の上には、人体の様々なパーツが不規則に、そして無造作に転がっていた。

生首、脚、腕、足首から先、そして胴体……いったい何個のパーツに切断されているのか、一瞬見ただけでは判らない。だが、おそらくすべてのパーツを集めたならば、それはひとりの人間の姿になるのだろう。昨夜見たあの中年男性、近藤氏の姿に――

あまりのことに愕然《がくぜん》とする私。すると今度は君鳥がいった。

「ふぅん、またバラバラ死体か……」

まるで弁当の蓋《ふた》を開けて『なんだ、また玉子焼きか』と呟く男子学生のような言い草だ。彼にとってバラバラ死体との遭遇は、やはり二度目の体験なのだ。――にしても、ちょっと落ち着きすぎじゃないか、この人たち！　猟奇殺人ですよ、猟・奇・殺・人・！

驚きを通り越して、私はもはや呆《あき》れるばかりだ。そのとき私は、ふと気付いた。ひとり掛けのソファの背もたれの背後の床に、何やら黒っぽい物体が丸まって落ちている。それは黒いセーターだった。ずぶ濡れになったその服の形状や色あいには、見覚えがある気がした。そう思って見回すと、ソファの前方の床には濃紺のジーンズが脱ぎ捨てられてある。もちろん、これもいまは水浸しだ。ジーンズの傍には死体から切り取られた両の手が二つ揃って転がっていた。

「ん、待てよ」――ってことは、被害者がバラバラに解体されたのは、いったいいつ？

だが、そんな私の思考を遮るように、そのとき山吹さんの凜とした声が響いた。

「みなさん、何も手を触れないで！　このまま下がってください。これは殺人事件です！」

もちろん、そうだろう。これが殺人、しかも猟奇殺人であることは一目瞭然《いちもくりょうぜん》。むしろ判らないのは、山吹さんの突飛な振る舞いだ。先ほどは真っ先に火災現場に飛び込み、そしていまは殺人現場を自ら仕切ろうとする彼女。――いったい、この人は何者なのか？

そのことを不思議に思う人たちと、そうでもない人たち。二つのグループにハッキリ分かれる中、彼女はポケットから手帳を取り出すと、顔の高さに掲げて声を張った。

「神奈川県警の山吹です。みなさん、どうかおとなしく母屋に戻ってください。この離れは以後、立入禁止といたします。よろしいですね」

いきなり明かされた彼女の意外な正体に、私は唖然《あぜん》とするばかりだった。

4

山吹薫さん、いや、いまとなっては『山吹薫刑事』と呼ぶべきか。彼女は自らの携帯から一一〇番通報をおこなった。だが昨日来の大雪のため、箱根の道路は至るところで寸断されている。お陰で警察が『奥山山荘』にたどり着くのは、当分先のことになるらしい。結果、山吹刑事は死体の発見された離れに張り付いて、現場保存に注力することとなった。

一方、母屋に戻った私たち宿泊客は、自分の部屋にこもって警察の到着をジッと待つしかない。もちろん宿の主人や女将、料理人も似たり寄ったりの状況である。

こうして山荘に閉じ込められた者たちの間には、当然ながら強い緊張感が漂っていた。

誰も口に出してはいわないが、近藤道夫《みちお》氏——それが被害者のフルネームらしいのだが——彼を殺害した犯人は、おそらくこの山荘の中にいる。状況からいって、その可能性が高い。山荘の外部の人間が大雪の中をやってきて、近藤氏を殺害した挙句《あげく》、また大雪の中をいずこともなく立ち去っていった——などというシナリオは相当に無理がある。やはり犯人は、この宿の中でいまも大手を振って歩き回っているのだろう。自らも正体の見えない犯人の恐怖にビクビクと怯《おび》えている——そんなフリをしながら、である。

そんなふうに宿の人々が疑心暗鬼に陥《おちい》る中、妙に活《い》き活《い》きと活動を始めたのは、やはりというべきか、放談社の君鳥翔太だった。彼は私にあてがわれた極上の居室、布団部屋の扉を自らノックすると、こわごわと顔を覗かせた私に対して、いきなりこう捲《まく》し立《た》てた。

「やあ、東原さん、折り入ってあなたに頼みたいことがあるんですよ。僕と一緒に今回の事件を調べてみませんか。あなただってプロのミステリ作家なら、身近に起きた猟奇殺人に興味を惹《ひ》かれないはずがないでしょうからね」

「はぁ、確かに興味はありますが。——あ、でも、その前に！」

そういって、私は開いた扉から顔を突き出して廊下をキョロキョロ。偶然、通りかかった高梨真由さんの姿を見つけると、「ああ、高梨さん、ちょうど良かった、こっちこっち！」といって、彼女を布団部屋へと無理やり引っ張り込む。そして積まれた布団の上に彼女を座らせると、私は座布団に座り、あらためて君島を見やった。「で、何の話でしたっけ？」

「もちろん事件の話ですけど」憮然《ぶぜん》とした表情の君島は、私に抗議の視線を向けた。「東原さん、あなた、ひょっとして僕のこと、疑ってます？　僕と二人きりになるのが、そんなに嫌ですか。いきなり襲撃されて、バラバラに解体されちゃうとでも？」

「そんな、まさか、ぜーんぜん！」私は顔の前で大きく両手を振りながら、「私が君島さんのことを疑う？　そんなわけないじゃありませんか。もちろん信じていますよ」とキッパリ嘘をついた。——そりゃ放談社の人間なんて、誰よりも怪しいに決まってるだろ！

それが偽らざる本心だったが、単に怪しんでいるだけではない。もっと確かな理由から、私は彼のことを警戒せざるを得ないのだ。が、とりあえずは素知らぬフリを装って、話を元に戻した。「そうそう、事件について調べてみるって話でしたよね」

「そうです。警察は当分やってこない。山吹さんも現場保存に余念がない。ならば、ここは我々の出番でしょう。——きっといい記事になるぞ。うふッ、まさに特ダネだ！」

「ん、特ダネ!?　いい記事になるって!?」

首を傾げる私に対して、高梨さんが説明を加えた。「君島さんは三流出版社『放談社』が刊行する二流雑誌『週刊未来』の編集部に所属する超一流の記者さんなんですよ」

「ふッ、やめてくれよ、高梨さん。照れるじゃないか」

「…………」いったいどこに照れる要素があったのか。私にはサッパリ理解できなかったが、まあいい。事件について話し相手を求める思いは、私にもある。「それで何をどう調べるんです？

現場にはもう入らせてもらえませんよね」

「しかし、すでに我々は現場を見ています。とりあえず、そこで判ったことを確認していこうじゃありませんか」そういって彼は指を一本立てた。「まずひとつ。被害者の死体はバラバラに解体された上で、各パーツはリビングに撒き散らされていた。結局、死体はいくつのパーツに分割されていましたっけ？」

「ええっと……」私は指を折りながら慎重に数えた。「ピッタリ十分割ですね」

この答えに間違いはない。変死体発見の混乱の中にあっても、私は作家らしく現場の観察を怠らなかった。現場に転がった人体パーツは十個である。

まず常識的なバラバラ殺人の場合――まあ、バラバラ殺人はそれ自体が非常識なものに違いないのだけれど――とにかく、通常この手の猟奇殺人の場合、死体は六分割されることが多いようだ。すなわち頭部、胴体、左右の腕に左右の脚。これで六分割だ。しかし今回の事件では、左右の腕は手首の部分で、さらに二分割されている。左右の脚も同様に、足首の部分で二分割。すなわち数式で表すと［六分割＋二分割＋二分割＝十分割］というわけだ。実に念入りな解体っぷりというより他ない。すると、高梨さんが素朴な疑問を口にした。

「なぜ犯人は死体を十分割したんでしょうか。六分割ではいけなかったんでしょうか」

「確かにね。僕が以前に経験したバラバラ殺人では、死体は六分割されていた。普通はそんなもんだろう。そこを敢えて、時間と手間を掛けて十分割にするんだ。そこには何か、それなりの理由があるはず……」と経験者は語った。その言葉には妙な説得力がある。

だが、とりあえずいま、この疑問に具体的な回答を示せる者はいなかった。

君鳥は十分割された死体の話題を続けた。「十個のパーツはリビング全体に撒き散らされていた。行方不明のパーツはない。そのばら撒かれ方に法則性などは見られない。いったいなぜ、こんな滅茶苦茶《めちゃくちゃ》な真似をしたのやら。犯人の行動は判らないことばかりだな」

「ちなみに、これは先ほど私が山吹さんから聞いた話ですが」といって、高梨さんが私たちの知らない裏話を披露した。「山吹さんがリビングに飛び込んだとき、室内は煙が充満していて、ほとんど何も見えなかったそうです。だから床に転がっていた死体のパーツも、最初は目に留まらなかった。そこで山吹さんは窓辺に駆け寄りサッシ窓を開け放つと、それから徐々に視界が回復。その直後、消火器を持ち込んだ奥山剛さんが火元のデスクに向かって消火器を噴射したそうです。お陰で、また周囲の視界が悪くなって、それがようやく収まったころに突然、奥山剛さんと村上拓也さんが揃って悲鳴をあげたのだとか……」

その悲鳴を聞きつけて、私たちが室内へと駆け込んだわけだ。

「でも、高梨さん」私は素朴な疑問を口にした。「あなた、どうやって山吹刑事と話をしたんですか。彼女は離れを見張っているんでしょう？」

「ええ、でも話すのは簡単ですよ。山吹さんのスマホに、私から電話したんです」

「なんだ、そういうことですか。だったら山吹刑事に電話で聞けば、もっといろいろ教えてくれますかね。例えば死因とか、死亡推定時刻とか」

「確かに、死因は謎だな」君鳥が呟く。「僕の見たところ死体に目立つ外傷はなかった」

「えー、バラバラ死体ですよー。外傷だらけだったじゃないですかー」

「いや、高梨さん、そういう意味じゃなくって……」と君鳥は思わず苦笑いだ。

彼がいっているのは、例えば《額を割られている》とか《心臓を刺されている》などといった致命傷のことだろう。私の見る限りにおいても、そういった意味での目立つ傷は、各々のパーツに見られなかった気がする。「でもまさか、生きた人間をそのまま切断した、なんてことはないですよね」

「そりゃ無理でしょうね。たぶん犯人は首を絞めるなり何なりして、近藤氏を殺害。その後で死体を切断したはずです。首を切れば、絞殺の痕跡《こんせき》は判りづらくなりますからね」

ならば、ひょっとして犯人は絞殺であることを誤魔化《ごまか》すために、被害者の首を切ったのではないか。だが首を切るだけでは、かえってその部分が目立つ。だから犯人は、いっそ死体をバラバラにしてしまえ、と考えたのではないか。そんな想像が脳裏に浮かんだが、果たして、そんな方法で死因が誤魔化せるものなのか。私にはよく判らなかった。

なぜ犯人が死体を十分割したのか、相変わらず謎は謎のままだ。

「ところで」と私は話題を転じた。「死体の解体は、どこでおこなわれたんでしょうか。あのリビングが解体現場だとは思えません。確かにリビングには血が流れていたけれど、そこまで大量の血ではなかった気がします」

「ええ、リビングじゃありません」君鳥が即答した。「かといって寝室でもなかった。解体現場は、離れの風呂場です。そして解体に用いられたのはノコギリ。——え、なぜ知ってるかって？　離れから追い出される寸前に、ちょっと気になって覗いてみたんですよ、風呂場をね。リビングや寝室が解体現場でないなら、可能性が高いのは風呂場だろうと思ったんです。ええ、僕の想像したとおりでした。風呂場は床も壁も血まみれ。そして血の付いたノコギリが浴槽の中に転がっていました」

「では、その風呂場で犯人は死体を十分割した。そして十個のパーツをリビングに運んで、床にばら撒いたってことですね。でも、なぜわざわざリビングに運ぶ必要があったんでしょうか。そのまま風呂場に放置していちゃ駄目《だめ》だったんでしょうか」

「さあ、よく判りません」君島は肩をすくめた。「どうも犯人の行動は謎だらけです」

「そうですねー」と高梨さんは溜め息をつくように頷いた。

「あ、だけど、高梨さん」と私は彼女のほうを向きながら、「ハッキリ判っていることもありますよね。ほら、今朝、二人で見たじゃありませんか。離れのガラス窓越しに、近藤道夫氏の姿を。あのとき彼は窓辺に置かれたひとり掛けのソファに座っていましたよね」

「ああ、そういえばそうでした」

「あのとき、近藤氏はソファに腰掛けて、たぶんテレビか何か見ていたはず。それが今朝の七時ごろのことです。ということは、離れでの凶行があったのは、午前七時以降ということになりませんかね？」

「ああ、確かに、そう……」と高梨さんは頷きかけたが、

「ん、待て待て！　決め付けるのは、まだ早いぞ」と君島は慎重な態度でいった。「東原さん、

あなたたちが目撃したのは、本当に近藤道夫氏の生前の姿だったのですか」

「もちろんですとも」私は確信を持って頷いた。「多少の距離はありましたが、あの顔を見間違えるはずはありません。間違いなく、あれは昨夜の中年男性でした」

「そういいますけど、あなたも高梨さんも、近藤氏の座っている姿を見ただけなんですよね。だったら、それが生前の近藤氏の姿だとは限らないのでは？　つまり、僕がいってるのは……その、なんというか……要するに、二人が見たそれは、すでに死亡した被害者の姿だったのではないかと……」

「そ、そんな馬鹿《ばか》な！」

「えー、あり得ませんよー」

私と高梨さんの叫び声が狭い布団部屋に響く。だが一瞬、奇妙な間があった後、私たちの中にあったはずの確信は、たちまちグラグラと揺らぎはじめた。

「でも、そういえば、私たちは近藤氏の動く姿を、この目で見たわけじゃないか……」

「そうでしたねえ。近藤さんは座ってジッとしていただけでした……」

「ほらね」君島は力を得た様子で頷いた。「犯人は東原さんや高梨さんのような偶然の目撃者が現れることを期待して、わざと死体を窓辺の椅子に座らせたのかもしれない。被害者がまだ生きているかのように思わせるためにです。もちろん偶然の目撃者が現れないなら、誰かを言葉巧《たく》みに離れに連れていき、目撃者に仕立てることもできたでしょう」

「なるほど。そういうトリックってわけですか」私は小さく頷き、そして即座に首を左右に振った。「いや、しかし仮に君鳥さんのいったようなことがおこなわれたとしてもですよ、ソファの上にあった死体が、バラバラに解体されてリビングにばら撒かれたのは、やはり午前七時以降ということになるはず。——そうでしょう？」

「うーむ」君鳥は腕組みしながら、小さく頷いた。「それもそうですね。何もせずに脚やら腕やら胴体やらが、部屋のあちこちに散らばるわけはないのだから。してみると、やはり犯人は午前七時以降に、あの離れを密《ひそ》かに訪れて、解体作業をしたってことになる」

「そうですよ」と手を叩いたのは高梨さんだ。「これで容疑者を絞り込むことができますね。つまり犯人は午前七時以降、ある程度の纏まった時間、ひとりで行動できた男性です」

「ん、高梨さんは、犯人が男性だと考えるのかい？」不満げにいったのは、君鳥だ。「高梨さん、容疑を免《まぬが》れたいからって、自分に都合のいいことといってないか」

「違いますよー。実際、女性の力じゃあ、死体をノコギリ一本で十分割することは無理ですもん。この山荘に格闘家みたいな怪力の女性でもいれば、話は別でしょうけどー」

「だったら、山吹さんに限っては、犯人である可能性が残るな。彼女、見た目はスリムだが、やるときゃやる女だ。警官が殺人事件の犯人だったというケースも過去にはある」

と、この場に女性刑事がいないのをいいことに、君鳥は勝手な想像を口にする。

だが彼の偏った見解に、私は異議を唱えた。

「山吹刑事は犯人じゃありません。私と高梨さんは午前七時過ぎに散歩を終えて、母屋に戻り、その足で食堂に向かいました。そこで山吹刑事と一緒になって、そのまま三人で朝食を摂《と》ったんです。その後、君鳥さんが現れて離れの火事を発見するまで、ずっと同じテーブルを囲んでいました。ですから山吹刑事が離れで単独行動することは不可能です」

「ああ、そういうことですか」君鳥は納得した様子で頷くと、言い訳がましく続けた。「なーに、僕だって本気であなたたち三人のことを疑ってはいませんよ。山吹さんはともかく、高梨さんも東原さんも明らかに非力な女性に違いない。バラバラ殺人の容疑者としては、最初から対象外です。そんな二人とずっと一緒だったというのなら、確かに山吹さんも犯人ではないんでしょうね」

「ありがとうございます」私は素直に頭を下げた。「では同様の理由で、料理人の村上拓也さんも無実でしょう。あの食堂は厨房にいる料理人の姿が、テーブル席から垣間見えます。村上さんの姿は、私たちが食事をする際にも再三再四、視界の端に映っていましたからね」

「確かに料理人が厨房を長時間離れていたなら、きっと誰かが気付いたでしょうね」

「その一方で女将の奥山静江さんも無実です。どう見たって非力な中年女性ですからね」

「もちろん」と君鳥は頷いた。「では主人の奥山剛は？　彼はなかなか屈強な身体つきです。彼には犯行の機会があったかもしれませんよね」

「ところが残念」私は小さく溜め息をついて続けた。「奥山剛さんが、午前七時台にどこで何をしていたか、ご存じですか。――雪掻きです。彼はひとりで庭の雪掻きをしていたんですよ。私は今朝、この布団部屋を出る直前に、そこの小窓から彼の姿を見ました。まだ綺麗に雪が積もった状態の庭に、彼は雪掻き用のスコップを持って現れたんです」

「へえ。それは知らなかった……」

「ところが火災報知器が鳴って、私たちが外に飛び出したときには、庭の状態はどうなっていたか。庭は広い範囲にわたって雪掻きが済んだ状態でした。これは何を意味するのか。――そう、奥山剛さんは真面目《まじめ》に雪掻きに専念していたのですよ。雪掻きするフリをしながら、その実、密かに離れを訪れて死体を解体していた、なんてことはちょっと考えられません。そんなことをしていたなら当然、雪掻きのほうがおろそかになっていたはずですからね。したがって奥山剛さんも無実です。――ご理解いただけますか、君鳥さん？」

しかし、もう君鳥は『もちろん』などと呑気《のんき》に頷いたりしなかった。ただ無言のまま強張《こわば》った表情を浮かべるばかりだ。そんな彼に成り代わるように、高梨さんが声をあげた。

「てことは、どういうことになるんですか、東原さん？　この宿にいる男性で、他に犯人たり得る人物といえば……ああッ、ま、まさか！」

「ええ、高梨さん。その『まさか』なのかも知れませんよ」

そう思えばこそ、私はこの布団部屋で君鳥翔太と二人っきりになることを、慎重に避けたのだ（もちろん彼が男性であり私が女性だから、という理由もある）。高梨さんと私が疑惑の視線を向ける中、黄緑色のシャツは次第に震えを帯びはじめた――

5

「……いいですか、東原さん！　どうか鎌倉《かまくら》にいってください。そこに『一服亭《いっぷくてい》』という居酒屋があります。その店の女将を訪ねてください。彼女ならきっと……」

「ああ、もう、ゴチャゴチャうるさいわね。いいから、さっさと乗りなさい！」

業を煮やした山吹薫刑事が、目の前にある黄緑色の背中をドンと両手で突く。君鳥翔太の口から「うッ」という呻《うめ》き声。彼はつんのめるような恰好でパトカーの後部座席に転がり込む。続いて山吹刑事が隣に乗り込むと、後部ドアはバタンと音を立てて閉じられた。

それでも君鳥は、なおもガラス窓越しに何か叫んでいる。懸命に動く口は『オレハ、ムジツダ』と訴えているらしかったが、その声はたちまちエンジン音によって掻き消され、私の耳に届くことはなかった。

こうして刑事と容疑者を乗せたパトカーは、すでに除雪が終わった山道を慎重な速度で走り去っていった。それを見送った私、東原篤実は隣で呑気に手を振る高梨真由さんに、さっそく尋ねた。「なんだか彼、妙なこといってましたね。『居酒屋の女将を訪ねてくれ』とか何とか。この期《ご》に及んで、お薦めの呑《の》み屋《や》を紹介したかったんでしょうか」

「えー、違いますよ、東原さん」高梨さんは呆れた表情を私へと向けながら、「お薦めの店じゃありません。君鳥さんはあなたに、お薦めの名探偵を教えたのです。自分の濡《ぬ》れ衣《ぎぬ》を晴らしてほしい。そう思ったのでしょうね」

「ん、名探偵って、誰が……!?」

「だから『一服亭』の女将ですよ。ヨリ子《こ》さんです。漢字で『安楽椅子《あんらくいす》』と書いて、安楽《あんらく》ヨリ子。その名のとおりの安楽椅子探偵なんですよ。――ただし、二代目ですけどね」

「はぁ、安楽椅子探偵……の二代目!?」高梨さん、なに馬鹿なこといってるの!?

彼女の奇妙すぎる言葉に、そのときの私は首を傾げるばかりだったのだが――


しかし結局、数日後の午後、私はＪＲ鎌倉駅に降り立っていた。君鳥翔太がパトカーで《連行》される直前に言い残した切実な願い。それを叶えてあげるためだ。もちろんミステリ作家という職業柄、もし安楽椅子探偵が実在するなら会ってみたい、という素朴な興味もあってのことだ。「……とはいえ、安楽椅子探偵の名前が『安楽椅子』だなんて、冗談としか思えないけど……」

そんな呟きを漏らしつつ、鎌倉の街を歩き回る私。本当は高梨さんに道案内してもらう予定だったのだが、彼女は急用で参加できなくなった。仕方がないので、高梨さんに教わった住所と地図を頼りにしながら、ひとり街外れを目指す。そうして捜しまわること百五十分。冬の太陽もとっぷり暮れて、夜の寒さが身に沁《し》みるころ、

「くそおッ、どこにもないじゃんか、居酒屋なんてさぁ！」

とうとう癇癪《かんしゃく》を起こした私は、住宅地の路上で人目も憚《はばか》らず地団太《じだんだ》を踏む。やがて、それ

にも疲れ果てて力なく地面にしゃがみ込むと、そんな私の背後から突然――

「おや、どうされました？」

と呼びかける男性の声。思わずハッとなって腰を上げた私は、慌てて背後を振り返る。目の前に佇むのは、三十代後半と思《おぼ》しき男性の姿。グレーのスーツに黒のコート。右手にビジネスバッグを提《さ》げた姿は、いかにも帰宅途中の中堅会社員といった風情だ。

「そんな道端でへたり込んで……ご気分でも悪いのですか？」

優しく問い掛けられて、私は咄嗟に「え、ええ、確かに気分は最悪ですが、それでへたり込んでいたわけではありません」と正直なところを口にした。「実は居酒屋を捜していまして……それが名探偵のいる居酒屋らしくって……ははは、あり得ませんよね」

自嘲《じちょう》気味の笑い声が思わず口を衝《つ》いて飛び出す。すると意外にも男性は即座に頷いた。

「ああ、『一服亭』のことですね。それなら僕も、これから立ち寄るところでした。――では、あなたも僕とご一緒に、どうぞ。なーに、店はすぐそこですから」

「え、ホントですか!?」私は歩き出した彼の後を追いかけながら、「ていうか実在するんですか、そんな店。私が百五十分間、捜し続けても見つからなかった店が、本当に？」

「ええ、もちろんです。――ほら、もう看板が見えてきましたよ。ここです、ここ」

そういって男性が指差したのは、呑み屋の入口などではなくて寂《さび》れた門柱だ。その向こうには昭和の建売住宅としか思えないような没個性的な二階建てが見える。いったい、この住宅のどこに居酒屋の看板が掲《かか》げられているというのか。首を捻りつつ彼の指差す門柱に顔を寄せる。

そこに蒲鉾板《かまぼこいた》を思わせる小さな四角い板があり、確かに『一服亭』という屋号が書かれていた。

――これが居酒屋の看板⁉　どう見ても民家の表札じゃん⁉

啞然とする私をよそに、男性は平然とした態度。門柱に備え付けられたインターフォンのボタンを押して、自ら名乗りを上げた。「三田園でーす。こんばんは、ヨリ子さん」

するとスピーカー越しに聞こえてきたのは、いかにも線の細そうな女性の声だ。

『まあ、三田園さん。ようこそいらっしゃいました。どうぞお入りになってくださいな』

初めて聞くヨリ子さんの声にも興味を惹かれたが、私はそれ以上に『三田園』という名字に強い衝撃を覚えた。その名には聞き覚えがある。確かフルネームは三田園晃。例の『猟奇殺人被害者の会』みたいなサークルの一員で、某企業において課長職を務めているとかいう話だった。仲間たちとの箱根旅行を自ら計画し、『奥山山荘』に予約を入れながら、当日は欠席していたという彼だ。その人物とこのような形で出くわすとは、まさに奇遇である。

私は不思議な縁を感じながら、彼のスーツ姿を眺める。やがてインターフォンでの短い会話を終えた三田園は、「では、参りましょう」といって堂々と門を通り抜け、敷地《しきち》の中へ。

「えッ、えッ……⁉」私は目をパチクリさせながら、彼の背後に続いた。

庶民の住宅にありがちな小さくささやかな庭を横切って進む。すると目の前に現れたのは、これまた普通の民家の玄関としか思えないような引き戸だ。三田園はその引き手に指を掛けると、ガラガラッと音を立てて、それを開け放つ。当然、引き戸の向こう側に広がるのは下駄《げた》箱や傘立てを備えた玄関の風景――かと思いきや、意外とそうではない。

目に飛び込んできたのは、木製の小さなカウンター席。奥の棚には色とりどりの酒類の瓶《びん》がズラリと並んでいる。まさに呑み屋以外の何ものでもない光景。それをバックにして佇んでいるのは、濡れたような艶《つや》を放つ黒髪をアップにした和服姿の女性だった。凛とした立ち姿は、どう考えてもこの店の女将だ。

そんな彼女は「いらっしゃいませ、三田園さん」といって優雅なお辞儀を披露。だが顔を上げた次の瞬間、三田園の背後に佇む私の姿に目を留《と》めた女将は、まるで真冬に幽霊でも見掛けたようなギョッとした表情。綺麗に化粧を施した顔面にヒビが入るほど、その美貌《びぼう》を強張らせながら、「みみみ、三田園さん、そそそ、そちらの女性は？」

「え!? ああ、この人とは偶然お会いしただけです。この店を捜していたので……」

「こここ、この店を、さささ、捜していたので……そそそ、それで？」

「ええ、連れてきました」

「ぷしゅー」

なぜか女将の口からパンクしたタイヤのごとき空気音が漏れる。すると次の瞬間、

「わあッ、女将さん！」三田園の叫び声が玄関先に響き渡る。だが何もかも遅かった。まるで魂が抜け落ちたかのごとく、スーッと表情を失う女将。抜け殻《がら》と化したその肉体は、糸の切れたマリオネットのごとく、ヘナヘナとその場にくずおれていった——

「……安楽ヨリ子さんは、この『一服亭』をひとりで切り盛りする女将。ところが可哀想《かわいそう》なこ

とに、彼女は極度の人見知りでしてね。新規の客が訪れると、先ほど東原さんもご覧になったとおり、たちまち気を失うほどの動揺と緊張を示してしまうんですよ。まあ、ひと言でいうなら、向いてないんですね、接客業全般が。——はははッ」

「はははッ——じゃありませんよ！」呆れる私は、カウンターの隣に座る彼を横目で見やりながら、「三田園さんも、それを知りながら、なぜ私を女将さんの前に立たせたんですか」

「いや、まあ、何とかなるだろうと思って……」

呑気そうにいって三田園はポリポリと頭を掻く。カウンターの向こうには、失神状態から何とか立ち直った安楽ヨリ子さんの姿。一心不乱にビールサーバーを操作する彼女は、

「おま、おま、おま、お待たせ、いた、いた、いたしましたー」

と声を震わせながら、ビールジョッキ二杯を両方とも三田園へと差し出す。私の分のジョッキは、いったん彼の手を経由した後、私へと転送された。同様にお通しの小鉢が、やはり三田園経由で私の手許《てもと》へと運ばれる。どうやら極度の人見知りであるヨリ子さんは、新規の客に面と向かって料理や飲み物を提供する勇気がないらしい。なるほど、確かに三田園がいったとおり、接客業にはまるっきり向かないタイプのようだ。

とにかく謎のリレー方式によって、ジョッキの生ビールとお通しのお新香《しんこ》が、目の前に並んだ。さっそく私は隣の三田園とジョッキの縁をぶつけ合いながら「カンパーイ」の発声。最初のひと口を堪能《たんのう》すると、「プファーッ、堪《たま》んないっすねー」とアホ丸出しの感想を漏らす。

こんなふうだから、私はしょっちゅう男性作家に間違われるのだが、それはともかく、さっ

そく本題に移ろう。「そうそう、べつに私は美味《おい》しいビールを呑むために、この店を訪れたんではないんですよ、三田園さん」

「そういえば、名探偵をお捜しのようでしたね」

「そうです。三田園さんもご存じですよね。先日、箱根で起きたバラバラ殺人事件のこと」

「ええ、放談社の雑誌記者が犯人だったそうですね。――高梨さんから聞きましたよ」

「そ、そーですか」高梨さん、いったい何をどう説明したのやら。私はブルンと首を左右に振って、三田園に訴えた。「いやいや、違います。まだ君島さんが犯人と決まったわけではありません。少なくとも君島さん自身は容疑を否認していますから」

「そうなんですか⁉　でも所詮は放談社の人間のいうことでしょ。どうせ嘘ですよ」

と三田園は三流出版社の雑誌記者に容赦がない。私は思わず苦笑いしながら、

「ま、まあ、そういわれれば、そうかもしれませんがね。でも、とにかく私は君島さんにいわれたんですよ。『一服亭』の女将に会ってくれ――って。だけど肝心の女将さんは、どうやら私の話を聞く気が全然ないみたいですねぇ」

溜め息混じりにカウンターの中を見やると、ヨリ子さんはこちらに背中を向けながら、何らかの料理に没頭中だ。その背中は『絶対、話しかけないで！』と無言のアピールを発している。お客と親しく語り合おうという考えは、いっさいないらしい。ガックリと肩を落とす私に、隣の会社員男性が励《はげ》ますようにいった。

「なーに、大丈夫ですよ。あんな調子でもヨリ子さんは、ちゃんと僕らの会話を背中で聞いて

いるんですから。――どうです、東原さん、その雪の山荘で起きた猟奇殺人の顚末《てんまつ》、この僕に詳しく話してみませんか。僕に話すことが、結果的にヨリ子さんに話すことにもなるのですからね」

なるほど、ジョッキや小鉢が三田園経由で私のもとに届けられたのと同様、私の話もまた彼を経由して女将へと届く、そういうシステムというわけか。ハッキリいって無駄の多いやり方だが、それしか方法はないらしい。それに私だって、無言の背中に向かって言葉を投げるよりも、隣の男性を相手にするほうが話しやすいのだ。そう考えて私は頷いた。

「判りました。では、お話ししましょう。私の知っていること、すべてを――」

6

「――てなわけで、君島翔太さんはパトカーで警察へと連れていかれてしまいました」

ひと通り事件の顚末を語り終えた私は、ジョッキのビールで渇いた喉《のど》を潤《うるお》す。隣で耳を傾けていた三田園は、ヨリ子さんが作り上げた二品目の料理、『出汁《だし》巻き玉子』のひと切れを箸《はし》で摘《つま》んで口に運ぶと、小さく頷いた。「なるほど。それで東原さんは君島さんの願いを引き受ける形で、この『一服亭』を訪れた。そういうことですね」

「ええ。それに私自身、ミステリ作家として事件の真相を知りたいという思いもあります」

「では、東原さんは納得していないのですか。君島さんが犯人であるということに」

「そうですねえ。理論上、君鳥さん以外の男性に犯行の機会はなかった。女性陣なら、なおさら無理。確かに、そう思えるのですが、正直どうも腑《ふ》に落ちません。そもそも君鳥さんに、なぜあんな真似をする必要があったのか」

「殺害の動機ということですね」

「いえ、殺害の動機に関しては、何とでも考えられるのです。というのも殺された近藤道夫という中年男性は、かなり評判の悪い男でしてね。表向きはマネー・コンサルタントとか何とか横文字の肩書きを名乗って、個人投資家を相手に株式やFXについての指南役を務める存在だったようです。が、その実、裏では危ない組織と繋がっていましてね。そっち方面から入手した情報を元に強請《ゆすり》やたかりをおこなっては、自らの投資の損失分を穴埋めする、そんなタチの悪い男だったらしいですよ」

「へえ、自ら株で損しておきながら、指南役とは図々《ずうずう》しい奴《やつ》ですね。しかし強請屋ということは、君鳥さんが強請《ゆす》られていた可能性も充分に考えられるってわけだ。なにせ彼は放談社の雑誌記者。叩けば必ず埃《ほこり》が出る身でしょうからね」

「いや、そう決め付けるのもアレですが」私は苦笑いしながら、「まあ、確かに可能性はいろいろ考えられるでしょう。でも、それは君鳥さんに限った話ではない。近藤道夫を殺したいと思っていた人物は大勢いたはずです。殺害動機の面から犯人を特定することはできないでしょう。——そんなことより、私が気になるのは、もうひとつの動機のことです」

「と、いいますと？」

「なぜ犯人は被害者の死体をバラバラに切断したのか。その動機です」

「なるほど。誰が犯人であるにせよ、理由もなく死体を切断するとは思えない。当然のことです。で、そちらの動機について警察は何といっているのですか」

「山吹刑事と電話で話す機会があったのですがね、『捜査を混乱させるため』とか『怨恨《えんこん》による犯行だと印象付けるため』とか、そんな漠然とした理由しか思い浮かんでいない様子でした。もちろん君鳥さんは犯行自体を否認しているのですから、死体切断の理由について、彼自身はいっさい語っていません。――どう思います、三田園さん？　仮に君鳥さんが犯人だとして、彼が死体をバラバラにする理由を何か思いつきますか」

「そうですねえ」といって三田園は腕組みして沈思黙考。やがてハッとした様子で両目を見開くと、太い指をパチンと鳴らした。「そうだ！　あるじゃないですか。死体切断の明確な理由が彼にはある。いや、彼にしかない！」

「え⁉　ホ、ホントですか」私は呑みかけのビールを思わず噴きそうになりながら、「どんな理由ですか。君鳥さんにしかない死体切断の理由って？」

「彼が被害者の死体を切断した理由。それは特ダネをゲットするためですよ！」

「はぁ、特ダネをゲットする……⁉」私は目をパチクリさせながら、「それって、つまり君鳥さんが自分で猟奇殺人を演出して……」

「そう、それを自分で記事にするというわけです。これなら、よその雑誌に出し抜かれる心配は、まずありませんからね。独占スクープ間違いナシじゃないですか」

「は、はは、ははははッ」三田園の突飛すぎる推理に、私は思わず乾いた笑い声をあげた。「そ、そんな、まさか！　いくら『週刊未来』が事件ネタを売りにする二流週刊誌で、君鳥さんがその超一流記者だからといって、そんな無茶な真似をするなんてことは……」

「いいや、あり得る！　あの雑誌記者なら、やりかねん！」

「そうですわね。彼なら、やりかねませんわ」

「…………」うーむ、三田園の中では、君鳥翔太に対する評価が相当に低いらしい。それと、いまドサクサ紛《まぎ》れに話に乗っかってきたのは、いったい誰なんだ？

私はカウンターの向こうにある和服の背中と、隣のスーツ姿を交互に見やる。そして、ゆるゆると首を左右に振った。「いやいや、さすがに君鳥さんだって、そこまでのことはしないでしょう。自分で近藤道夫を殺害して、その死を猟奇殺人に仕立て上げて、それを自分で記事にするなんて、あまりに倒錯的じゃありませんか」

「そういう男ですよ、彼は。——といっても僕は彼のことを、よく知りませんがね」

「私だって、よくは知りませんよ。けど、そこまで異常な人間だとは思えません」

「そうですか。いずれにせよ、死体切断の動機の点から君鳥さんを無実と判断することは、できないようですね。誰が犯人であるにせよ、結局、切断の理由は判らないままだ」

「そうですねえ」私はガックリと肩を落とした。「だとすると、何か他のことが、事件解決のカギになるのかもしれませんね。とにかく犯人が男性であることは、ほぼ間違いない。あの事件の関係者の中に男性はたった三人。奥山剛、村上拓也、そして君鳥翔太しかいなかったんだから、そこまで難しい話じゃないはずなのに……」

そう嘆く私の目の前で、和服の背中がビクンと震える。そして何を思ったのか、女将はやおら新しい料理に取り掛かった。冷蔵庫から食材を取り出した女将は、俎板《まないた》に向かっては猛然と包丁を振るい、そしてコンロに向かっては舞い踊るようにフライパンを振るう。その背中は、いままでと打って変わって活き活きとした躍動感に満ちている。

唖然として見詰める私をよそに、瞬く間にひと品を作り上げたヨリ子さんは、

「はい、お待ちどおさまー」

そういって料理の皿をずいと私の眼前に差し出した。その皿と女将の顔とを交互に見やりながら、思わず私は「あれ!?」と首を傾げた。

超絶人見知りのヨリ子さんは接客が苦手。したがって新規の客である私に対しては、三田園経由で料理や飲み物を届ける。少なくとも『出汁巻き玉子』までは、そういうシステムだったはずだが、その面倒くさいやり方はもう廃止されたのか。あるいは、この僅かな時間の中でヨリ子さんは、初対面の私に心を許してくれたというのだろうか。

よく判らないが、とにかく私は差し出された皿を手に取った。そこに盛られたのは、熱々の湯気を放つ緑の野菜。大量のホウレン草がベーコンとともにソテーされて、艶々とした輝きを放っている。居酒屋で出すには、あまりに単純すぎる家庭料理ではあるが——

「おほッ、これは美味しそうですねえ。いただきまーす」

空腹の私は熱々のホウレン草の誘惑に耐え切れず、さっそく箸で摘んで口いっぱいに頬張《ほおば》る。

たちまち口の中に広がるゴマ油の香り、そして緑黄色野菜特有のエグみ。美味《うま》さと不味《まず》さが渾《こん》然一体《ぜんいったい》となった微妙な味わいに、たちまち私の脳ミソは混乱をきたした。咄嗟に口を衝いて飛び出したのは、誰も傷つけることのない無難なコメントだ。「こ、こりゃあ、なかなか、身体に良さそうな料理ですねえ、は、はは、ははは……」

「気に入っていただけて何よりですわ。ホウレン草にはビタミンや鉄分などの他にシュウ酸という成分が多く含まれておりますのよ」

「へえ、そうなんですか。で、そのシュウ酸というやつは健康にいいんですね」

「いいえ、クソの役にも立ちませんわ！」女将はキッパリと首を振る。

私は耳を疑った。「え⁉　あ、あのー、ヨリ子さん、いま何とおっしゃいました……？」

「ですから、シュウ酸というものは健康増進には役立たない。それどころかシュウ酸はカルシウムと結合することで、体内に結石を作り出すことが知られておりますのよ。尿管結石とか腎《じん》臓《ぞう》結石とかでお馴染みの、あの憎たらしい結石ですわ」

「駄目じゃないですか！　なんで、わざわざそんなもんを私に食べさせるんですか。こう見えても私は以前、締め切りに追われるストレスから尿管結石を患った経験が……ん⁉」

待てよ――と思って私は黙り込んだ。ヨリ子さんの発した何らかの言葉が、私の脳裏に引っ掛かったからだ。いったい彼女はいま何といったか。そう、結石だ。「結石って……結石……ケッセキ……けっせき……欠席……欠席！　そうだ、欠席だ！」

「ん⁉　結石がどうかしましたか、東原さん」隣の会社員が、とぼけるような口調で問い掛ける。「ひょっとして、過去に患った尿管結石が再発したとでも？」

「いいえ、その結石ではありません。お休みするほうの欠席です」私は手にした箸で中空に『欠席』の二文字を描きながら、「ああ、なぜいままで考えが及ばなかったのでしょう。さっきいった三人以外にも容疑者たり得る男性が、もうひとりいるという事実に！」

「え、容疑者がもうひとりって……誰のことですか、それは？」

両目をパチパチさせながら問い掛ける三田園。その顔面を直視しながら、私はズバリと断言した。「誰って、もちろんあなたのことですよ、三田園さん！」

「なんですって!?　ぼ、僕が……」

「そうです。あなたは本来なら君鳥さんや高梨さん、山吹刑事とともに『奥山山荘』に宿泊する予定だった。そもそも旅行を計画したのも宿を予約したのも、あなただったと聞いています。しかし、あなたは直前になって、その旅行をキャンセル、つまり欠席した。その結果、あなたは近藤道夫殺害の容疑者とみなされずに済んでいる。当然ですね。犯人は雪に閉ざされた山荘の内部にいた人物に違いないと、誰もがそう思い込んでいるのですから。しかし本当に、そうなのでしょうか」

私は黙り込む三田園の横で滔々《とうとう》と捲し立てた。

「実は、私はこの目で見たのです。あの大雪の夜、謎めいた人影を、布団部屋の窓から。その人物は近藤道夫の宿泊する離れのウッドデッキにいて、そこに置かれた椅子にジッとひとりで座っていました。布団部屋の窓からは見下ろすような角度でしたから、その人物の顔などはよく見えません。ですが、誰かがいたことは間違いない。そのときの私は当然ながら、近藤道夫が椅子に座って雪景色を眺めているのだろう――といった程度に軽く考えていたわけですが、いまになってみれば、これはまったく変な話です。あの凍《こご》えるような夜に、誰が好き好んで吹きっさらしの椅子に座って雪を眺めるというのか。いいえ、あり得ません。雪景色を眺めたいなら、自分の部屋の窓から眺めればいいだけのこと。おそらく、あの謎の人物には自分の部屋がなかったのでしょう。だから屋外のベンチでジッと座っているしかなかったのです。つまり、あれは近藤道夫の姿ではなかった。私や他の宿泊客でもない。もちろん奥山夫妻でもないし、料理人の村上拓也とも考えられません。では、いったい謎の人物の正体は誰か。それは近藤殺害を目論《もくろ》んで密かに外部から訪れていた、もうひとりの人物。そう、すなわち、あなただったのです。あなたは旅行を欠席したフリをしながら、その実、密かに『奥山山荘』を訪れていた。私が目撃した謎の人物は、犯行の直前に離れのベンチに座り、機を窺っているあなたの姿だった。あなたはみんなが寝静まった深夜に近藤道夫を離れで殺害。その死体をバラバラに切断し、雪の中をいずこともなく立ち去っていった。そうすることで、その犯行を宿にいる人物の仕業《しわざ》であるかのように見せかけようとした。――そうではありませんか、三田園晃さん！」

　ズバリと名指しされた会社員は、震える指先を私に向けながら、

「ああ、東原さん……あなたは、僕のことをそんなふうに……」

「ええ、あなたこそが真犯人だと考えます。何か反論がありますか、三田園晃さん？」

「え、ええ、反論なら当然ありますとも。だって僕は……」

と、彼が何かを口にしかけた瞬間、背後の玄関に人の気配。直後にガララッと音を立てて引き戸が開け放たれる。続いて店内に響き渡ったのは、「ごめんくださーい」という陽気な女性の声だ。驚いて振り返ってみると、玄関先に佇むのは濃紺のパンツスーツにグレーのトレンチコートを着込んだ女性。一瞬、山吹刑事のご登場かと思ったが、そうではない。

濃い化粧を施した顔は美しくはあるが、年齢的にはそう若くはないだろう。私にとっては、まったく初対面の女性だ。だがヨリ子さんにとっては、新規の客ではないらしい。それが証拠に、いきなり登場した女性客の姿を目の当たりにしても、ヨリ子さんは卒倒しないし気を失うこともない。おそらく、この女性は『一服亭』にとって常連客のひとりであるに違いない。

――それじゃあ、この人、いったい誰？

首を傾げる私の隣で三田園が、現れた女性に向かって親しげに片手を挙げる。

続けて、カウンター越しにヨリ子さんの嬉しそうな声が響いた。

「まあ、これは良いタイミングでいらっしゃいましたわ。いま、ちょうどあなたのお名前が話題に出ていたところですのよ。――三田園晃さん」

7

「……そうですか。旅行を欠席した私こそが真犯人に違いないと、そんな推理を……」

コートを脱ぎ、カウンター席に腰を下ろしたスーツ姿の女性は、「あ、ヨリ子さん、とりあえずビールね」と、人見知りの女将に気安く注文してから、また話を続けた。「でも残念でしたね、東原さん、ご覧のとおり私、三田園晃はごくごく普通のアラフォー女なんですよ。会社では課長として数人の部下も抱《かか》えていますけど、腕力については東原さんや高梨さんと似たようなもの。小さなノコギリ一本で男性の死体をバラバラに切断することなど、とてもとても無理な話。——納得していただけますよね？」

私の左隣から彼女はこちらを見やる。私は「はぁ」と曖昧《あいまい》に頷いてから、右隣に座る男性を指で示した。「てことは、こちらの三田園課長は、いったい……？」

「彼は私の弟です。同じ会社に勤めていますが、彼は課長ではありませんよ」

「三田園稜《りょう》と申します」あらためて男性が頭を下げた。「姉に紹介されて、この店の常連になったんですが、私自身は猟奇的な事件に関わったことは一度もありません。高梨さんや山吹刑事とは顔を合わせたことがありますが、一緒に旅行に出掛けるほど親しいってわけでもない。君鳥さんに至っては、姉から噂話《うわさばなし》を聞いて知っているだけです」

「そ、そーだったんですか」三田園姉弟に両側から挟まれた恰好の私は、自分の勘違いに愕然として俯《うつむ》く。顔から火が出るとは、このことだ。しかし、いったい何でこんな恥ずかしい状況に陥ったのか。そう考えた私はハッとなって顔を上げた。「ああ、そうでした。きっかけはホウレン草です。そこから結石、ケッセキ、欠席と思考が繋がって、それで欠席した三田園晃さんこそが真犯人に違いないなどと、ついつい誤った推理を……」

「ああ、そういうことでしたか」三田園晃さんは私の目の前にある『ホウレン草とベーコンのソテー』を見やる。そして合点《がてん》がいった様子で深々と頷いた。「東原さんはご存じないでしょうけれど、ヨリ子さんは自らの提供する料理でもって他人の推理を間違った方向に誘導し、その人が赤っ恥を掻く様子を眺めては、ひとり悦《えつ》に入る——という悪い癖《くせ》があるのです」

「サイテーですね！」——綺麗な顔して性根は腐りきっているな、この女将！

私はムッとなりながらカウンターの向こうを睨《にら》みつける。だが当のヨリ子さんは悪い評判など、どこ吹く風。透明な水の入ったコップを片手に、頬《ほお》を桜色に染めながら、

「あら、わたくしのどこが最低ですの？　お客様がご自分でお間違いになったのですわ」

といって愉悦の笑みを浮かべる。私は思わず身を乗り出して声を荒らげた。

「じゃあ、お聞きしますけれど、ヨリ子さん。私に間違った推理を語らせるということは、あなたには正しい推理があるということですか。当然そうなりますよね？」

「ええ、もちろんですとも。わたくしの推理によれば今回の事件、そう難しいものではありませんわ」

「…………」なんだとぉーッ！　私はムカッ腹を立てながら、「よーし、だったらヨリ子さん、その推理とやらを聞かせてもらおうじゃありませんか」

「ええ、望むところですわ」そういってヨリ子さんは、手にしたコップの水をゴクリ。それから再び冷蔵庫を開けると、中から数種類の食材を取り出して調理台へと向かう。どうやら彼女は、また新たな料理を始める気らしい。その行動に私は困惑を覚えるばかりだ。

——推理を聞かせろっていったんですよ、ヨリ子さん。料理じゃなくて推理を！

苛立《いらだ》つ私をよそにヨリ子さんは無言のまま調理開始。アップに纏めた黒髪が乱れるほどに包丁を叩きつけ、肉やら何やらを片《かた》っ端《ぱし》からブッタ切る。それらの食材を放り込んだフライパンを、彼女の細腕が猛然と振り上げると、焼き色の付いた食材が高々と宙を舞い、そしてコンロの周辺にパラパラと落下した。——下手クソかよ、この女将！

そうして待つこと十数分。《狂乱の料理人》と化した安楽ヨリ子さんはハアハアと肩で息をしながら「お待たせいたしましたわね」といって、こちらを振り向く。そして私たちの前に渾《こん》身《しん》の料理を差し出した。「ゴーヤと玉子と高野豆腐の炒《いた》め物ですわ」

「ふーん、要するにヨリ子さん特製のゴーヤチャンプルーってわけですね。へえ、意外と美味しそう」——フライパン捌《さば》きの下手クソさからは想像もできないほどに！

「『意外と』は余計ですわ。どうぞ、お召し上がりくださいな」

いわれるまでもなく、こちらは腹ペコなのだ。私はさっそく緑のゴーヤを箸で摘む。

だが、それを口に運ぼうとした瞬間、「ああもうッ、そっちじゃありませんわ！」

ヨリ子さんは身を捩《よじ》りながら不満げな声。驚いた私の箸先からゴーヤのひと切れがポトリと皿に落ちる。両隣に座る三田園姉弟も首を傾げながらキョトンだ。

「高野豆腐のほうを食べてくださいなッ、ゴーヤではなくて高野豆腐のほうをッ」

まったく意味が判らない。ゴーヤチャンプルーという料理はゴーヤがメインだろうに、なにゆえ高野豆腐のほうから食べなくてはならないのか。そもそもゴーヤチャンプルーに高野豆腐なんて普通は入れないだろう。首を傾げながらも、私は命じられるままに高野豆腐のほうを箸で摘んで口へと放り込む。そして凡庸な感想を口にした。

「美味しいですね」まあ、高野豆腐は何に入れても美味しいに決まっているのだが、「しかしヨリ子さん、私はあなたの料理を食べたいといったのではありません。ましてや高野豆腐を食べたいなどとは、ひと言も。私はあなたの推理を聞きたいといったのですよ」

「ですから、この料理こそが、わたくしの推理ですわ」

「え⁉　料理が推理って……え、ゴーヤチャンプルーが⁉」

「ゴーヤチャンプルーですわ」とヨリ子さんは素敵なドヤ顔で、さほど素敵とはいえない料理名を披露した。「ゴーヤではなくて、大事なのはコーヤ。高野豆腐こそが今回の事件の謎を解くヒントなのですわ」

「ゴーヤじゃなくてコーヤ……なんだ、駄洒落《だじゃれ》ですか」

「失礼な！　駄洒落じゃありませんわ」ヨリ子さんはピシャリといって、コップの水をゴクリ。そして猛然と捲し立てた。「東原さんは高野豆腐の作り方をご存じですか。高野豆腐は寒い冬の夜に豆腐を屋外に放置して凍らせた後、日中に解凍させて水分を蒸発させたもの。その工程を繰り返すことで、ただの豆腐があのようなただのスポンジになるのですわ」

「いやいや、『ただのスポンジ』にはならないでしょ！　まるでスポンジのような独特な食感を持つ食材に変化するってことですよね。――ええ、もちろん知ってますよ。だから高野豆腐は別名、凍《こお》り豆腐《どうふ》とも呼ばれますよね」

それが何か、とばかりに視線で問い掛ける私。するとヨリ子さんはズバリといった。

「ですから、それが答えですわ。あなたが山荘で過ごした夜、布団部屋の窓から目撃した光景。離れのウッドデッキで椅子に腰を下ろしていた謎の人物。それが、これですわ」

「これって……そうか、謎の人物の正体は高野豆腐……」って、んなわけあるかい！　内心でツッコミを入れながら、私は我慢強く尋ねた。「どういう意味です？　まさか、被害者は高野豆腐よろしく真冬の夜に屋外に放置されてカチカチに凍らされた――とでも？」

「そうではありませんわ。けれど、当たらずとも遠からずですわ。あなたは二階の布団部屋の窓から怪しい人影を目撃した。しかし夜の暗がりの中、しかも見下ろす角度だったため、その顔はよく見えなかったと、確かそうおっしゃっていたはず。ですが、東原さん――」

ヨリ子さんはカウンター越しに私の顔を覗き込みながら、真顔でこう問い掛けた。

「そもそも、その怪しい人影に、顔はありましたの？」

「はぁ……⁉」顔はあったのか、だって⁉

そんなもの、あったに決まっている――そう言い返そうとして、私は思わず口ごもった。

雪の夜、椅子に座っていた謎の人影。その光景をいくら思い返してみても、その顔――正確にいうと、首から上の絵がサッパリ思い浮かばないのだ。黒っぽい服の首から上は、まるで墨か何かで塗りつぶされたかのように漠然とした印象しかない。その人物が俯いており、黒々とした頭髪のみがこちらを向いていたから、顔の印象が乏《とぼ》しいのだ。そう解釈することは、いちおう可能だろう。だが、あるいは、ひょっとすると――「よ、よく判りませんけど、そういえば、あの人影には顔の部分が最初からなかったのかも！」

「やはりですか。まあ、そんなことだろうと思いましたわ」

「でも、それって、どういうことなんですか。謎の人影に顔がないってことは……つまり、私が目撃したのは、首なし死体だったとでもいうんですか。まさか、そんなはずはないですよね。仮にあれが首なし死体だったなら、あのウッドデッキと周辺の雪は死体から流れた血で真っ赤に染まっていたでしょうから……」

「ええ、おっしゃるとおり。首なし死体ではありませんわ。首なしどころか、その人影には腕もなければ脚もない。きっと胴体さえもなかったはずですわ」

「え⁉　首なし腕なし脚なし……で胴体もなしって⁉」私は思わず目を剝《む》きながら、「じゃあ、あのとき私が見た黒っぽい服を着た人影っていうのは、つまり……」

「ええ、そもそも人間でも何でもありません。それは黒っぽい服そのものですわ。椅子に座った姿勢のまま氷点下の屋外でカチンカチンに凍らされたセーターとズボン。いうなれば凍り豆腐ならぬ《凍り洋服》ですわね」

「こ、凍り豆腐じゃなくて凍り洋服って……え、ヨリ子さん、また駄洒落⁉」

「ですから、わたくし、駄洒落など申しませんっての！」

カウンター越しにずいと顔を突き出して猛烈抗議するヨリ子さん。

それをよそに三田園晃さんが「そういえば」と横から口を挟んだ。「いまごろの季節になるとネット上にフローズン・ジーンズの写真が、よくアップされますよね。カチンカチンに凍ったジーンズが、雪の上で自立したような写真を、私も見たことがあります。確かにあれってパッと見た感じは、まるで上半身のない人間が雪の中で突っ立っているみたいに見えますよね。ヨリ子さんがいっているのは、つまりそれの全身バージョン。上着とズボンの両方が人間の座った姿勢のままで凍らされたものですよね。夜の暗がりの中で、何も知らない人がそれを眺めたなら、きっとその姿は生身の人間が椅子に座っているように映ったはず。――そういうことでしょう、ヨリ子さん？」

「ええ、おっしゃるとおりですわ」我が意を得たり、とばかりに女将は頷いた。

私もまた「なるほど」と頷いたものの、その直後には首を傾げながら、「でも、それって、いったい何なんです？　まさか単なる悪戯《いたずら》じゃありませんよね。ネット上に面白映像をアップするためにやったわけでもないでしょうし……いったい誰が何の目的で……？」

「目的なら明白ですわ。凍り豆腐は凍らされた翌日は解凍されるもの。高野豆腐は水で戻すもの。――おや、まだお判りになりませんの？　こんなにもヒントを差し上げているというのに」

やれやれ、と残念そうに首を振ったヨリ子さんは、カウンター越しに私を見やった。

「東原さん、あなたは事件発覚の朝、高梨さんと散歩する最中、離れの窓辺に近藤道夫の姿を目撃した。それが午前七時ごろ。そのとき近藤道夫は窓辺に置かれた、ひとり掛けのソファに座っていた。そうですわね？」

「ええ、そのとおりですけど……」

「『その目撃時、すでに被害者は死んでいたのではないか？』というような疑問は、事件の直後、東原さんと高梨さん、君島さんの三人の間で議論がなされたとのこと。しかし一方、『その目撃時、すでに被害者は解体されていたのではないか？』という疑問は三人の間でも議論の俎《そ》上《じょう》にさえ上がらなかった。まあ、無理もないですわね。目撃当時、被害者はソファに座っていた。しかしバラバラに切断された死体が、ソファの上で座った姿勢を維持できるわけがない。誰だって、当然そう思うはず。だからこそ東原さんたちは、そしておそらくは山吹刑事も、『死体の解体は、目撃のあった午前七時よりも後におこなわれたに違いない』と、そのように考えた。結果、死体を解体するだけの時間的な余裕があった唯一の男性、君鳥翔太さんが警察に連れていかれたわけですが——しかし、もうお判りですわね。確かにバラバラ死体は座った姿勢を維持できないでしょう。しかしながら、ガチガチに凍った服は、椅子の上でしばらくの間は座った姿勢を維持できるのです。ならば、その上着の上に切断した生首を乗っけておけば、そして長袖《ながそで》の袖口から両の手を覗かせておけば、いかがでしょう？　その様子は少なくとも解体される以前の、ちゃんとした人間の姿に見えるはず。むしろ、そのようにしか見えないはずですわ。——そうではありませんか、東原さん？」

8

意外すぎる指摘に、私は声もなかった。事件発覚の日、私と高梨さんが離れの窓辺に近藤道夫の姿を目撃したのが午前七時。そのとき近藤道夫はすでに死んでいた。それどころか、すでに解体された後だった。大胆にもヨリ子さんは、そのように主張しているのだ。

そんな馬鹿な、という言葉が口から飛び出しそうになる。だが彼女の推理を覆すだけの根拠を、私は持たなかった。確かに私が目撃したのは、ガチガチに凍った黒いセーターと濃紺のジーンズだったのかも。そのタートルネックの上に生首が載せられ、袖口に手首から先の部分が置かれていただけだったのかも。その可能性は否定できない。だが——

「仮にヨリ子さんの推理が事実だとするなら、凍った服の中身はがらんどう。何もない空洞だったということになりますけど……」

「ええ、そのとおりですわ」

「ならば、そのとき胴体はどこに？　腕や脚などは、どこにあったんですか」

「それらのパーツは、そのときすでにリビングにバラ撒かれていたはずですわ。しかし東原さんと高梨さんは、窓辺の光景を垣間見ただけ。よって床に転がる他のパーツは目に入らなかったのでしょう。そもそもお二人の目に近藤道夫の姿は、ただソファに座っているようにしか映らない。胴体も腕も脚も服の下に隠れているだけで、当然そこにあると思い込んでいるのですから、それらのパーツを捜そうとするはずがありませんわ」

「ええ、実際そうでした。では、離れのリビングがそういった状態にある中で、あの火事が起きたんですね。あの火事も犯人の仕業と見ていいのでしょうか」

「ええ、もちろんですわ。おそらくは自動発火装置——といっても火の点《つ》いた蚊取り線香と着火材としての木屑《きくず》か何かを組み合わせた簡単なものだろうと思いますが——そういったものを、犯人は前もってリビングに仕掛けておいたのでしょう。そのようにしてまで、離れで火事を起こそうとする理由は、もうお判りですわね。そう、凍った服を溶かすためです。火事の炎と、その後に作動するであろうスプリンクラーの放水。その両方によって、凍ってカチカチだったセーターやズボンは、単なる濡れた衣服となる。タートルネックに載せられていた生首は、落下して床に転がったことでしょう。凍らせることで人間の形状を保っていたものが、たちまち脱ぎ散らかされた衣服と、切断された人体パーツに戻されたというわけです。——そう、ちょうど高野豆腐が水によって戻されるように！」

「いや、高野豆腐とは少し違うような気がしますがね」と私は冷静にツッコミを入れた。どうやらヨリ子さんは今回の事件のトリックを、どうしても高野豆腐と絡めて説明したいらしいのだが、少し無理があると私は思う。「でも現象としては、よく判ります。確かにヨリ子さんがいったようなことが起きたんでしょう。実際、私たちが離れに駆け込んだとき、そこには濡れた衣服と切断された人体パーツが転がるばかりでした」

「そうでしょうとも。そのとき東原さんたちに、少しばかり冷静な観察力があったなら、ずぶ濡れになったセーターやズボンが異様に冷たい、まるでさっきまで凍っていたかのような冷たさである、という事実に気付けたのでしょうが——まあ、そこまで期待するのは酷というものですわね。真冬の火災現場でスプリンクラーの放水の中にいれば、凍えるほど寒くて当たり前。手に触れるもの何もかもが氷のように冷たく感じたとしても、無理ありませんわ」

　実際、ヨリ子さんのいうとおり。当時の私たちは山吹刑事も含めて、被害者の衣服が異常に冷たいことなど、まったく気付きもしなかった。そもそも、ひと目で殺人事件と判る現場の中にあって、被害者の着衣に手を触れようとする者は、ひとりもいなかったのだ。

納得する私の隣で、いままで話を聞いていた三田園晃さんが、根本的な質問を放った。

「いままでの説明は、よく判りました。それでヨリ子さん、結局のところ、そのような凝《こ》った細工をおこなったのは、いったい誰なんですか。目的はいったい何？」

「目的はもちろん、死体が解体されたとされる時間帯を後ろにずらすこと。それによって自らのアリバイを確保することですわ。実際、このトリックによって、死体の解体がおこなわれたのは、東原さんたちが近藤道夫の姿を目撃した午前七時よりも後の時間帯であると結論付けられました。このことからひとつ判るのは、この細工をおこなったのが君鳥翔太さんではないということです。もし彼が犯人ならば、当然その時間帯に確かなアリバイを作っておくはずですものね」

「なるほど、それもそうですね」三田園晃さんは大きく頷いた。「犯行時刻を後ろにずらすような小細工を施しながら、その一方でその時間帯における自分のアリバイをウッカリ作り忘れる。そんな間抜けな真似は、まさかあの君鳥さんでも、しないでしょうからね」

「そうでしょうとも。となれば残る容疑者は男性二名だけですわ。宿の主人である奥山剛か、あるいは料理人である村上拓也か。どちらかが真犯人であるに決まっているのですから、あとはもう両名ともしょっぴいた上で取調室にて恫喝《どうかつ》するなり何なりして無理やり吐《は》かせてしまえば万事ＯＫ。事件は無事に解決いたしますわ」

「ちょっと、ちょっと！」私は慌てて両手を振りながら女将にいった。「なに急に乱暴な手段に訴えようとしてるんですか、ヨリ子さん！　ここまで理論的に突き詰めてきたんですから、もうひと息、頑張ってくださいよ。二人のうちのどちらが真犯人か、得意の推理によって明らかにすることはできないんですか」

「やれやれ、面倒ですわね、まったく！」

女将としては到底許されない粗雑な言葉を口にして、またヨリ子さんはコップの水をグイッとあおる。そして最後の謎解きへと移った。「いままでわたくしが述べてきた推理が、仮に正しかったとして――まあ、正しいに決まっているのですが――その場合、死体発見時の現場の状況には若干、矛盾した点が認められますわね。座った姿勢で凍り付いていたセーターやズボンが炎と水流で溶けたのなら、当然ずぶ濡れのセーターはソファの上で見つかるはず。ズボンはソファの座面の端に引っ掛かるような恰好で見つかるはず。生首は床まで転がり落ちたとしても、両の手はやはり座面の上に二つ揃って残り続けるはずですわ。ところが、現実はどうでしたかしら？」

「そういえば実際は、そんな状況ではなかったですね」私は答えた。「セーターはソファの背もたれの背後の床、ズボンはソファの前方の床にあった。両手はそのズボンのすぐ傍に二つ揃って転がっていました。確かに、これは矛盾です。――ということは？」

「もちろん、死体のパーツや洋服が、椅子の上から勝手に移動するはずはありません。何者かが意図的に動かしたのでしょう。理由は明白ですわね。事件発覚後、リビングの様子を眺めた際、ソファの上にセーターとズボン、生首と両の手が綺麗に揃っていたならば、勘の良い誰かが――いえ、勘の悪い雑誌記者だって――ひょっとすると、犯人の弄《ろう》したトリックに思い至る可能性がある。犯人はそのことを恐れたのですわ」

「なるほど」と前のめりになる私を見やりながら、ヨリ子さんは滔々と推理を続けた。

「犯人は喧騒《けんそう》の中、密かに問題のソファに駆け寄った。そして、そこにあったセーターを背もたれの背後に放り捨て、ズボンを前方の床に払い落とした。服の上にあった二つの手はズボンと一緒にソファの前方に転がったのでしょう。当時、現場は白煙に包まれており視界が悪かった。なおかつスプリンクラーの水流のせいで、少々の音は掻き消される状況だった。しかも真っ先に現場へと飛び込んだ山吹刑事はサッシ窓に駆け寄って、まずそれを開けようとするでしょうから、ソファには背中を向けた恰好になるはず。これらのことから、犯人が秘密裏に事を成す状況は整っておりました。では実際それをおこなったのは、誰なのでしょう？　奥山剛なのか。それとも村上拓也なのか」

「そういえば当時、山吹刑事の後に続いてリビングへと足を踏み入れたのは、その二人でした。てことは、可能性はどちらにもありそうですね」

「ええ、一見すると、そのように思えますわ。しかしながら、奥山剛はリビングに飛び込んだ際、大きな消火器を抱えていた。なおかつ火災現場では、それを火元に向かって噴射したとのこと。当然そのためには、彼は本体のレバーを片方の手で握りしめ、もう片方の手でホースの先端を構えなくてはならないでしょう。そうしなければ、消火剤は火元に命中しませんものね。――いかがですか、東原さん。奥山剛の噴射した消火剤は、しっかりと火元を捉《とら》えておりましたかしら？」

「ええ、それは間違いなく！」私は火元となったライティング・デスクの光景を思い返しながら頷いた。「奥山剛は教科書どおりに、両手で消火器を扱ったのでしょうね」

「ということは白煙と放水の中とはいえ、彼が密かにソファへと片手を伸ばすことは不可能。奥山剛は犯人ではありません」

そしてヨリ子さんは、ついに自らの推理の結論を口にした。「したがって、犯人は村上拓也のほう。そう考えて間違いありませんわ」

9

「なるほど。さすがに見事だ！」唐突に賞賛の声を発したのは、しばらく沈黙を保っていたスーツ姿の彼――ええっと、名前は何といったっけ？　ああ、そうそう、稜だ。三田園稜――彼は私の隣で感じ入ったように腕を組んだ。「いやはや、素晴らしいなぁ。これが姉貴のいっていた安楽椅子探偵、安楽ヨリ子さんの猟奇的推理ですかぁ！」

「いいえ、『猟奇的推理』ではありません。『料理的推理』ですわ」

と真顔で反論するヨリ子さんだが、その言葉は、やっぱりどこか駄洒落っぽい。

まあ、猟奇か料理か、それとも推理か、それはともかくとして――私は目の前の安楽椅子探偵に対して、さらなる説明を求めた。「仮にヨリ子さんの料理的推理が正鵠《せいこく》を射ているとした場合、村上拓也の犯行の手順は、どのようなものだったのでしょうね」

「おそらく村上が近藤道夫を殺害したのは、料理人としての仕事が済んだ夜遅くのこと。村上はひとりで離れを訪れて、近藤と面会したのでしょう。仮に近藤が強請屋で、村上がその餌食《えじき》になっているという関係だったならば、村上が室内に入り込むのは、むしろ容易なこと。『カネを持ってきた』とでもいえば、近藤は喜んで扉を開けてくれたでしょうからね。そうやって室内に招き入れられた村上は、カネの代わりにロープを取り出して近藤を絞殺。すぐさま服を脱がせて、死体を全裸にします。ですが全裸死体のほうは、とりあえず放っておいて、まずは《凍り洋服》の製作に着手したのでしょう。その製作方法につきましてはネット上に数多くアップされています『フローズン・ジーンズの作り方』を、ご参照くださいませ。まあ、要するに服を濡らして、それを凍らせるのですわ」

「テキトーすぎますって、ヨリ子さん！」呆れた声を発しながら、私は自分のスマートフォンを取り出す。そしてフローズン・ジーンズで検索すると、「おッ、出てる、出てる！」

凍ったジーンズが、あたかも透明人間のごとく雪上に立つ画像の数々。その制作方法も、事細かく説明されている。私はスマホ画面を覗き込みながら、「ふむ、なになに、へえ、なるほど——要するに服を水で濡らして、それを屋外で凍らせるってわけか！」

「だから、わたくし、そう申し上げましたわよね！　テキトーなことなど、いっさい申しておりませんわよね！」と女将は憤懣《ふんまん》やるかたないとばかりに頬を膨《ふく》らませる。

「す、すみません。ヨリ子さんのおっしゃるとおりでした」

私は自らの非を素直に詫《わ》びるしかない。ただ唯一、私から付け加える点があるとするなら、フローズン・ジーンズをそれっぽく成形するには、布地が凍りかけたタイミングで、上手《うま》く形を整えてやる。それがコツであるらしい。だが、いずれにせよ《凍り豆腐》――いや、違う、《凍り洋服》だ――その製作方法そのものは、大きな問題ではない。

私は停滞した話を再び前に進めた。

「では、その製作途上のものを、たまたま私が布団部屋の窓から見つけたのですね」

「そういうことですわ。布団部屋の窓からだと、ちょうど離れのウッドデッキが見下ろせる。しかし料理人である村上は普段、布団部屋に出入りすることがあまりないはず。だから彼は、その窓から重大な場面を目撃されてしまう危険性がある、ということを事前に察知できなかったのでしょう。あるいは、その夜に限って布団部屋に遭難者一名が寝泊りしているという事実を、彼は知らなかったのかも。そんな可能性もありそうですわね」

「なるほど。その点からいっても、やはり宿の主人である奥山剛よりも、村上拓也のほうが犯人として相応《ふさわ》しいようです」私は新たな確証を得て頷いた。「で、その《凍り洋服》を製作する一方で、村上は全裸死体を風呂場に運び、十個のパーツに解体したわけですね」

「ええ。実際のところ村上が必要としたのは、生首と左右の手だけでしょう。ですが、三ヵ所だけ切断したのでは、かえって切り取られたパーツが目立ってしまって都合が悪い。そこで彼は死体を十分割したのでしょう。そして村上は《凍り洋服》を室内に運び込んだ。ガチガチに凍ったセーターとズボンが一体化した人形のごとき物体ですわ。彼はそれを、ひとり掛けのソファに座らせ、そしてタートルネックの先に生首を差し込み、左右の袖口にそれぞれの手首を挿入した。その一方で村上は、それ以外の七つのパーツをサッシ窓から見えづらい場所にばら撒いた。そして最後の仕上げは、自動発火装置としての蚊取り線香です。彼はそれが朝食の時間帯にデスクの天板に燃え移るように調整したのでしょう。これらの仕込みを日の出前の暗い時間帯に終えた村上は、迎えた翌朝、何食わぬ顔で厨房に立ちます。そして朝食を摂る東原さんたちに自分の姿を印象付けるうち、ついに自動発火装置が発動。離れのリビングに火の手が上がった——とまあ、おおよそ、このような流れだったものと思われますわ」

長きにわたった説明を終えたヨリ子さんは、なぜかトロンとした眼差しを私に向ける。そして急に呂律《ろれつ》の怪しくなった口調で問い掛けた。「お判りになられまひたでしょうか。どうれす、東原ふぁん……？」

「はぁ、よく判った気がしますけれど……え、『どうれす』って!?」——おいおい、どうしちゃったんだ、ヨリ子さん!?　説明が終わった途端に電池切れでも起こしたのか!?

すると激しく戸惑う私の前で——仮にも客である私の前で——ヨリ子さんは右手を口許に当てながら「ふぁ～ッ」と無防備すぎるアクビを披露。呆気《あっけ》に取られる私をよそに、手にした空のコップを「えーいッ」と勢いをつけながら無造作に放り投げる。中空に高々と放物線を描いたコップは、そのまま狙い済ましたようにシンクに着地。直後にガチャーンという不協和音が狭い店内に響きわたり、ガラス製のコップは粉々になった。

「あわわッ、何やってんですかぁ、ヨリ子さぁーん！」

思わず立ち上がって声を張る私。だが、その問い掛けを女将は「ふんッ」と鼻息ひとつでアッサリ無視。理解不能の私は、すっかりパニックだ。

来店当初《人見知り選手権優勝者》のようだったヨリ子さんはどこへやら、もはやその姿は傍若《ぼうじゃく》無人《ぶじん》なモンスターと化したようにさえ映る。そんな女将は海面を漂うクラゲのように、カウンターの向こうをフラフラした足取りで《浮遊》すると、奥に置かれた椅子の上にストンと腰を落とす。そのままヨリ子さんは、最終ラウンドまで闘い終えたボクサーのごとく俯いた恰好で、その活動を完全に停止した。下を向いた口許からは「スースー」という吐息、いや、寝息が漏れている。どうやらヨリ子さんは、力尽きて寝落ちしてしまったらしい。しかも三人の客をほったらかしたままだ。――いったい、どーいうこと？

唖然として言葉を失う私に、三田園晃さんが説明した。

「ヨリ子さんがコップでグイグイと飲んでいたアレ、水じゃないんです。お酒なんです。ヨリ子さんはアルコールを摂取しながらじゃないと推理できないタイプの安楽椅子探偵。しかも推理している間は少しも酔わないんですけど、なぜか推理を語り終えた途端に、たちまち酔いが回るらしくって、それで毎回こんなふうに……」

「え、毎回？　こんなふうに？」

私は寝息を立てる女将を指差して目を見張る。三田園晃さんは残念そうに頷きながら、

「ええ、客をほったらかして居眠りしてしまうんですよ」

「やっぱ、サイテーですね！」

思わず本音を叫ぶ私。それをよそに「スースー」と安らかな寝息を立てるヨリ子さんは、どこか満ち足りたような表情。その脳裏に浮かぶのは料理の夢か、猟奇の夢か。そう思った直後、半開きになった彼女の口許からは、「……もう、お腹《なか》いっぱいですわ……」という、実に幸せそうな寝言がこぼれるのだった。

――完――

初出

「綺麗な脚の女」（前編）　メフィスト 2019 VOL.3
（後編）　メフィスト 2020 VOL.1
「首を切られた男たち」　メフィスト 2020 VOL.2
「鯨岩の片脚死体」　メフィスト 2020 VOL.3
「座っていたのは誰?」　書き下ろし

東川篤哉
ひがしがわ・とくや

1968年広島県尾道市生まれ。岡山大学法学部卒。第5代本格ミステリ作家クラブ会長。2002年カッパ・ノベルスの新人発掘プロジェクト「KAPPA-ONE登龍門」第1弾として選ばれた『密室の鍵貸します』で、本格デビュー。2011年『謎解きはディナーのあとで』で第8回本屋大賞を受賞。映像化作品も大ヒットとなる。人気シリーズ多数。

居酒屋《いざかや》「一服亭《いっぷくてい》」の四季《しき》

二〇二一年九月二八日　第一刷発行

著者……東川篤哉《ひがしがわとくや》
発行者……鈴木章一
発行所……株式会社講談社
東京都文京区音羽二-一二-二一
郵便番号　一一二-八〇〇一
電話　出版　〇三（五三九五）三五〇六
販売　〇三（五三九五）五八一七
業務　〇三（五三九五）三六一五

本文データ制作……凸版印刷株式会社
印刷所……凸版印刷株式会社
カバー印刷所……千代田オフセット株式会社
製本所……株式会社国宝社

ISBN978-4-06-524371-8
N.D.C.913　278p　19cm

『純喫茶「一服堂」の四季』

東川篤哉

◇

◇

「甘いですわね！　まるで『一服堂』の
ブレンド珈琲のように甘すぎますわ！」
衝撃の結末！　笑いとトリック満載の傑作短編集。